W0323163

**ANNI BÜRKL**

# Schweigegold

**ZU HERZEN GEHEND** Berenikes Schwester Selene, zu Besuch in Altaussee, entgeht knapp einem Mordanschlag. Die Familie ist schockiert und fragt sich, wer so großen Hass gegen die junge Frau hegt. Von einem neuen Liebhaber ist die Rede, einem Mann, der schon einmal unter Mordverdacht stand.

Darüber hinaus erhält Berenike Drohbriefe, in denen Wiedergutmachung gefordert wird. Doch Wiedergutmachung wofür? Erpresst sie ein Irrer? Dann gibt es einen Hinweis, dass die Familiengeschichte der Roithers mit der Mordattacke zusammen hängt – die Spur führt nach Prag, der Stadt, aus der die Großmutter stammt. Berenike reist in die tschechische Hauptstadt, um den Hinweisen nachzugehen. Ihr Freund Horst, ein früherer Kollege aus der Eventbranche, sagt ihr seine Hilfe zu und gerät allein dadurch in Gefahr. Berenike ist nunmehr überzeugt, dass jemand sie persönlich treffen will …

*Anni Bürkl, Jahrgang 1970, lebt und arbeitet als freie Journalistin, Autorin und Ghostwriter in Wien. Im Ausseerland, wo sie sich im Sommer gerne aufhält, schreibt sie am liebsten. 2003 wurde sie mit dem Theodor-Körner-Förderungspreis ausgezeichnet. 2010 erhielt sie das Krimi-Stipendium »Trio Mortale« der Stadt Wiesbaden. »Schweigegold« ist ihr fünfter Roman um die charismatische »Teelady« Berenike Roither. www.annibuerkl.at*

Bisherige Veröffentlichungen im Gmeiner-Verlag:
Göttinnensturz (2013)
Narrentanz (2011)
Ausgetanzt (2010)
Schwarztee (2009)

# ANNI BÜRKL

# Schweigegold

*Kriminalroman*

GMEINER SPANNUNG

*Personen und Handlung sind frei erfunden.*
*Ähnlichkeiten mit lebenden oder toten Personen*
*sind rein zufällig und nicht beabsichtigt.*

Besuchen Sie uns im Internet:
www.gmeiner-verlag.de

© 2015 – Gmeiner-Verlag GmbH
Im Ehnried 5, 88605 Meßkirch
Telefon 07575/2095-0
info@gmeiner-verlag.de
Alle Rechte vorbehalten
1. Auflage 2015

Herstellung: Mirjam Hecht
Umschlaggestaltung: U.O.R.G. Lutz Eberle, Stuttgart
unter Verwendung eines Fotos von:
© wagner_christian/photocase.de
Druck: GGP Media GmbH, Pößneck
Printed in Germany
ISBN 978-3-8392-1667-5

Für Chrisi & Maggie

*Die Wiege von inneren und äußeren Kriegen*
*ist die Familie.*
Franz Kafka

# 1

*Ein Tag im April, Altaussee*

»Bei uns geht koana nit zu Fuß.«

Berenikes Blick wanderte von der nassen Fahrbahn zur grünen Karosserie eines Geländewagens, der knapp vor ihr gebremst hatte. Verschwommen erkannte sie die fragend aufgerissenen Augen von Max.

Was für ein Tag.

Sie hatte allein gefrühstückt, das Auto war nicht angesprungen, ausgerechnet heute. Nicht nur, dass ihre Schwester zu Besuch war und sie den Wagen brauchte, sie hatte auch endlich den lang erwarteten Massagetermin bei Anniko. Sylvie hatte ihr die angebliche Wunderheilerin kurz vor ihrem Tod noch empfohlen. Berenike hatte sich notgedrungen zu Fuß auf den Weg zur Bushaltestelle gemacht. Der Regen prasselte mit urzeitlicher Kraft auf das Ausseerland nieder, als sollte die Evolution ein zweites Mal stattfinden, nur diesmal umgekehrt, eine Rückentwicklung vom Säugetier zurück zum Wasserlurch.

Von den Bergen waren nur Umrisse zu erkennen, Loser, Trisselwand, alles grau in grau. Gegen den Regen gestemmt, setzte Berenike einen Fuß vor den anderen. Dachte an ihre Schwester und ihre Probleme, an ihren eigenen Teesalon, wo es auch nicht berauschend lief. Nur an einen dachte sie nicht, wagte es nicht, an ihn zu denken. Sie fühlte sich allein, allein mitten in dieser feuchten, tristen Welt, als wäre niemand außer ihr übrig geblieben. Erst durch ein Hupen fuhr sie hoch, das gleichmäßige Fallen der Regentropfen musste sie in Trance versetzt haben. Die Luft dampfte nach der Wärme der letzten Tage.

»Was machst du hier, schöne Frau?«, fragte Max, der Wirt vom Grünen Kakadu, der aus seinem Wagen gesprungen war und sie jetzt fest an den Oberarmen fasste. »Alles okay bei dir?«

Okay? Nichts war okay, schon seit Längerem nicht. Aber wie sollte sie das ausgerechnet Max erklären? Sie wischte sich über das Gesicht und die Augen. »Entschuldige, ich hab nicht aufgepasst«, murmelte sie und versuchte, mit einer Kopfbewegung die an ihrer Stirn klebenden Haarsträhnen wegzuschütteln. Erfolglos.

»Ist wirklich alles okay bei dir?«, fragte Max eindringlicher.

»Lieb von dir, aber es geht schon, danke.«

»Soll ich dich ein Stück mitnehmen?«

»Ach …«

»Komm, steig ein, bevor ich auch noch pudelnass bin.« Mit der lässigen Eleganz eines Kutschers bei Hof hielt er ihr die Tür auf der Beifahrerseite auf. Sie setzte sich, er schloss galant die Tür und stieg selbst ein. »Na, dann fahrn mer ma', Euer Gnaden«, lachte er sie an und fuhr entschlossen los.

»Angenehm, ins Trockene zu kommen. Danke, Max!« Sie strich sich mit beiden Händen über die Augen und blinzelte. »Stell dir vor, ich hab einen Massagetermin in Ischl und meine alte Karre hat mich in Stich gelassen.«

»Wundert dich das wirklich? Das ist doch immer so. Wo ist das in Ischl?«

»Es genügt, wenn du mich bei der Bushaltestelle absetzt«, sagte sie und sah nach draußen. Düsternis überall.

»Kommt nicht infrage. Ich muss sowieso selbst in die Stadt, ein Geschenk besorgen. Ich fahr dich gern hin.«

»Das ist wirklich nicht nötig.«

»Ich fahr dich.« Sein freundlicher, aber bestimmter Tonfall duldete keine Widerrede. Er warf ihr einen nicht zu deutenden Seitenblick zu. Also gab sie ihm die Adresse mitten im Zentrum der alten Kaiserstadt.

Max fuhr routiniert, erzählte dabei Belanglosigkeiten über Gäste im Wirtshaus, dass er eine neue Biersorte in die Karte aufnehmen wollte. Dabei warf er ihr hin und wieder einen fast sorgenvollen Blick zu, sah aber immer schnell weg, wenn sie seinen Blick erwiderte. Fast hätte sie sich ablenken lassen von ihrem Kummer, aber eben nur fast.

»Du gehst zu einer Massage?«, fragte er.

»Ja, weißt eh, mein ewiges Kreuzweh. Ich muss was dagegen tun.«

Max nickte. »Man wird nicht jünger. In dem Beruf überhaupt. In der Gastronomie ist man halt ständig auf den Beinen.«

»Wem sagst du das.«

Vor einem grauen Neubau unweit der Kaiservilla stoppte Max.

Berenike bedankte sich. »Das war wirklich nett, du warst mein Retter.«

»Aber immer«, erwiderte er. Regen trommelte auf das Autodach, die Scheiben beschlugen, als sie noch einen Moment sitzen blieb. Sie schwiegen. Es war wie früher, als Teenager, spät oder besser früh am Morgen, nach einer durchtanzten Nacht, wenn für einen Moment lang alles möglich war. Sie wusste, sie hatte Max von Anfang an gefallen, seit sie von Wien hierher gezogen war. Er ihr auch, aber mehr war nie gewesen. Sie hätte die entstandene warmherzige Freundschaft auch nicht mehr eintauschen wollen. Er war der Bruder, den sie nie gehabt hatte, der Bruder, den sie jetzt hätte brauchen können.

Leise verabschiedete sie sich und stieg aus.

Die Masseurin Anniko Luger arbeitete über einem zu dieser Tageszeit noch geschlossenen Souvenirgeschäft, dessen Schaufenster mit kitschigen Sisi-Souvenir-Tellern und Tassen mit Hirsch-Dekor vollgestellt war. Die Praxis stand dazu im vollen Kontrast. Die Wände waren in einem dunklen Violettton gestrichen, der nur auf den ersten Blick angenehm wirkte. Keine Bilder, kein Kitsch. Eine einzelne Kerze flackerte am Fenster gegen das Halbdunkel draußen an, ein Zimmerbrunnen plätscherte aufdringlich unaufdringlich mit dem Regen um die Wette. Berenike setzte sich. Die Müdigkeit fiel wie ein Federpolster über sie, da wurde sie schon in den Behandlungsraum gerufen.

Dort wirkte es noch düsterer. Die Wände waren auch hier violett, alle Vorhänge vor den Fenstern zugezogen, Kerzen leuchteten in Ecken und Winkeln. Eine große Frau mit schmalem, fast hagerem Gesicht, mandelförmigen Augen und langen, schwarzen Haaren trat auf Berenike zu. Der Blick aus ihren dunklen Augen wirkte brennend. Ihre Hand war knochig und rau, als sie sie Berenike zur Begrüßung gab.

»Was führt Sie zu mir, Frau Roither?«, fragte sie dann, nicht unfreundlich, aber distanziert.

Berenike schilderte die Rückenschmerzen, die sie seit Wochen plagten. Schmerzen, die andere Schmerzen fast überlagerten. Aber eben nur fast.

Anniko deutete auf eine schmale Liege, die mit einem schwarzen Leintuch bespannt war. »Legen Sie sich hier hin, auf den Bauch bitte. Entspannen Sie sich. Dort hinter dem Paravent«, sie zeigte in die dunkelste Ecke, »können Sie sich ausziehen. Ich bin gleich zurück.«

Während Berenike tat wie geheißen und sich in der engen Nische aus ihren feuchten Klamotten schälte, ertönte das Klicken einer Musikanlage, die eingeschaltet wurde. Zu mystischen Instrumentalklängen ließ sie sich schließlich auf die Liege gleiten. Gar nicht so einfach, so steif, wie sich ihr Kreuz anfühlte. Endlich lag sie erwartungsvoll da. Die Musik zog sie in ihren Bann. Die Gedanken drifteten ab. Schritte knirschten über Parkett, Hände legten sich sanft auf ihren Rücken. »Wo tut es am meisten weh?«, fragte die Masseurin mit ihrer tiefen Stimme.

Am meisten? Berenike stieß ein Lachen hervor. Einfacher wäre es, zu sagen, wo nichts wehtat.

»Hier? Oder mehr hier?« Die Hände der Masseurin wurden wärmer, je länger sie über ihren Rücken wanderten.

»Aua!« Plötzlich konnte sie einen Aufschrei nicht unterdrücken. »Hier tut es sehr weh.« Komisch, wie der Schmerz sie vor sich her treiben konnte, als hätte sie keinen eigenen Willen mehr. Wie er den eigenen Willen auflöste, für alles, was außerhalb dieses Schmerzes lag. Aller Wille bestand darin, den Schmerz zu beenden, egal wie.

Die Masseurin murmelte etwas wie: »Svadhisthana«, und dann noch einiges Unverständliche. »Zwischen dem zweiten und dritten Chakra, das heißt im Kreuz«, sagte sie schließlich lauter. »Verstehe. Gut, dann wollen wir mal.«

Die Masseurin arbeitete nun schweigend, die Musik wurde schneller, ruhiges Trommeln steigerte sich zu einem Wirbel. Das heiße Wachs der Kerze roch intensiv und mischte sich mit einem herben, aber nicht unangenehmen Duft, der vermutlich vom Massageöl kam. Sylvie hatte recht gehabt, das tat wirklich gut, obwohl es gleichzeitig schmerzte.

Anniko knetete Muskeln, strich über Knochen, dass sie davonlaufen wollte. Das Klopfen der Regentropfen vermischte sich mit den Trommelschlägen, wurde zu Schritten, die sie verfolgten, in immer schnellerem Rhythmus, sie weiter und weiter trieben, an einem dunklen Ort, von dem es keinen Ausweg gab.

»So, setzen Sie sich jetzt bitte auf, aber vorsichtig.«

Ein schriller Ton ließ Berenike hochfahren. War das ein Schrei gewesen? Zum zweiten Mal an diesem Tag wurde sie aus etwas wie einer Trance gerissen. Sie blinzelte, während sie sich aufrichtete, fasste sich an die Kehle, bekam keine Luft. Der Raum war unverändert, nichts Ungewöhnliches weit und breit. Trotzdem war Berenike sicher, einen Schrei gehört zu haben, einen Schrei, der zwischen den Mauern eines düsteren Verlieses widerhallte, aus dem es kein Entkommen gab.

Anniko stand abwartend hinter ihr, streckte helfend eine Hand aus. Berenike richtete sich auf. Schmerz fuhr ihr vom Kreuz bis in den Kopf mitten ins Herz. Sie rieb sich über die Augen, zwinkerte Tränen weg.

»Hab ich Ihnen wehgetan?«, fragte Anniko und beugte sich besorgt zu ihr vor.

»Nein, nein, es geht schon.«

Berenike lauschte. Keine Schreie. Die Musik war auch zu Ende.

»Wenn was stört«, sagte Anniko langsam hinter ihr und legte dabei sanft ihre Hände auf Berenikes Nacken, »wenn etwas nicht richtig ist, wenn etwas fehlt, dann muss man sich damit auseinandersetzen.« Sie strich sehr sanft über Berenikes Nacken, berührte die Stelle, die besonders empfindlich war, ihr einen wohligen Schauer über den Rücken jagte. Das fehlte. Sehr sogar. Der Schrei saß in ihrem Herzen.

»Danke schön«, sagte Anniko leise. Sie ließ ihre Hände von Berenikes Rücken gleiten, trat zur Seite und deutete eine kleine Verbeugung an. Die schwarzen Haare fielen ihr ins Gesicht, deckten die funkelnden dunklen Augen fast zu. »Bleiben Sie noch einen Moment sitzen.« Mit einem Klicken wurde die Musik ausgeschaltet. Berenike atmete ein paarmal tief durch, die brennenden Kerzen ließen die Luft stickig wirken. Während Anniko im halbdunklen Raum herumzukramen anfing, stand Berenike auf und zog sich wieder an. Als sie fertig war, bat die Masseurin sie, sich in einen Korbsessel an einem niedrigen Tisch zu setzen und nahm ihr gegenüber Platz.

»Möchten Sie eine Tasse Hibiskustee? Er wurde mir eben ganz frisch aus Ägypten mitgebracht.«

»Gerne.«

Plätschernd wurde rötlicher Tee aus einer Thermoskanne in zwei kleine Tassen eingeschenkt. Er roch fruchtig-sauer, erinnerte an Schulausflüge. Eine Kerze flackerte in der Mitte der Tischplatte. Berenike nahm die Tasse und legte ihr Handflächen darum. Die Wärme tat gut, der Schmerz verebbte ein wenig, das Gefühl, gleich in Tränen auszubrechen, ließ langsam nach. Dabei starrte sie in die Flamme der Kerze, deren Wachs so dunkel war, wie das Chili-Schokoladen-Eis bei ihrem ersten privaten Gespräch mit Jonas vor Jahren. Dunkel wie die Locken, die ihm immer in die Stirn fielen.

Mit aller Macht schob Berenike das Bild weg und lehnte sich vor, dass die Hitze der Kerzenflamme auf ihrer Haut brannte. Immer noch echote der Schrei von vorhin in ihrem Kopf. »Wie viel bekommen Sie?«, fragte sie, um sich ganz auf den Moment zu konzentrieren, und kramte nach ihrer Geldtasche.

»40 Euro, bitte.«

Berenike legte zwei Zwanzigeuroscheine auf den Tisch. Anniko bedankte sich mit einer kleinen Verneigung ihres Kopfes.

»Denken Sie an das, was ich vorhin gesagt habe. Verspannungen haben immer auch seelische Ursachen.« Die Masseurin räumte routiniert die Geldscheine in eine glitzernde Schatulle, die wie die Miniaturausgabe einer Schatztruhe aussah, und drehte sich mit einer fließenden Bewegung zum Fensterbrett, von dem sie eine bunt gekleidete Stoffpuppe nahm und sie vor Berenike hinlegte. »Ich habe die richtige Lösung für Sie. Überlegen Sie, was stört, was wehtut, was zu viel ist oder zu wenig. Welche Menschen Ihnen nicht guttun. Und überlassen Sie all das der Puppe. Stecken Sie für jedes Problem, für jeden einzelnen Punkt eine Nadel in den kleinen Körper. Denken Sie ganz fest daran, dass Sie den Umstand damit loslassen. Wenn Sie wiederkommen, sprechen wir darüber, wie es Ihnen damit ergangen ist.« Sie schloss und öffnete die Augen mit einem langsamen Wimpernschlag, was an eine müde Eule bei Tageslicht erinnerte. »Seien Sie bereit, eine Lösung zu finden. Ihre Lösung.«

Berenike war, als würde ihr Kopf von alleine nicken, ohne ihren Willen. Der Tee vor ihr roch säuerlich.

»Konzentrieren Sie sich und denken Sie über alle Probleme nach, die Sie ungelöst mit sich herumschleppen. Alles.« Sie schob die Puppe und ein kleines Päckchen über den Tisch zu Berenike und sah sie offen an. »Alles Gute!«

»Danke.«

»Sie dürfen loslassen, was zu schwer ist«, sagte Anniko leise mit warmer, mitfühlender Stimme. »Wenn es dabei zerbricht, ist es vermutlich richtig so, auch wenn sich die Zerstörung zuerst schmerzlich anfühlt. Wir sehen uns zu einem nächsten Termin?«

»Gern«, sagte Berenike. Schon beim Aufstehen spürte sie Erleichterung, als wäre ein wenig Gewicht von ihren Schultern gerutscht. »Ich melde mich.«

*

Es schüttete immer noch wie aus Kübeln, als Berenike vor die Haustür trat. Draußen war es nur unwesentlich heller als in den Räumen der Masseurin. Abwartend blieb Berenike vor der Auslage mit dem Sisi-Kitsch stehen und überlegte, ob sie ein Taxi nehmen sollte oder doch den Bus. Dabei atmete sie tief die saubere, erdig nach Frühling riechende Luft ein, ließ die Schultern kreisen. Lange war sie nicht mehr so entspannt gewesen! Bis auf diesen seltsamen Schrei, der immer noch in ihrem Kopf widerhallte.

»Na, Fräulein, noch nichts vor heute?« Ein etwa 60-jähriger Mann mit Steireranzug und grauem Hut verlangsamte den Schritt vor ihr. Ohne Schirm trotzte er dem Regen, obwohl das Wasser schon von der Hutkrempe tropfte. Ein echter Mann halt.

Sie wollte grad eine schnippische Antwort geben, da bog Max mit seinem grünen Geländewagen um die Ecke und bremste knapp hinter dem 60-Jährigen, der zur Seite sprang – genau in eine Regenlache. Wasser spritzte und Berenike verkniff sich ein boshaftes Lachen.

»Berenike, servus!« Max öffnete von innen die Beifahrertür. »Schnell, steig ein.« Der alternde Trachtenkerl stand in der Gegend herum und starrte aus großen, wässriggrauen Augen zu ihnen herüber. »Was ist, kennst du den?«

»Nein.«

»Geht er dir auf die Nerven?«

»Alles okay, Max. Was machst du schon wieder hier? Ich kann doch den Bus nehmen!«

»Nix da. Du fährst mit mir. Ich hab meine Einkäufe erledigt, dann hab ich auf die Uhr geschaut und mir gedacht, schaust, ob die Berenike schon fertig ist. Vielleicht kann's mich brauchen.« Stolz sah er sie an. »Und, richtig so.«

»Kluger Kerl«, alberte Berenike. Beide lachten. Das überdeckte endlich den Schrei in ihrem Kopf. Diesen seltsamen Schrei, den es gar nicht gab. Sie hielt ihre Tasche zu, in die sie obenauf Annikos Utensilien gelegt hatte. Fehlte grad noch, dass Max blöde Witze über Puppen riss, die erwachsene Frauen in der Gegend herumtrugen.

# 2

Tief hing der regenschwere Himmel über dem See, als Max sie vor ihrem Salon für Tee und Literatur in Altaussee aussteigen ließ. »Magst du noch mit reinkommen auf einen Tee?«, fragte sie.

»Gern.« Von Max kam wieder so ein Blick, den sie nicht zu deuten wusste. »Bei mir ist ja heut Ruhetag.«

»Dann rein mit dir!« Sie hielt Max die Tür auf. Als sie sich umsah, bemerkte sie Albert Scheiner auf der gegenüberliegenden Fahrbahnseite in der Nähe von Ragnhilds Pension. Ihr Vermieter hatte Berenike an diesem Tag noch gefehlt!

»Hallo, Herr Scheiner«, grüßte sie höflich. »Wollten Sie zu mir?«

»Nein, nein«, winkte er ab und nestelte, während er die Straße überquerte, an seinem Hut, um ihn sich tiefer ins Gesicht zu drücken. »Ich hatte in der Gegend zu tun. Ach so, wenn ich schon hier bin, Frau Roither, Sie sollten in Zukunft pünktlich bezahlen. Sonst kann ich für nichts garantieren. Es gibt schließlich genügend andere Interessenten für freie Lokale.«

»Habe ich etwas übersehen?« Sie überlegte, welches Datum sie hatten, konnte sich aber nicht konzentrieren. »Heute ist doch noch nicht der Monatserste. Oder?«

Scheiner schüttelte den Kopf. »Sie haben noch vier Tage Zeit. Übrigens gut, dass Sie den esoterischen Quatsch abmontiert haben.« Er deutete auf die britische Fahne, die über der Auslage hing.

»Buddhismus ist eine Religion wie viele andere«, entgegnete Berenike. »Wenn weiter nichts ist, dann auf Wiedersehen, Herr Scheiner. Ich werde nachher gleich die Zahlung veranlassen.«

Scheiner nickte ihr zu und überquerte die Fahrbahn. Endlich trat Berenike ein. Drinnen lief klassische Musik auf ihrem alten Plattenspieler. Berenike lauschte. Das war Smetanas »Mein Heimatland«, eben lief das Stück über die Moldau. Ihr war, als würde der Fluss in der Nähe vorbeirauschen. Und es duftete herrlich nach frisch gebackenem Kuchen.

»Was riecht denn hier so gut?«, fragte sie Tiffany, die gerade die wenigen Gäste bediente.

»Zitronenmuffins!«, rief ihre Angestellte fröhlich.

»Riecht verheißungsvoll«, sagte Berenike und atmete tief durch, um sich zu beruhigen. Ihr Herz klopfte so laut wie die vermeintlichen Schritte eines Verfolgers während der Massage.

Tiffany hieß eigentlich Slavica und stammte ursprünglich aus dem ehemaligen Jugoslawien. Besser gesagt, ihre Eltern waren von dort ins Salzkammergut zugewandert. Papa Jossip und Mama Dragica waren fleißig gewesen, hatten eine Tischlerei aufgebaut und vier Kinder bekommen. Alles war gut, bis auf die Namen, auf die sie ihre Kinder getauft hatten. Fand zumindest Tiffany. »Sie fahren kaum noch nach Jugo, sie essen am liebsten Wiener Schnitzel, die Sprache haben sie uns auch nicht beigebracht, aber wir Kinder sollen so tun, als wären wir serbisch«, schimpfte Tiffany ab und an. Sie hatte sich umgetauft, seit sie im Alter von 14 Jahren zum ersten Mal den Film »Frühstück bei Tiffany« gesehen hatte. Einmal hatte Berenike die Kellnerin gefragt, warum sie sich dann nicht gleich Audrey genannt hatte. »Den Namen kann doch hier erst recht keiner aussprechen!«, war die vorwurfsvolle, wenngleich berechtigte Antwort gewesen.

»Gleich hole ich die Muffins aus dem Ofen, dann kannst du kosten, Chefica!«, alberte Tiffany.

»Sehr gern«, sagte Berenike. »Aber bitte, hör auf, mich *Chefica* zu nennen!«

»Ist recht, Chefica!« Lachend verschwand Tiffany in der Küche. Immerhin verbreitete sie mit ihren Albernheiten gute Laune.

»Schön ist es wieder geworden bei dir«, sagte Max anerkennend und schwang sich auf einen Barhocker.

»Ja, die Renovierung hat gut geklappt, was?« Berenikes Blick glitt über die frisch gestrichenen Räume, als ob die hellen Farben das Grauen in ihr überdecken könnten. Die Einrichtung war diesmal britischer gestaltet. Kleine englische Fähnchen standen als Dekor auf den Tischen, die Bänke waren in rotem Schottenkaro bezogen worden. Vom selben Stoff hatte sie Decken für den Garten schneidern lassen. An der Theke standen altmodische Messing-Kuchenständer bereit für den High Tea. Miss Marple und Sherlock Holmes blickten von den Wänden auf die Gäste herab, zusammen mit einem Foto der Queen. Nur ein Bild von Prag war zwischen die britische Weltmacht quasi hineingeschmuggelt worden. Berenike hatte es von ihrer Großmutter geerbt, es hatte in dem Feinkostgeschäft gehangen, das die Großeltern jahrelang geführt hatten. Nach ihrem Tod hatte Berenike es als Erinnerung mitgenommen. Es zeigte einen dunklen Turm in Prag, ein altes Schwarz-Weiß-Bild. Zu dem Bild gehörte die dramatische Geschichte von der ersten großen Liebe der Großmutter, einem jungen Mann, den sie nur heimlich in der Nähe des Turms getroffen hatte und der während der deutschen Besatzung unter tragischen Umständen gestorben war, gerade einmal 20. Das hatte die Großmutter ihr in einem seltenen Moment der Offenheit erzählt, als im Laden nichts los war. Ihre Augen hatten dabei verdächtig geglänzt. Sie hatte ganz anders gewirkt als sonst, traurig, verletzlich, voller Gefühle. Berenike kannte den Namen des jungen Mannes nicht. Sinnierend sah sie das düstere Bild an. Sie fand, es machte sich gut zwischen der restlichen Einrichtung. Ihr Blick fiel auf das Schild: *Where there's tea, there is hope*.

Ja, vielleicht.

Vielleicht könnte sie später noch Fruit Bread machen. Oder Scones. Sie hatte in letzter Zeit ein Faible für das Kuchenbacken. Allerdings wäre das nur sinnvoll, wenn mehr Gäste kämen. Sorgenvoll warf Berenike einen Blick auf die Uhr. Na gut, erst halb zwölf. Das war zwar fast Mittagszeit, aber vielleicht käme zur Tea Time am Nachmittag mehr Kundschaft. Der Regen wäre doch passend, um viel Tee zu trinken.

»Ich bin gleich wieder bei dir!«, rief sie Max zu und verstaute ihre Tasche in dem kleinen Büro. Die Utensilien, die Anniko ihr gegeben hatte, sperrte sie im Sekretär ein, der noch von ihrem Großvater daheim in Wien stammte. Dann zog sie statt der Jeans ihren roten Schottenrock zum schwarzen Rollkragenpulli an.

Zurück im Teesalon fand sie Max in einer der Ecken mit Ausblick zum See und zu den Bergen, wenn sie sich gezeigt hätten, was sie heute vor lauter Regenwolken aber nicht taten. »Wie wär's, einen Jaipur-Tee mit Milch, Max?«, schlug sie vor. »Das ist eine Schwarztee-

Mischung, die mehrere indische Gewürze enthält. Das wärmt von innen.«

»Soso. Wärmt von innen, aha. Da wüsst ich bessere Möglichkeiten.«

»Geh, Max, sei nicht so albern.« Sie musste auch lachen. Nach einem Moment des Erstaunens merkte sie, wie sich etwas in ihr löste. Vielleicht ging es aufwärts, weiter, vielleicht könnte sie endlich wieder durchatmen. Auch wenn sie jetzt allein lebte.

»Okay, okay. Bin ganz ernst. Gehst dann einmal wieder mit mir aus?« Seine Mundwinkel zuckten.

»Max!«

»Auf jeden Fall solltest du zu dem ganzen Tee endlich ordentlichen Schnaps ausschenken.«

»So wie den Lupitscher, nach dem sich keiner mehr auf die Piste wagt?«

»Keiner von den Wienern, meinst. Die Einheimischen schaffen das schon. Wegen dem bissl Schnaps mit Tee.«

»Egal.« Immer noch mit einem Schmunzeln zeigte Berenike hinter die Theke. Das Schild war eines der wenigen Dinge, die nach der Renovierung gleich geblieben waren: ›Strictly tea is served‹.

Max nickte verständnisvoll. »Ich weiß schon, heutzutag' muss man ein eigenständiges Konzept haben für ein Lokal. Das war früher anders. Ich hab die Wirtschaft von meinem Vater so übernommen, wie sie auch jetzt noch ist.«

»Und das ist gut so, Max.« Sein Gasthaus in Bad Aussee besuchte Berenike immer wieder gern, einmal war sie dort sogar auf einem Trachtenball gewesen, zusammen mit Jonas. Und es war mörderisch zugegangen.

»Als dann, bring mir diesen Tee, bitte.«

»Mach ich.« Sie war froh, wieder von der Erinnerung an den Mordfall abgelenkt zu werden. Jetzt war Frühling, die Bäume trieben aus, überall junges Grün. Endlich. Sie wählte eine altmodische Kanne mit rosa Blümchen und ebensolche Tassen mit geschwungenem Goldrand. Sie stellte Wasser dazu, maß Teeblätter ab, goss auf und servierte schließlich. Nach vier Minuten Ziehzeit hob sie den Filter heraus und schenkte ein, schob Max eine Tasse hin, schenkte sich selbst ein. Ihr Magen rumorte auf einmal laut, sodass Max sich ein Grinsen nicht verkneifen konnte. Appetit hatte sie trotzdem so gar keinen. Sie ging in die Küche, wo tatsächlich die Zitronenmuffins zum Auskühlen standen, und legte ein paar davon auf einen Teller mit ebenfalls rosa Blümchen. Nach einem Moment des Überlegens nahm sie noch eine Packung Walkers von der Theke, die mit Cheese & Onion. Vielleicht würde sie von den Chips eher etwas runterbringen.

Sie stellte alles auf dem Tisch ab und setzte sich Max gegenüber. Wenigstens gab es aufgrund der wenigen Gäste die Möglichkeit, noch ein wenig zu entspannen. Nur eine Sache auf einmal, jetzt einfach nur Tee trinken und sich mit Max unterhalten. Sie griff nach der Tasse, legte beide Hände um die Schale, spürte, wie die Wärme von dort aus ihren Körper eroberte, nahm wahr, wie der Tee nach Zimt und Orange duftete.

Max hob seine Tasse, als wolle er ihr damit zuprosten. »Und wie geht's dir sonst so? Nach diesem wilden Fall, den du und dein Jonas gelöst haben?«

»Er ist nicht mein Jonas«, brummte Berenike und nahm einen Schluck Tee.

»Nicht?« Max zog eine Augenbraue hoch. »Bist du sicher?«

Sie zögerte, nickte dann.

»Du hast nix mehr von ihm gehört, seit du geholfen hast, ihn zu befreien, Berenike?«

»Nein«, quetschte sie heraus.

»Das wird alles wieder, Berenike.« Max stellte seine Tasse ab und griff nach ihrer Hand. »Abwarten und Tee trinken. An deine Tür werden noch viele interessante Männer klopfen. Jonas ist ein Schuft und deiner nicht wert. Und ein miserabler Polizist ist er obendrein.«

»Ist er nicht.«

»Er wäre aus Leichtsinnigkeit fast draufgegangen bei dem Fall. Ist das vielleicht neuerdings die Art, wie man in Mordfällen ermittelt?«

»Nein. Eigentlich nicht.«

»Siehst du.« Endlich nahm er einen Schluck Tee. »Ah, das schmeckt wirklich überraschend gut. Ganz besonders, nachdem es gestern ein langer Abend wurde in der Wirtschaft.«

»Freut mich.«

Max stellte die Tasse klirrend ab. »Das war eine schreckliche Mordserie.«

»Ja, unglaublich, nicht?«

»Es wird Zeit, nach vorne zu blicken, Berenike.«

»Meinst du? Die Masseurin eben hat mir geraten, mich mit den alten Dingen zu beschäftigen, aber um sie endgültig loszuwerden.« In ihrem Kopf waren wieder die Bilder dunkler Mauern, sie bekam keine Luft. »Erst wenn man das Alte verdaut hat, kann man nach vorne blicken, meinst du nicht auch?« Den Kopf in eine Hand gestützt, sah Max sie eindringlich an.

»Kann sein.«

Die Glöckchen über der Tür bimmelten sachte, Alma

stürmte direkt auf ihren Tisch zu. »Hast du einen Reiseführer über Kafkas Prag, Berenike? Wir fahren mit Pessoas Erben nach Prag, weißt du.«

»Ich wünsche dir auch einen schönen Tag, Alma.« Max betrachtete neugierig die Astrologin, die zu einer Autorengruppe namens *Pessoas Erben* gehörte. Heute trug sie ein eng anliegendes nachtblaues Kleid, das ihre weiblichen Rundungen gut zur Geltung brachte.

»Ach, Max, grüß dich.« Alma wirbelte wie unter Strom herum.

»Servus, Alma«, sagte Berenike.

»Berenike, ich habe nicht viel Zeit. Mein nächster Kunde kommt gleich, ein wichtiger Mann, der seine Geschäftstermine nach den Sternen legt. Also was ist, hast du einen Reiseführer über Kafkas Prag?«

»Meinst du einen bestimmten Reiseführer?«

»Nein. Ich weiß nicht mal, ob es so ein Buch gibt. Ich dachte, du könntest mir das sagen.«

»Ich werde es gleich herausfinden.« Berenike stand auf und ging hinüber in den Literatursalon, gefolgt von Alma. Zwischen den hohen Regalwänden herrschte Stille, nur eine einzelne Kundin stöberte bei den Krimis.

Berenike tippte eine Suchanfrage in das Buchhandelsprogramm des Computers. Eine Liste mit Buchcovern tauchte auf, auf denen diverse Sehenswürdigkeiten abgebildet waren. Die astronomische Uhr, die Moldau, goldene Kuppeln, enge Gässchen, dunkle Gemäuer. »So, da haben wir alles, was verfügbar ist.« Sie druckte zwei Seiten mit den genauen Titeln aus und gab sie Alma. »Lies dir die Beschreibungen durch und gib mir Bescheid, okay?«

»Danke.«

»Wann fährst du denn?«, fragte Berenike.

»Nächste Woche. Wir wollen uns von Kafka für ein Theaterstück inspirieren lassen, das wir gemeinsam schreiben möchten.« Alma wollte den Zettel in ihre Handtasche schieben, aber irgendwas sperrte sich dagegen. Sie stopfte ihn mit aller Gewalt hinein. »Sepp hat die Idee gehabt und die anderen waren gleich dafür. Bis bald, Berenike. Danke!«

Nachdem Alma gegangen war und Max kurz darauf den Salon verlassen hatte, servierte Berenike ab und stellte alles in den Geschirrspüler. Dann holte sie das Püppchen von Anniko und nahm es nachdenklich in beide Hände. »Ist heute irgendwo was los, Tiffany? Irgendeine Veranstaltung?«

»Du meinst, weil keine Leute da sind?« Tiffany trat neben sie und sah ihr neugierig über die Schulter. »Ich weiß von nichts. Was hast du da?«

»Nichts.« Berenike legte das Püppchen auf die Arbeitsplatte. Tiffany ging in die Küche, Berenike blieb allein an der Theke stehen. Sie lauschte dem monotonen Klopfen des Regens auf den Fensterbrettern. Die Uhr zeigte fast eins. Sie starrte auf den Zeiger, der sich nicht zu bewegen schien. Als wäre sie aus der Zeit gefallen, von allen verlassen. Ihr Blick fiel auf die Teebehälter. Sie würde sich jetzt noch einen Tee zubereiten, China Rose am besten. Tee half immer. Allein durch die Bewegungen fühlte sie sich etwas lebendiger, die gewohnten Handgriffe waren wie Zen. Innere Leere, nichts anderes tun oder denken als das, was man gerade tut. Wenn es nur so einfach wäre!

Sie schnupperte an den zart blumig duftenden Teeblättern, goss das Wasser auf und drehte dann das

Püppchen in den Händen hin und her. Sie dachte an die Worte der Masseurin. Alle Probleme dieser Figur anvertrauen. Da kam einiges zusammen: die ausbleibenden Gäste, Jonas, der sie verletzt hatte und ihr trotzdem fehlte. Sie hatten getrennte Wohnungen beibehalten, er in Graz, wo seine Dienststelle bei der Kriminalpolizei lag, sie in Altaussee, wohin sie nach ihrer großen Lebenskrise gezogen war. Sich gegenseitig zu besuchen war etwas Besonderes geblieben, auch wenn sie manchmal den Eindruck gehabt hatte, Jonas hätte es lieber gern anders gehabt. Und jetzt wusste sie gar nicht mehr, woran sie mit ihm war. War es vorbei mit ihnen? Oder nicht? Seine Sachen hatte er jedenfalls noch nicht geholt.

Sie nippte an dem Tee. Lächerlich, das alles einer Puppe zu sagen. Was konnte eine Puppe helfen gegen den Schmerz, dass womöglich alles vorbei war? Ob es ihm schon besser ging, seit er in Lebensgefahr geraten war? Sie dachte wieder daran, wie er damals weggegangen war. Ja, sie hatte ihn davor schon weggeschickt. Sollte sie ihn anrufen? Die Angst vor einer endgültigen Abfuhr lähmte sie. Sie fürchtete sich davor, wie er ihr in sachlichem Tonfall sagen würde, dass sie sich nie wieder sehen würden. Sie verstand nicht, was los war mit ihnen. Es war, als wüsste sie gar nichts mehr über ihn.

Die Teeuhr piepste in ihre Gedanken hinein. Berenike nahm das Filter aus der Kanne und warf es weg. Dann goss sie den duftenden Tee in eine feine weiße Porzellantasse mit zartem Rosenmuster, ein Erbstück ihrer geheimnisvollen Tante Salome, die als eine der wenigen jüdischen Verwandten ihres Vaters die Shoah überlebt hatte. Die Tasse hatte wohl einmal zu einem eleganten

Service gehört, war aber als einzige erhalten geblieben, deshalb verwendete Berenike sie nur für sich selbst.

Tief durchatmend blickte sie durchs Fenster. Der Regen musste aufgehört haben, die Fensterscheiben waren vom Wasserdampf beschlagen. In der hereinbrechenden Dämmerung verschwamm das Licht von draußen im weißen Dunst auf dem Glas. Wenn sie ausgetrunken hatte, würde sie hier alles abschließen, Tiffany heimschicken und ihre Schwester Selene von Ragnhilds Pension gegenüber abholen, wo sie gerade wohnte. Sie würden sich einen schönen Abend machen und endlich vom Alltag ablenken; auch Selene hatte das nötig nach der Scheidung und dem Jobverlust.

Berenike nahm die Puppe zur Hand, um sie wegzuräumen. Tatsächlich fühlte sie sich etwas leichter, nachdem sie den Kummer einmal durchdacht hatte. In diesem Moment hörte sie einen Schrei, er klang wie zuvor bei der Massage. Berenike hielt sich die Ohren zu, aber er ließ sich nicht ausblenden. Ein Schmerzensschrei. Berenike spürte eine unglaubliche Trauer, bis sie merkte, dass er dieses Mal real war.

Es war die Stimme ihrer Schwester.

Berenike sprang auf, hörte noch die Tasse klirrend zu Bruch gehen, doch darauf achtete sie nicht mehr. Den Schrei in den Ohren hetzte sie los, hörte die Türglöckchen irre bimmeln, die Tür ins Schloss fallen, ein Auto hupen, als sie die Straße überquerte, und das Bremsen von Rädern, rannte weiter, auf Ragnhilds Pension zu.

Sie verhielt den Schritt, lauschte. Jetzt war alles still. Nur der leichte Gummigeruch der Reifen lag noch in der Luft. Was mochte Selene diesmal in Panik versetzt haben? Flugzeuge, die angeblich giftiges Zeug versprühten? Oder Fluorid in Zahnpasta, das Menschen hirntot machen sollte? Keuchend stieß Berenike die Eingangstür auf. Sanfte asiatische Musik erklang, völlig arrhythmisch zum Puls ihres Herzens und dem Rauschen des Blutes in ihren Ohren. Am unbesetzten Empfang vorbei hastete Berenike die Treppe nach oben und den Gang entlang. Etwas raschelte, Berenike erschrak, erkannte eine Palme, die gerade ein welkes Blatt verlor. Weiter! Über einen weichen roten Teppichboden, knarrende Holzstiegen hinauf. Welche Zimmernummer? 13? 13. Oder? Gab es diese Zahl überhaupt in Hotels? War es doch Zimmer drei? Der Schrei hallte immer noch nach, mischte sich mit dem Musikgedudel, dass sie glaubte, ihr Kopf würde davon explodieren. Und es roch, sie überlegte, es roch komisch, sie konnte es nicht zuordnen.

Der Gang gabelte sich. Verdammt, wohin jetzt? Eine Hand an die Stirn gelegt, versuchte sie sich zu erinnern. Die kleine, silberne Buddha-Figur. Ging es von ihr aus links oder rechts? Die Statue antwortete nicht. Gelassenheit, haha. Berenike hielt lauschend den Atem an. Nichts. Kein Schrei, kein Atmen, gar nichts. Als wäre der Tod schon hier gewesen, als hätte er alles beendet. Für einen Moment wirkte alles unwirklich, als wäre es ein Traum, als wäre sie mit dem Püppchen in der Hand eingeschlafen, und gleich würde Tiffany fragen, was los war, sie würde was essen und ihren Tee austrinken und nach Hause gehen.

Ein Wimmern riss sie aus ihren abgedrifteten Gedanken. Das Wimmern von jemandem, der verletzt war. Weiter, sie musste Selenes Zimmer finden. Dem Geräusch des Wimmerns nach! Sie hastete die Wände mit Tuschzeichnungen von Steinen oder Bäumen entlang, die dezente indirekte Beleuchtung nervte, weil man kaum was erkennen konnte. Tür Nummer 11 – dahinter war es still. 12 – auch kein Laut. 13 – interessant, dass es diese Nummer hier gab. Sie stürzte auf die Tür zu, die Hand nach der Klinke ausgestreckt, stolperte, wäre fast gefallen, bemerkte ein lose auf dem Boden liegendes Kabel, in dem sich ihr Fuß verfangen hatte, kickte es ungeduldig weg. Ein loses Kabel, sonst nichts. Sonderbar. Kein Staubsauger, kein sonstiges Gerät. Sie schaute ungläubig ein zweites Mal. Ein Kabel, das irgendwo herausgerissen worden sein musste, die Drähte lagen nackt da.

Ein Würgen, es kam aus Nummer 13. Berenike drückte auf die Klinke, die Tür bewegte sich nicht. Voller Angst hämmerte sie an das Türblatt und wartete. Einen Moment später versuchte sie, die Tür nach außen zu öffnen. Tatsächlich ging sie auf. Im Türrahmen hielt Berenike inne, vor sich ein ganz in grün eingerichtetes Zimmer. Da war wieder der Geruch von vorher. Stärker diesmal. Sie sah sich genau um, konnte aber niemanden sehen. Das Zimmer schien leer. Nur das Würgen war zu hören, jetzt lauter, ein säuerlicher Geruch nach Erbrochenem waberte näher, obwohl das Fenster weit offen stand und kühle Luft hereinwehte. Wind zerrte an dünnen weißen Vorhängen. Eine Stehlampe lag auf dem Boden, der Lampenschirm eingedrückt, Scherben glitzerten auf dem hellgrünen Teppich, reflektierten das Licht der Deckenlampe.

Berenike machte vorsichtig die Zimmertür zu, niemand hatte sich in dem Spalt dahinter versteckt. Sie folgte dem Würgegeräusch, das vermutlich aus dem Bad kam. Berenike spannte alle Muskeln an, stieß die schmalere Tür auf, die krachend gegen die Wand knallte. Eine

Gestalt kauerte vor einer weißen Toilettenschüssel, lange blonde Haare hingen strähnig nach allen Seiten. Sie trug ein weißes Kleid mit Kirschen darauf. Ihre Schwester.

»Selene!« Ein rascher Blick. Auch in diesem Raum war sonst niemand. Berenike beugte sich zu Selene hinunter. Sie warf einen Blick hinter den Duschvorhang. Niemand drin, auch hinter der Tür versteckte sich keiner. Erleichterung! Sie waren allein. Sie beide.

»Was ist los, Selene? Was ist passiert?«

Weiteres Würgen war die Antwort, Berenike strich ihrer Schwester die Haare aus der Stirn, Schweiß klebte auf der Haut. Sie würgte und würgte, dabei kam nur mehr grüngelber Schleim hoch.

»Soll ich dir was zu trinken holen, Selene? Oder ein Stück Brot? So sag was, bitte.«

Selene hob den Kopf, ihr Körper plumpste zur Seite, so blieb sie sitzen, mit dem Rücken an die Wand gelehnt. Das Kleid, der Rock an der Seite eingerissen. Mit ihren blauen Augen, diesen schönen, sanften blauen Augen, starrte sie Berenike an. Sie glänzten unnatürlich, die Augäpfel waren gerötet. Berenike griff nach einem Handtuch und reichte es der Schwester; die wischte sich mit fahrigen Bewegungen über Stirn und Wangen, dann über den Hals. Sie griff sich in die Haare, zerrte sie nach hinten. Rote Striemen an ihrem Hals, verdammt!

»Ein Überfall«, sagte Selene endlich, als würde sie die Worte aus sich herauswürgen wie zuvor den grünen Schleim.

»Wer war das, Selene? Hast du gesehen, wer das war? Wo ist er hin?«

Die Schwester wischte sich über den Hals. »Er war hier, aber mehr weiß ich nicht. Keine Ahnung, ob er durch die Tür oder durchs Fenster weg ist.« Die sanfte Stimme verlor sich. Sie zitterte.

Berenike betrachtete das offene Fenster nebenan im Zimmer. Es wurde immer kälter herinnen, doch sie wusste, sie sollte nichts verändern oder gar berühren, ehe die Polizei hier gewesen war. Sie ging hinüber und warf einen Blick hinaus. Niemand zu sehen, auch keine besonderen Spuren, keine umgeworfenen Blumentöpfe oder sonst etwas. Sie suchte nach einem wärmenden Kleidungsstück, das sie Selene bringen konnte, fand einen dicken grauen Pulli mit altmodischem Zopfmuster, die Wolle griff sich kratzig und abgetragen an. Den brachte sie Selene. »Hier, zieh das an.«

»Danke.« Die Schwester hängte ihn sich um die Schultern, strich sich über die Arme, wie um sich selbst festzuhalten.

»Du musst die Polizei rufen«, sagte Berenike. »Und einen Krankenwagen.«

Selene nickte. »Ich will in kein Spital«, sagte sie.

»Das werden wir ja sehen«, beruhigte Berenike sie. »Was ist überhaupt passiert?«

»Ich weiß nur noch, dass es an meiner Tür geklopft hat.« Selene stieß sich vom Boden ab.

»Wer stand draußen?«

»Keine Ahnung. Als Nächstes bin ich hier auf dem Boden zu mir gekommen. Ich muss ohnmächtig geworden sein.«

»Scheiße. Wir müssen die Polizei rufen. Der Kerl kann nicht weit sein.«

»Rufst du Jonas an? Gut, dass du ihn kennst.«

»Ich weiß nicht, wer Dienst hat.« Berenike wich Selenes Blick aus. Sie meinte Jonas vor sich zu sehen, wie er sich an einem Tatort zu Beginn einen ersten Eindruck verschaffte. Mensch, sie kannte ihn so gut! Sie vermisste ihn, mehr als zuvor. Oder besser: das, was zwischen ihnen gewesen war. Es war ihr immer als etwas Besonderes vorgekommen. Schwer zu fassen, dass das vorbei sein sollte. Egal, wer nun dafür verantwortlich war.

Berenike tastete nach dem Handy in ihrer Hosentasche. Scheiße, wie so oft hatte sie es nicht dabei. Sie war losgerannt, ohne nachzudenken, sie hatte überhaupt nichts mitgenommen, auch nicht ihre Handtasche. Also das Zimmertelefon. Der Polizei-Notruf. 133.

»Hallo? Hier Roither, Altaussee. Meine Schwester ist überfallen worden.« Sie erklärte, wo sie war, wer sie war, ohne Jonas zu erwähnen. Nachdem sie aufgelegt hatte, strich sie Selene über den Rücken. »Sie kommen gleich.«

Berenike fasste ihre Schwester unter dem Arm und begleitete sie zum Bett. Selene machte einen Schritt, einen zweiten, blieb stehen, sah ihre nackten Füße an, deren Zehennägel so rot waren wie die Kirschen auf ihrem Kleid. »Was soll ich der Polizei überhaupt sagen? Es ist so schrecklich, sich an nichts zu erinnern.«

»Ruh dich aus, Selene. Vielleicht kommt die Erinnerung wieder, wenn der ganz akute Schock vorbei ist.«

»Hoffentlich.« Selene wich den Glasscherben der Lampe aus und ließ sich auf das grün überzogene Hotelbett fallen. Furchtsam sah sie sich im Raum um.

»Es ist niemand hier. Und ich bleibe bei dir, meine Liebe.« Berenike setzte sich neben sie, sodass sie Tür und Fenster im Blick behalten konnte. »Hier kommt keiner ungesehen rein, glaub mir.«

Selene ließ sich zurückgleiten, schlug die Decke zurück. In der Luft roch es ein wenig nach Putzmittel.

# 3

*Kriminalpolizei, Graz*

»Hallo, Jonas, kannst du …?«

Abteilungsinspektor Jonas Lichtenegger riss es aus seinen Gedanken, er betrachtete den von Papieren übersäten Schreibtisch. Er wäre fast über diesem Bericht mit den umständlichen Formulierungen weggenickt. Sein Blick fiel auf den Stempel am Briefkopf, er erschien ihm unleserlich. Er unterdrückte ein Gähnen, schob die Papiere zusammen und sah blinzelnd auf.

»Gut, dass ich dich erwische!« Seine Kollegin Mara Wander stand in der Tür zu seinem Büro, ihr Blondschopf war fast auf derselben Höhe wie das Foto des Polizeipräsidenten. Er wollte irgendwas sagen, verstummte aber angesichts ihres ernsten Blickes. Ihr Aussehen war spitze. Sie trug einen kurzen schwarzen Rock und einen waldgrünen engen Pulli, die langen blonden Haare waren offen wie … ihm fiel das Wort nicht ein. Es wurde immer schlimmer mit ihm. Wie schaffte es Mara nur, dauerhaft so gut auszusehen, ohne jede Spur von Müdigkeit? Es war, als hinterließe der Arbeitsalltag samt der vielen Überstanden nicht die geringste Spur an ihr. Im Gegensatz zu ihm selbst.

Jonas nahm die Brille ab und rieb sich die Augen. »Natürlich erwischt du mich.«

Mara runzelte die Brauen, schloss die Tür hinter sich

und lehnte sich mit dem Rücken dagegen. »Jonas, darf ich ehrlich reden?«

Überrascht sah er sie an. »Klar, was ist denn?«

»Du musst etwas tun. Bitte. Du gehst vor die Hunde, das sieht jeder.«

»Nicht du auch noch, Mara! Bitte!«

»Du solltest das alles nicht auf die leichte Schulter nehmen.«

»Die Schussverletzung ist Wochen her, Mara. Alles verheilt, wie es soll, es ist im grünen Bereich, ich muss schließlich böse Buben fangen.«

»Und was ist mit der Gefahr, in der du geschwebt bist? Das muss dich Kraft gekostet haben. Du solltest dich erholen, Jonas. Nimm ein paar Tage frei!«

»Danke, das ist wirklich lieb von dir, Mara, dass du dir Sorgen machst. Aber es besteht kein Grund zur Panik. Ich bin nur müde von all diesen Berichten hier.« Sein Blick wanderte von Mara zum Foto des Polizeipräsidenten und zum einzigen Fenster im Raum. Der Regen plätscherte, die Sicht hinaus war verschwommen. Es war düster, er sollte das Licht aufdrehen, er würde sich die Augen noch mehr ruinieren. Als ob das nicht auch egal war!

»Ermittelst du immer noch wegen der toten Omas?«

»Ja.«

»Aber du hast die Täter.«

»Ja, sie sitzen in U-Haft.«

»Dann lass die Toten für einen Moment und schau auf dich. Den Toten passiert nichts mehr.«

»Mara! Du weißt, dass ich das nicht kann.«

»Das ist genau dein Problem, Jonas. Seit ich dich kenne. Ich schätze dich und ich habe viel von dir gelernt.

Aber du kannst nicht loslassen. Du verbeißt dich, wer dankt dir das denn?«

»Keiner, ich weiß.« Am Vorabend war er um zehn ins Bett gegangen. Er hatte stundenlang Akten gewälzt und konnte kaum noch aus den Augen sehen. Der aktuelle Fall schaffte ihn. Wer machte so was?, hatte er sich wieder und wieder gefragt. Omas killen. Wer ermordete alte Frauen? Das hatten sie sich lange gefragt, von morgens früh bis abends spät. Jonas dachte an seine Großmütter, die er beide nie kennengelernt hatte. Seine Großmutter mütterlicherseits war gestorben, lange bevor seine Mutter in England erwachsen wurde. Und seine britische Granny väterlicherseits, nun, die war ein eigener Fall. Sie lebte noch, es gab jedoch keinen Kontakt, seit Jonas' Vater ›die Deutsche‹ geheiratet hatte. Aber an all das wollte er jetzt nicht denken. Er stützte den Kopf in die Hände, sah zwischen den Fingern auf den Bericht vor sich. Heute Morgen hatten sie die Täter gefasst. »Ich muss noch …«

»Was denn? Du hast die Schuldigen.«

Das hatte er, korrekt.

»Es war also nicht der Neffentrick.«

»Nein. Nein. Heute früh haben wir die echten Täter überführt, es sind andere Omas und Opas.

Sie sind sich im Altersheim gegenseitig so auf die Nerven gegangen, dass sie durchgedreht sind.«

Mara verzog den Mund. »Na servas. Aber gut, ich hab ja nie dran geglaubt, dass man im Alter harmlos wird. Aber gleich so was.«

»Eines der späteren Opfer hat laut Zeugen nur mehr ein Wort sagen können nach einem Schlaganfall. Das aber hat die Frau immer in wahnwitziger Lautstärke herausgeschrien. Damit ist sie allen furchtbar auf die Nerven gegangen.«

»Und deswegen musste sie sterben?«

»Zuerst hat sich nur die Tischnachbarin bei ihr beschwert, ebenfalls lautstark, ebenfalls mit begrenztem Wortschatz. Na und irgendwie kam eins zum anderen. Ein paar andere Alte haben sich ebenfalls an der Keilerei auf dem Gang beteiligt. Endergebnis: eine mit dem Krückstock erschlagene alte Frau, das war die, die nur ein Wort sagen konnte. Und eine, die die Treppen hinuntergestürzt wurde. Und jetzt muss ich all diese Details zusammenfassen, haarklein wie du weißt. Für den Abschlussbericht. Für die Anklage. Du weißt doch, wie sie sind, Mara. Sonst kommen alle davon. Der Bericht aus der Gerichtsmedizin ist da.« Er stockte, weil er nicht mehr wusste, was er vorhin darin gelesen hatte. Er starrte auf die gedruckten Zeilen vor sich, die Buchstaben verschwammen, wurden zu krabbelnden Tieren. Er sah zu Mara auf. »Aber wegen all dem bist du nicht gekommen, oder?«

»Nein.« Mara stieß sich von der Tür ab. »Es hat einen Überfall gegeben, Jonas. Bei Selene, Berenikes Schwester. Sie ist gerade in Altaussee zu Besuch.«

»Selene? Was hat sie denn getan? Ist sie so verzweifelt? Das hätte ich ihr nie zugetraut.«

»Sie ist die, die angegriffen wurde, Jonas.«

»Ach so.«

Eine Weile lauschten sie beide auf das monotone Klopfen der Regentropfen auf dem Fensterbrett.

»Wenn du hier so beschäftigt bist«, sagte Mara schließlich, »dann fahr ich wohl zu Berenike raus, oder? Du kommst nach, wenn du hier fertig bist.«

»Ähm, ja. Ja, das wird wohl am besten sein.« Er raschelte mit den Papieren, schob sie zusammen und zur Seite. Eines Tages würden sie ihn unter sich begraben. Berichtseite um Berichtseite. Ganz sicher.

»Ich wollte nur, dass du Bescheid weißt.« Sie sah ihn abwartend an.

Er schwieg. Nein, er würde das jetzt nicht kommentieren. Jetzt nicht und später nicht.

»Es ist dir vermutlich lieber, wenn ich den Fall übernehme, richtig?« Mara wartete noch einen Moment, drehte sich dann um, öffnete die Tür.

Er nickte, setzte zu einer Erklärung an, doch die Tür fiel bereits hinter Mara zu. Er stand auf, ging zum Fenster und riss es auf. Hielt den Kopf hinaus in den Regen. Gut so. Er hätte sowieso nicht gewusst, was er sagen, was er erklären sollte.

# 4

*Altaussee*

Berenike griff wieder zum Telefon und rief am Empfang der Pension an. Es hob sogar jemand ab, obwohl sie vorher niemanden da gesehen hatte, aber es war nicht Ragnhild persönlich. »Die Chefin«, sagte eine jung klingende, weibliche Stimme gedehnt, »die Chefin ist nicht da.« Sie sei nach Kärnten gefahren, um den Dalai Lama zu treffen, der mache nämlich gerade einen Besuch in Österreich. In Hüttenberg, um genau zu sein. Dort habe sein Freund Heinrich Harrer gelebt.

»Jaja«, unterbrach Berenike die Rezeptionistin und schilderte ihr den Angriff auf Selene und dass gleich die Polizei eintreffen werde, man solle die Beamten zu Zimmer 13 schicken.

»Oh, okay«, stotterte die weibliche Stimme.

Berenike legte dankend auf. Bald darauf sah sie Blaulichter näher kommen. Getöse im Gang, es klopfte, Berenike öffnete, zwei uniformierte Polizisten, die sie beide nicht kannte, schoben sich ins Zimmer, grüßten knapp. Ließen sich das Geschehen von Selene schildern, der Jüngere, ein Blonder, dem man die Polizeischule noch anmerkte, machte sich Notizen. Zumindest war von Inspektor Kain nichts zu sehen, Berenike war froh darüber, nach seinem Verhalten im letzten Fall. Sie traten zum offenen Fenster, ohne es zu berühren, dann gab der Ältere eine Fahndung raus. »Wir werden noch Fingerabdrücke aufnehmen«, sagte sein Kollege. Selene beobachtete alles schweigend.

Wieder klopfte es. Mara Wander stand in der Tür, Blond, groß und offenbar frisch ausgeruht. Berenike kannte die erfolgreiche Kriminalbeamtin schon länger, als ausgebildete Profilerin war sie auch ziemlich bekannt durch einige große Fälle, die sie gelöst hatte.

Berenike linste hinter Mara, ob noch jemand kam.

»Falls du Jonas erwartet hast, Berenike, der ist bei einem anderen Fall unabkömmlich.« Sie schüttelte Berenike die Hand. »Aber das weißt du vermutlich? Ist nicht leicht grad für ihn.« Forschend sah sie Berenike und Selene an.

Berenike nickte, erleichtert und enttäuscht zugleich. Sie suchte nach belanglosen Worten für eine Antwort, aber ihr wollte nichts einfallen. Schwere Schritte von draußen erlösten sie, in der offen gebliebenen Tür zeigte sich ein kleiner Dicker mit einem großen Metallkoffer.

»Ich habe gleich die Spurensicherung mitgebracht«, sagte Mara, »und ihn habe ich auch unterwegs eingesammelt.« Hinter dem Dicken tauchte ein Blondschopf auf.

»Reinhard, grüß dich! Das ist ja eine Überraschung!«, rief Berenike. Reinhard Stiassny, den Gerichtsmediziner aus Bad Ischl, kannte Berenike vom letzten Mordfall.

»Servus, wie geht's?« Reinhards Stimme klang belegt, er keuchte ein wenig. »Mara hat mich mitgenommen, mein Motorrad steht beim Seesturm, ich war zufällig in der Gegend, um zu klettern.«

Wie so oft, umgab ihn auch heute ein Geruch nach Benzin und nach irgendwas Chemischem. Hatte sicher mit seinem Job zu tun. Er trug seine blonden Haare zu einem kurzen Rossschwanz gebunden, aus dem sich ein paar Strähnen gelockert hatten, sein Gesicht hatte ein wenig zu viel Sonne abbekommen. Und einen Kratzer an der Nase. »Dass man sich ausgerechnet so wiedersehen muss, Berenike. Es tut mir leid.« Er blickte ernst drein, aber ein Glitzern in seinen dunklen Augen verriet, dass er sich auch freute, sie zu sehen. »Es handelt sich um deine Schwester, hab ich gehört?« Er blickte zu Selene hin. »Guten Tag.«

»Ich bin überfallen worden«, sagte Selene.

»Das tut mir leid.« Reinhard sah sie aufmerksam an. Seine Pupillen waren so groß, dass die Augen fast schwarz wirkten. Er machte einen Schritt auf Berenike zu. »Du siehst blass aus. Du zitterst ja. Willst du dich nicht besser hinsetzen?«

»Danke, es geht gleich wieder. Alles nicht so schlimm wie für Selene.« Sie schluckte. »Ich bin froh, dass das für sie so glimpflich ausgegangen ist.«

»Jetzt mach mal einen Punkt, Berenike«, sagte Selene leise.

Der Mann von der Spurensicherung machte sich an die Arbeit.

»Kümmern Sie sich bitte zuerst um das Fenster«, bat ihn Mara, »damit wir es schließen können, ich glaube, uns ist allen nicht gerade warm hier.«

Der Mann nickte. »Wird erledigt.«

»Wer auch immer Berenikes Schwester das angetan hat, er könnte durchs Fenster geflüchtet sein«, sagte Mara und blickte fragend zu Selene. Die erklärte wieder, dass sie sich an nichts erinnern könne.

Berenike beugte sich aus dem Fenster. »Hier hinunterzuspringen, das ist aber ganz schön hoch.« Ein kühles Lüftchen streifte ihre Wangen, ihren Hals.

Draußen war es beinahe dunkel, die Äste zeichneten sich gerade noch gegen den Himmel ab. »Ich würde das nicht wagen. Ich hätte Angst, mir alle Knochen zu brechen!«

»Das sagst du, aber unser Attentäter könnte anders gedacht haben, er wollte schließlich unerkannt entkommen.«

»Dann könnte er Verletzungen davongetragen haben.«

»Wollen wir's hoffen. Dann müsste er aufgeben und sich womöglich in Behandlung begeben. Oder würde durch sein Hinken auffallen.«

»Wenn du dir da nicht zu viele Hoffnungen machst, Mara«, warf Reinhard ein. »Mit einem gebrochenen Fuß oder einem verknacksten Knöchel wird er kaum der Einzige sein. Ständig verletzt sich wer beim Wandern und Klettern.«

»Auch wieder wahr.«

»Ich hab aber auch Besuch gehabt«, warf Selene auf einmal ein und schaute unsicher in die Runde.

»Wir werden das alles nachher in Ruhe aufnehmen«, übernahm Mara. »Außerdem ist das hier ein Hotelzimmer, in dem ständig andere Leute wohnen. Es wird mit den Spuren sowieso schwierig werden.«

»Genau«, fiel Reinhard ein und blickte Selene forschend an. »Sie sind also Berenikes Schwester.«

Selene nickte. »Stein. Ich heiße Selene Stein.« Selene hatte nach ihrer Scheidung den Namen ihres gemeinsamen Vaters Fred Stein angenommen. Die Eltern hatten nie geheiratet, und so trugen sie als Kinder den ledigen Namen ihrer Mutter, Rose Roither.

Berenike blieb abwartend neben Selene stehen und rieb fröstelnd über ihre Unterarme. Das Fenster stand noch immer offen, würzige Regenluft wehte herein. Der Wind spielte mit dem Vorhang, ließ den Fensterrahmen klappern. Typisch Ausseerland. Idyllisch, duftend und brutal. Berenike schwindelte plötzlich. Der Angriff auf ihre Schwester nahm sie noch stärker mit als erwartet.

Selene blickte sie kläglich an.

»Es wird alles gut«, murmelte Berenike und glaubte selbst nicht dran. Nichts wurde je wieder gut. Man lebte nur einfach weiter. Weil das blöde Leben einfach weiterging. Einfach so. Wenn man es nicht selbst beendete.

Ihr Blick fiel auf ein Bild, das das Yin-Yang-Symbol zeigte. Wahrnehmen, was ist. Das Ornament an der Wand, das Bett in seiner Nische. Der Raum wirkte sicher sonst sehr harmonisch, aber heute war das Gleichgewicht gestört.

»Darf ich Ihren Hals einmal sehen, bitte?«, fragte Reinhard gerade höflich Selene. »Für spätere Gerichtsprozesse ist eine forensische Untersuchung nach der Tat wichtig und zielführend.«

»Na gut.« Selene strich die Haare zur Seite, hielt ihm ihren elegant geschwungenen Hals hin, als würde sie einem Vampir ihr Blut anbieten. Die roten Striemen leuchteten immer noch.

»Ich danke Ihnen für das Vertrauen«, sagte Reinhard förmlich und beugte sich über sie. Selene zog die Nase hoch, als müsste sie niesen, runzelte die Brauen.

»Ich tippe in der Tat auf Würgemale.« Reinhard nickte nachdenklich. Nun trat auch Mara an Selenes Seite und beugte sich zu ihr.

Selene ließ Reinhard gewähren, schluckte kurz, als er mit einem Finger über den Kehlkopf fuhr. »Schmerzen?«

Selene nickte.

Reinhard nahm die Lampe vom Nachttisch. »Vorsicht, das wird blenden.« Er leuchtete ihr ins Gesicht.

»Geplatzte Äderchen in den Augen?«, fragte Berenike leise. Sie spürte, wie angesichts der routinierten Ermittlungen etwas in ihr zur Ruhe kam. Nicht viel, nur gerade so, dass sie wieder denken konnte.

Reinhard sah Berenike überrascht an. »Wie hast du das erraten? Ach so, du bist ja eine Art Expertin in Ermittlungen.« Er zwinkerte ihr zu. Von draußen drang das Geläut von Kirchenglocken.

»Sonst gibt es erstaunlich wenig Spuren«, fuhr Reinhard fort. »Frau Stein, ich fände es gut, wenn Sie sich in der Klinik untersuchen lassen, in der forensischen Ambulanz. Meinen Sie, Sie schaffen das?«

Selene sah zu ihm auf und biss sich auf die Lippen »Muss das sein?«

»Ich finde …«, setzte Reinhard an.

»Es wäre besser«, unterbrach Mara ihn, »wenn die Verletzungen für einen späteren Prozess gleich jetzt dokumentiert werden. Ich weiß, der Gedanke daran ist unangenehm, aber so kann der Kerl später dingfest gemacht werden, weil wir Beweise haben.«

Reinhard sah etwas unwirsch Mara an. Er wandte sich zu Selene. »Sie können mit mir, mit uns mitfahren, wenn Sie möchten.«

Jetzt sah Mara etwas überrumpelt drein. Da er mit dem Motorrad gekommen war, blieb nur ihr Wagen, Selene würde wohl kaum auf dem Sozius mit ihm fahren.

»Reinhard ist ein sehr guter Gerichtsarzt«, sagte Mara zu Selene, »wir haben schon oft mit ihm erfolgreich zusammengearbeitet. Jonas schwört auf seine Untersuchungsergebnisse.«

»Das kann ich nur nicht mehr lange«, murmelte Reinhard halb laut.

»Wieso?« Verdutzt sah Mara zu ihm auf.

»Mein Job wird wie befürchtet eingespart. Ende Juni. Dann müsst ihr in die Landeshauptstadt mit diesen Anliegen.«

»Was für ein Schwachsinn, Reinhard.«

»Wem sagst du das. Aber so wurde es entschieden, von der Chefin und den höheren Stellen. Ich war der Jüngste im Team. Also bin ich derjenige, der gehen muss. Was willst du machen.«

»Und dann?«

»Dann kann ich mich aufhängen.«

»Geh, Reinhard, sag so was nicht.«

»Glaubst du, ich mach so einen Scheiß wie Vaterschaftstests? Ich bin Gerichtsmediziner, ich bin für Straftaten ausgebildet.«

»Du bist gut, Reinhard, du wirst wieder einen Job finden.«

»Wer's glaubt.«

»Ich komme natürlich mit ins Krankenhaus«, unterbrach Berenike ihr Gespräch. »Ich hole mir nur schnell eine Jacke von drüben und meine Tasche. Wartet doch bitte auf mich.« Berenike schloss leise die Zimmertür und ging in erdrückender Stille die Treppe hinunter.

*

Berenike rannte über die Straße. Erst im letzten Moment hörte sie einen schweren Motor näher kommen, erkannte im fahlen Abendlicht einen großen Traktor. Sie rannte schneller, sah grünes Blech auf sich zukommen. Endlich war sie auf der anderen Straßenseite. Der Traktor fuhr Zentimeter hinter ihr vorbei. Eine Hand wedelte grüßend aus dem Traktorfenster, als wäre nichts gewesen, aber sie konnte nicht erkennen, zu wem sie gehörte.

Dunkel und still lag ihr Lokal da. Berenike tastete in der Hosentasche nach dem Schlüssel, fand aber nichts. Sie hatte nicht abgesperrt. Natürlich nicht. Sie war einfach losgelaufen nach Selenes Schrei. Kein Problem, würde Frau Gasperl sagen. Die Vermieterin von Berenikes Wohnung betonte gern, wie sicher es hierzulande sei und dass sie von jedem Haus in Aussee wisse, wie sie hineinkomme. Nur Berenike war vorsichtig, darin immer noch Stadtkind, das auch hier zu viel Gewalt erlebt hatte. Vier Mordfälle, das war nicht ohne.

Mit angehaltenem Atem drückte sie die gläserne Tür auf. Das Nichts gähnte sie an. Ein unendlich stiller Raum. Tiffany war wie erwartet heimgegangen. Berenike drehte das Schild an der Tür so, dass draußen zu lesen stand: *Sorry, we're closed.* Drinnen suchte sie nach ihrem Schlüssel und sperrte ab. Ein Lichtstrahl schien von draußen herein, verschwand wieder. Berenike hastete an der Theke vorbei in ihr kleines Büro. Dort schnappte sie sich ihre Jacke sowie die Handtasche und hastete zurück zur Tür. Ein unangenehmer Geruch ließ sie innehalten. Nicht schon wieder! Sie entdeckte eine Teetasse und legte ihre Hand an die Tassenwand, das Porzellan war kalt. Sie schnupperte an dem Rest Flüssigkeit, er roch nach nichts. Sie kippte den Inhalt in das Abwaschbecken. Der Gestank war immer noch da. Sie schnupperte, nein, der Abfluss war es nicht.

Mit der Tasse in der Hand wandte sie sich zum Geschirrspüler um, die Tür der Maschine stand offen.

Seltsam, sie achtete sonst peinlich darauf, die Tür zu schließen, eben wegen des Gestanks aus dem Inneren. Auch wenn das Gerät noch so regelmäßig gereinigt wurde, ein wenig müffelte es immer.

Rasch kontrollierte sie das Innere des Geschirrspülers, es war leer, nichts Verdächtiges zu sehen, nicht wie bei ihrem ersten Mordfall. Sie drückte die Tür zu. Los jetzt, zurück zu Selene. Morgen, morgen war ein neuer Tag, morgen konnte sie sich wieder um alle anderen Probleme kümmern. Und endlich wieder Kuchen backen.

Klapp-klapp machten ihre Schuhe auf dem Steinboden. Klingeling tönte die Tür. Jedes Geräusch echote ihr überlaut in den Ohren. Den Schlüssel im Schloss herumdrehen, die Tür kontrollieren, ob sie wirklich zu war. Langsam artete das alles in Paranoia aus. Stille jetzt, abendlich duftende Stille. Zurück über die Straße. Alles blieb dunkel. Dunkler noch als sonst. Die Straßenlaternen waren dunkel. Überall. Stromausfall offenbar. Sie rannte weiter, die Augen weit aufgerissen, sie kannte die Richtung, in der Ragnhilds Haustor lag. Mit dem Handy leuchtete sie sich ein wenig, so tastete sie sich voran, zum Glück brannte in der Pension ein schwaches Licht, das half etwas.

Drinnen fand sie Mara im Gespräch mit einer jungen, äußerst schlanken Frau am Empfangstresen, die Berenike nie zuvor gesehen hatte. Nervös fuhr sich die Frau immer wieder durch die langen braunen Haare.

»Haben Sie gesehen, wann der Begleiter von Frau Stein das Haus verließ?«, fragte Mara.

»Leider nein. Ich habe sie aufs Zimmer gehen sehen, mehr nicht. Ich weiß, der Empfang sollte immer besetzt sein, aber ich musste Nachschub für die Teeküche aus dem Keller holen. Das verstehen Sie doch?« Ein fragender Blick aus sehr grünen Augen, als ob es gefärbte Kontaktlinsen wären.

»Hmhm«, brummte Mara und hörte sich fast wie Jonas an.

»Okay, danke. Wenn Ihnen noch was einfällt, melden Sie sich bitte.« Mara reichte der jungen Frau eine Visitenkarte. »Jedes Detail ist wichtig. Die Spurensicherung wird noch alles untersuchen, das Zimmer und ums Haus herum. Ich hoffe, Sie verstehen das.«

»Natürlich«, sagte die junge Frau schnell. »Ich gebe der Chefin Bescheid.«

Zu viert machten sie sich endlich auf den Weg zu der forensischen Untersuchung in Bad Ischl. Mara nahm sie alle in ihrem Wagen mit, Reinhard stieg beim Hotel Seesturm aus und auf sein Motorrad um. Am Parkplatz vor der Klinik trafen sie wieder zusammen.

»Konnte deine Schwester den Täter erkennen?«, fragte Reinhard an Berenike gewandt, als sie auf den Eingang des Krankenhauses zusteuerten. Dabei drehte er sich zu Selene um, die mit Mara hinter ihnen herging. Obwohl sie so schwach gewesen war, wollte sie keine Hilfe und kam ihnen langsam nach. Mara sprach verständnisvoll auf sie ein.

»Offenbar nicht, leider. Sie ist ziemlich durcheinander. Wir hoffen, dass ihr später noch mehr einfällt.« Berenike kaute auf ihrer Unterlippe. Wer machte so was? Und warum? Und: Wie? Wie hatte der Täter ungesehen zu Selene vordringen können? Und wie wieder entkommen? Alles war so ungeheuerlich, dass sie keinen Gedanken richtig zu fassen bekam.

»So was soll vorkommen«, sagte Reinhard nachdenklich. »Wenn es auch manchmal besser ist, sich nicht an ein Trauma zu erinnern. Manchmal taucht sogar Jahre später was auf, aber erwarten sollte man das nicht.«

Sie betraten das Gebäude, im schwachen Licht der Gänge leuchteten seine Zähne weiß auf. Vor nicht langer Zeit war sie hier auf der Suche nach Jonas entlanggerannt, hatte geglaubt, er sei tot, niedergeschossen von einem Mörder. Sie schauderte erneut.

Sie warteten, bis Mara und Selene herangekommen waren. »Bringen wir's hinter uns«, sagte Selene forsch.

Sie gingen weiter, Reinhard stoppte vor einer weißen Tür. »Frau Stein? Kommen Sie bitte hier entlang.«

Sie traten gemeinsam ein. Der Raum sah steril aus, irgendwie seelenlos. Kaltes Messing, dunkle Geräte, kein Fenster. Als ob sich die Gefühle der Opfer von Straftaten in dem Raum hielten.

Selene setzte sich, Reinhard fing mit seinen Untersuchungen an.

»Als Erstes machen wir Fotos«, erklärte er, kramte in einer Lade und beförderte eine Kamera heraus. Er besah sich alle Verletzungen an Selenes Hals nochmals genauer und knipste sie schließlich. Das Blitzlicht brannte in den Augen. »Der Täter hat ziemlich wenig Spuren hinterlassen, wie es aussieht, aber etwas finde ich immer.« Er lächelte stolz. »Die Verletzungen deuten wie schon vermutet auf Würgemale. Wissen Sie noch, wie groß der Täter war? Eher groß oder klein? So groß wie ich? Größer? Kleiner? Dicker? Dünner?«

»Keine Ahnung, leider.«

»Schade. Von der Verletzung her würde ich sagen, etwas größer als Sie, Frau Stein. So wie ich, haha.« Niemand lachte. »Entschuldigung, blöder Witz. Wir werden als Nächstes die Verletzungen mit bildgebenden Verfahren dokumentieren, Frau Stein, wenn Sie einverstanden sind.«

Selene nickte zögernd.

»Ich begleite Sie nachher gleich zum MRT.« Reinhard kramte in einer anderen Lade. »Damit können wir alle Verletzungen für einen späteren Prozess dokumentieren. Vorher noch der DNA-Abgleich.« Er hantierte geschickt mit den Spurenträgern, nahm Proben von Selenes Haut am Hals. Prüfend musterte er sie von oben bis unten. »Ist sonst noch etwas vorgefallen? Außer den offensichtlichen Würgespuren? Tut Ihnen noch irgendwas weh?«

»Es gibt sonst keine Verletzungen, glaube ich.« Selene verschränkte die Arme, warf einen schnellen Seitenblick zu Mara.

»Der Arm vielleicht? Die Beine? Rücken? Sind Sie gestürzt?«

»Wie gesagt, keine Ahnung.«

»Nun gut, dann warten wir, was der Scanner zeigt.«

Sie gingen alle zusammen in den Nebenraum. Reinhard erklärte das Gerät, sie würde in eine Röhre geschoben, dort würden dann Aufnahmen gemacht.

Berenike blieb abwartend bei Reinhard stehen, während Mara sich Notizen machte.

»Dich schickt der Himmel, Reinhard«, sagte Berenike dankbar.

»Wie man's nimmt, Berenike. Ich wär mit dir lieber was trinken gegangen.« Er grinste schief.

»Ich auch«, sagte sie. »Oder einmal schwimmen.«

»Ich schwimme nicht«, sagte er und blickte auf den Bildschirm neben der Röhre.

»Ach so.«

»Nie gelernt, und es interessiert mich nicht.« Reinhard wischte mit einem Tuch ausführlich über eine metallene Ablage, auf der sich nichts befand, kein Dreck, keine Spuren, nichts. Mit nachdenklichem Blick griff er nach einer Putzmittelflasche und sprühte etwas auf die sauber aussehende Ablagefläche.

Weil gerade Zeit war, rief Berenike bei ihrer Mutter an, aber sie hob nicht ab. Also rief sie beim Vater an. »Stein?«

»Ich bin's, Berenike. Servus. Selene ist …« Sie stockte. Wie die Worte finden, irgendwelche Worte, die einem solchen Ereignis gerecht wurden?

»Was ist mit ihr? Was ist passiert?«

»Woher weißt du?«

»Ich höre es deiner Stimme an.« Der Vater und sie. Diese Verbindung, immer schon. Sie sah, was er sah. Totenschädel, Skelette. Ganz Wien eine Totenstadt, auf der die Lebenden weiter fröhlich weiter werkelten. Tote, Verwundete, die keiner sehen wollte, alle in den Untergrund verbannt. Fred Stein wusste von ihnen allen, nachdem er als jüdisches Kind die Nazi-Zeit in einem Keller überlebt hatte.

Sie berichtete, was sie über den Überfall wusste.

»Und wie geht es Selene jetzt?«, fragte ihr Vater.

»Sie hat Glück gehabt, der Täter ist geflohen, bevor noch etwas Schlimmeres passiert ist. Sie wird gerade untersucht.

»Dein Jonas wird ja hoffentlich den Täter schnell erwischen.«

»Die Kripo ist schon im Einsatz.«

»Dann ist es gut.«

»Sind Amélie und Jenny noch bei Mama?«

»Selenes Töchter? Ja, ich denke schon. Ich komme zu euch«, sagte er leise, aber bestimmt.

»Bist du dir sicher?« Fred Stein mochte Reisen nicht, die Enge der Eisenbahnabteile lag ihm genauso wenig wie die in einem PKW.

»Berenike, ich werde da sein. Wenn es meinen Töchtern schlecht geht, werde ich da sein.«

»Danke, Papa – Fred.« Er wollte nicht Papa genannt werden, hatte er ihr gesagt. Ihn beim Vornamen zu nennen, fiel ihr immer noch schwer. Für ihre Generation war das untypisch. »Am besten, du nimmst den direkten Zug vom Westbahnhof nach Bad Aussee, morgen früh um 9 Uhr 56. Ich hole dich ab. Ach nein, Mist, mein Auto ist kaputt. Ich werde sehen, ob ich es bis morgen flott kriege. Dann hole ich dich in Bad Ischl ab und wir gehen direkt zu Selene ins Krankenhaus.«

»Schön, machen wir es so.«

»Also bis morgen.«

»Bis morgen. Und Berenike?«

»Ja?«

»Sei vorsichtig, okay?«

*

Der Himmel war dunkel, als Mara Berenike vor ihrem Wohnhaus aussteigen ließ. Selene sollte zumindest über Nacht noch zur Beobachtung im Krankenhaus bleiben. Also hatte sich Berenike schweren Herzens verabschiedet. Nun fiel ihr Blick auf ihr Auto. Sie musste gleich in der Früh den Mechaniker organisieren. Während sich der Motorenlärm von Maras Wagen entfernte, ging sie langsam die letzten Meter auf das alte Ausseer Holzhaus zu, in dem sie eine Wohnung gemietet hatte. Der Mond schien nicht, kein einziges Licht in einem der Fenster. Sie wusste nicht, wie spät es war, der Handyakku war leer und eine Armbanduhr trug sie schon lange nicht mehr, nachdem sie aus der ewig hektischen Event-Branche ausgestiegen war. Den Weg zur Haustür fand sie auch so. Trotzdem stolperte Berenike unerwartet über die unterste Stufe zur Tür. Sie unterdrückte einen Aufschrei. Tief aus- und einatmend wartete sie, bis der Schmerz in dem großen Zeh nachließ. Tränen stiegen ihr plötzlich in die Augen. Es war das bisschen zu viel. Erst der Zusammenbruch im alten Job, der Kampf darum, dass der Salon gut genug lief, um davon leben zu können, dazwischen Mordfälle, jetzt dieser Überfall auf die Schwester. Ein Albtraum.

Sie tastete nach dem Schlüssel, sperrte auf, ging die knarrende Treppe hinauf. Ihre Wohnung lag still, allzu still. Endlich ein Miauen von Miss Marple, die junge Katze strich ihr unruhig zwischen ihren Beinen herum, was Berenike mehrmals ins Stolpern brachte, aber heute war ihr selbst das willkommen. Ein anderes Lebewesen in der Nähe. Sie legte ihre Hand auf das weiche Fell, spürte die Beruhigung, die von Miss Marples Schnurren ausging.

Die beiden Herren Kater, Marlowe und Dr. Watson, beobachteten das Geschehen vom Küchenfenster aus der Distanz. Die Blicke von allen dreien wanderten zwischen leeren Futterschüsseln und Berenike hin und her. Mittlerweile war Miss Marple im kätzischen Ermittlungsteam der beiden älteren Herren vollauf integriert, führte mit ihrem jugendlichen Temperament mitunter die Truppe an, so sehr hatte sie die anderen offenbar um die kleine Pfote gewickelt.

Als brave Katzendienerin füllte Berenike ausgiebig Futter in die Schüsseln und goss frisches Wasser in ihre Trinkschalen. Als die drei Katzen schmatzend fraßen, öffnete Berenike die Eiskastentür und schloss sie gleich wieder. Der Geruch nach Käse, Gemüsesuppe und den Resten einer Topfentorte vertrieb umgehend das bisschen Appetit, das vielleicht vorhanden gewesen sein mochte. Ihr wurde flau, ihr schwindelte, tastete nach der Arbeitsplatte, um sich festzuhalten. Ihre Hand zitterte. Sie atmete ein paarmal tief durch. Zwang sich dann, aus Vernunftgründen ein Stückchen Toastbrot zu kauen und zu schlucken, trocken wie es war.

Und jetzt? Es gab nichts zu tun. Immer wieder das Bild von Selene vor ihrem inneren Auge, wie Berenike sie in ihrem Pensionszimmer gefunden hatte. Die roten Würgemale am Hals, der saure Geruch nach Erbrochenem. Wer hatte ihrer Schwester das angetan? Und warum, verdammt? Selene war ein sanfter Mensch, wer sollte böse Gefühle gegen sie hegen?

Rastlos tigerte Berenike in der Wohnung herum, ohne zu wissen, was sie tun sollte. Immer wieder landete sie bei derselben Frage: Wer hatte Selene fast umgebracht und welchen Grund hatte derjenige? Sie erinnerte sich an die Streitereien mit Selenes Exmann, die sie zum Teil mitbekommen hatte, an Selenes Schilderungen über ihren Job. Alle mochten ein Motiv haben – und keiner. Früher hätte sich Berenike mit Jonas über die Vermutungen ausgetauscht, aber das stand nicht zur Debatte, insbesondere, weil dieses Mal Mara die Ermittlung übernommen hatte.

Die Katzen folgten Berenike überall hin, sahen sie prüfend an. »Ja, was soll ich tun?«, entfuhr es ihr, als würden die Miezen Menschensprache verstehen, als hätten sie eine Idee, eine mögliche Antwort.

War der Überfall eine verspätete Reaktion von Selenes Exmann auf die Scheidung? Die käme allerdings sehr verspätet. Berenike versuchte sich zu erinnern, was sie vor und in der Pension wahrgenommen hatte. Welche Autos? Sie wusste nicht einmal, welchen Wagen der Exschwager aktuell fuhr. Hatte man was Böses vor, mietete man sich womöglich einen unauffälligen Leihwagen. Wer könnte noch ein Interesse haben, Selene zu schaden? Vielleicht der Freund, mit dem sie spazieren gewesen war? Sie wusste es nicht. Jede Idee, jede Vorstellung wirkte höchst absurd.

Sie zwang sich, ein wenig in einem Buch zu lesen. Eine Reise in das Teeanbaugebiet Nilgiri, die blauen Berge in Indien? Egal. Sie legte sich damit ins Bett. Irgendwann merkte sie, dass sie keine Ahnung hatte, was sie da las. Aber zumindest war sie ein klein wenig abgelenkt vom allergrößten Druck. Sie würde zu schlafen versuchen. Die Katzen verteilten sich im Bett, in dem sie jetzt jede Menge Platz fanden, dann schaltete Berenike das Licht aus. In der dunklen Stille wälzte sie sich schlaflos herum. Der Eiskasten surrte überlaut, ab und zu fuhr ein Auto vorbei. Stille. Eine ihrer Katzen seufzte, offenbar im Schlaf.

Plötzlich fuhr Berenike hoch. Sie musste unerwartet doch eingenickt sein. Da war etwas gewesen, aber was? Wovon war sie wach geworden? Die Stille knisterte. Sie drehte das Licht an. Watson lag wie üblich auf der freien Seite des Doppelbettes, in der sonst Jonas geschlafen hatte. Er vermisste den Mann, der ihn seinerzeit aufgepäppelt hatte. Miss Marple schmiegte sich an Berenikes Kopfpolster, und Marlowe lag im Sessel neben dem Bett. Es war also nichts, was Katzen beunruhigen konnte. Berenike lauschte. Auch aus Frau Gasperls Räumen kamen keinerlei Geräusche. Wie auch, der Wecker zeigte 3 Uhr nachts. Die Vermieterin ging nach dem Hauptabendprogramm im Fernsehen zu Bett und stand früh am Morgen auf.

Berenike löschte das Licht, zog sich die Decke über die Ohren, drehte sich herum. Ob Selene schlafen konnte? Die Schwester hatte vermutlich ein Beruhigungsmittel bekommen. Anrufen konnte sie sie jetzt wohl schwer. Vielleicht war ihr schon was eingefallen zu der Attacke. Vielleicht arbeitete ihre Erinnerung wieder. Dann würden sie weiter ermitteln können. Berenike merkte, wie der Schlaf sie nun doch überfiel, wie die Entspannung kam, nicht sehr, aber ein wenig.

Da! Ein Geräusch. Mit angehaltenem Atem lag sie starr unter der Decke und lauschte, ohne sich zu rühren. Rumpeln, Scheppern. Nicht auch noch Einbrecher! Dann Miauen, Miss Marple mit ihrer dünnen Stimme, ein Kater antwortete. Berenike drehte das Licht erneut an. Der Platz am Kopfpolster war leer. Jetzt schepperte es wieder, näher diesmal. Die Spielmaus mit dem Glöckchen!

Aufatmen, Licht ausknipsen. Ein dünner Lichtstreifen drang bereits durch die Vorhänge. Kurz darauf Vogelgezwitscher. 5 Uhr 02, schrien die Leuchtziffern des Radioweckers. Berenike fühlte sich, als hätte sie keine Minute geschlafen, die Schultermuskeln waren hart vor Anspannung, der Kopf dumpf, als hätte sie durchgesoffen und das nicht erst seit gestern. Sie blieb liegen, doch die Gedanken huschten bereits wie weiße Mäuse auf Speed durch ihren Kopf. Sinnlos, da konnte sie gleich aufstehen. Sie tastete nach den Hausschuhen, die weit hinterm Bett gelandet waren, wahrscheinlich bei Miss Marples nächtlichem Spiel. Die kleine Katze miaute, als wäre sie das Opfer eines unergründlichen Verbrechens geworden, die Kater sprangen herbei, als Berenike in Richtung Küche ging. Wieder füllte sie Futter in völlig leergefressene Näpfe, stand dann sinnierend da und starrte aus dem Fenster. Ein paar Autoscheinwerfer rivalisierten mit dem Morgenlicht. Berenike brauchte einen Moment, bis sie das Grummeln im Magen tatsächlich als Hunger wahrnahm. Na gut. Sie griff nach dem Brotlaib, schnitt eine kleine Scheibe ab, bestrich sie mit Butter und Orangenmarmelade, die sie so sehr an ihre Zeit in England erinnerte. Auch Jonas aß sie gern. Blöder Gedanke an den Mann, der … ja was eigentlich? Sie enttäuscht hatte? Während sie noch dem Gedanken ebenso wie dem süß-herben Geschmack nachspürte, hörte sie unten die Haustür gehen, sah die Silhouette von Frau Gasperl. Fleißig, fleißig. Aber was hatte sie denn da? Sie bückte sich langsam und hob etwas mit sehr sorgfältigen, langsamen Bewegungen auf. Berenike kniff die Augen zusammen. Die Vermieterin hatte Berenike entdeckt und winkte ihr. Sie öffnete das Fenster. »Guten Morgen, Frau Gasperl!«

»Morgen, Frau Roither!«

»Was haben Sie denn da?«

»Eine Katze muss das Spatzennest ausgeräumt haben. Sehen Sie!« Sie hielt etwas hoch, das einen winzigen Kadaver darstellen mochte. Frau Gasperls Blick war vorwurfsvoll.

»Meine können es nicht gewesen sein, erstens sind sie faul und waren die ganze Nacht herinnen. Zweitens tragen sie brav ihre Glöckchen am Hals.«

»Na, na, Frau Roither, da haben Sie sich täuschen lassen. Die kleine Graue habe ich neulich erwischt, wie sie sich in den Büschen das Halsband abgestreift hat.«

»Oh«, machte Berenike. »Tut mir leid.«

»Schad um den Kleinen. Ich habe sie schon die ganze Zeit beobachtet und piepsen gehört.« Unschlüssig starrte die alte Frau den toten Vogel an.

Berenike nickte ihr zu und schloss das Fenster. Sie räumte ihr Geschirr weg, bürstete Miss Marple. Und jetzt? Wieder wusste sie nicht, was tun. Bis sie ihren Vater abholen würde, dauerte es noch Stunden. In ihren Salon brauchte sie so früh nicht zu gehen. Sie fing an, die Küche aufzuräumen.

Ein Kochbuch fiel ihr in die Hände und sie blätterte ein wenig darin. Sie konnte mediterrane Muffins machen, dachte sie, als sie ein Rezept dafür las. Sie sah nach den Zutaten. Alles da: Polenta, Mehl, Eier, sogar getrocknete Tomaten, Oliven und Parmesan. Sie machte sich ans Werk, und als endlich verführerischer Duft aus dem Backrohr drang, räumte Berenike noch einmal die Küche auf. Als ob sie noch weiteren Kuchen benötigen würde; sie hatte in den letzten Wochen mehr gebacken, als im ganzen Leben davor. Nur essen wollte sie derzeit nichts davon. Fror sie es halt noch einmal ein. Wenigstens war vorgesorgt, sagte sie sich, für den Moment, an dem ihr Appetit zurückkehren würde, dann gab es genügend Vorräte.

Sie stellte die Mehlpackung zurück ins Regal, trug das Glas mit den getrockneten Tomaten in die kleine Vorratskammer, ohne dort Licht aufzudrehen. Unabsichtlich berührte sie das obere Regal, wo sie die alte Zeitungen und anderen Kram aufbewahrte, wodurch etwas ins Rutschen geriet. Sie stopfte die Zeitungen zurück in das Fach und rief dann ihre Mutter an. »Mama, servus. Du hast das sicher schon gehört mit Selene?«

»Ja.« Rose Roither hustete. »Ich habe mit deinem Vater geredet, gestern noch.«

»Sag, war in letzter Zeit was mit Paul?«

»Mit Selenes Ex? Nein, wieso?«

»Ich dachte, vielleicht steckt er hinter der Attacke.«

»Hm«, brummelte die Mutter, etwas klirrte durch die Leitung. Wenn sie nur nicht schon jetzt trank! »Kann ich mir nicht vorstellen.«

»Hat sie einen neuen Freund?«

»Das müsstest du viel eher mitbekommen haben, Berry, du hast sie die letzte Zeit sicher öfter gesehen.«

»Ja, schon, aber ich bin auch arbeiten. Sie hat nur was von jemandem erzählt, mit dem sie am See spazieren war.«

»Keine Ahnung, meine Liebe. Ist Selene noch im Spital? Ich werde zu euch kommen.« Wieder klirrte und rumpelte es, dann war es still.

»Hallo?«, rief Berenike fragend. Nichts.

»Berry?«, brüllte es plötzlich überlaut aus dem Hörer.

»Ja, Mama?«

»Da bist du ja. Ich werde euch besuchen kommen.«

»Aha, und Amélie und Jenny?«

»Na, die fahren natürlich mit. Du holst uns doch ab?«

Scheiße! Sie hatte den Mechaniker vergessen. »Ich muss erst sehen, mein Auto ist hinüber. Papa nimmt den

Zug, der um 9 Uhr 56 in Wien losfährt. Ich treffe ihn in Ischl, Selene liegt dort im Spital.«

»Das schaffen wir, Berry. Wird knapp, aber wir schaffen es. Du kannst zur Not ein Taxi bestellen.« Die Mutter wirkte heute Morgen erstaunlich klar, alle Achtung.

»Schau einfach, dass ihr den Zug erwischt! Alles andere regle ich bis dahin.« Berenike verabschiedete sich von ihrer Mutter. Und das Auto? Frau Gasperls Großcousin Hannes fiel ihr ein. Er hatte ihr schon einmal geholfen, er wohnte nur drei Häuser weiter. Rasch schlüpfte sie in Schuhe und Jacke und polterte die Stiege hinunter. Frau Gasperl äugte aus ihrer Tür, Berenike hastete an ihr vorbei hinaus. Ein paar Autos waren schon unterwegs, auf dem Weg ins Bergwerk oder sonst wohin zur Arbeit, Männer grüßten winkend hinter dem Lenkrad. Zum Glück war auch bei Hannes schon Licht in einem Fenster. Sie läutete.

»Griaß di, Frau Nachbarin! So zeitig schon wach?«

Berenike zuckte die Achseln. »Mein Wagen springt nicht an.«

»Kloar helf i dir, wenns möglich ist!« Er trat aus seiner Tür, warf sie ins Schloss und ging mit ihr zurück zu ihrem Wagen. Berenike sah zu, wie er mit großen, gebräunten Händen den Motorraumdeckel öffnete, wie die Muskeln seiner Arme spielten. Ein paar Minuten später rief er: »So, bitte, alles okay.« Der Motor sprang tatsächlich an.

»Dank dir tausendmal, Hannes!«

»Aber geh. Das war ja fast nix. Wir sind doch Nachbarn!«

»Alsdann, danke!«

»Servus, Nachbarin! Gern gschehen!«

Jetzt musste sie sich aber doch sputen! Rasch in ihren Salon, dort das Nötigste erledigen, dann nach Ischl zum Bahnhof, die Familie abholen. Sie war so dankbar, dass das alte Auto wieder funktionierte. Sie rollte mit den verkrampften Schultern und fuhr los. Die Sonne schob sich gerade über die Bergspitzen, funkelte über dem stillen, unbewegten See, auf dem sich nur weit draußen vereinzelte Fischerboote bewegten. Alles war wie immer. Nichts war wie immer. Jemand hatte versucht, ihre Schwester zu töten. Das Leben würde nie wieder wie davor sein.

Berenike parkte vor ihrem Salon und blieb noch einen Moment sitzen. Was wusste sie bis jetzt? Dass der Täter Selene angegriffen hatte, aber geflüchtet war, möglicherweise nach ihrem Schrei, möglicherweise durch das Fenster, vielleicht ganz normal am nicht besetzten Empfang der Pension vorbei. Selene war nach den Worten der Rezeptionistin vor dem Überfall in Begleitung eines Mannes auf ihr Zimmer gegangen. Dann war da noch Selenes Exmann. Aber mehr? Mehr gab es noch nicht.

Sie stieg aus, versuchte die Verspannungen aus den verkrampften Schultern zu schütteln und betrat schließlich ihren Salon für Tee und Literatur mitten im Ortszentrum. Tiffany war schon da und bereitete in der Küche den Mittagstisch vor. Hoffentlich kamen heute, wo es sonniger war, mehr Gäste als am Vortag. In kurzen Worten berichtete Berenike der Kellnerin von dem Überfall auf ihre Schwester.

»Nein!«, rief Tiffany aus, »wenn das auf dem Balkan passiert, ja. Aber hier? In den Bergen?«

Bevor sie weiterreden konnten, trudelten die ersten Frühstücksgäste ein, das Lokal füllte sich, zum Glück! Gut, dass sie sich einige neue Frühstückskombinationen hatte einfallen lassen: English Breakfast mit Baked Beans zum Beispiel, Eggs on Toast, dazu English Breakfast Tea, oder Müsli mit frischen Früchten, zu dem grüner Bancha-Tee aus Japan serviert wurde. Die Croissants lagen bereits hübsch drapiert in einem Körbchen auf der Theke, ebenso Semmeln sowie geschnittenes Brot; daneben stand eine Käseplatte und ein Korb mit Obst. Während Tiffany servierte, bereitete Berenike hinter der Theke Tee zu. Ganz im Hier und Jetzt bleiben, sich nur auf das eigene Tun konzentrieren. Teesorten auswählen, abmessen, die richtige Ziehzeit auf dem Teewecker einstellen, sonst nichts. Wahrnehmen, was ist. Zen im wahrsten Sinne.

Als Berenike das nächste Mal auf die Uhr sah, war es nach elf. Nicht mehr lange, bis sie die Familie abholen musste. Sie kontrollierte die in der Küche vorbereiteten vegetarischen Kohlrouladen für den Mittagstisch, alles bereit. Tiffany wusste, was wichtig war. Sie war schon fast so gut wie Hans, aber eben nur fast. Ich werde ihn besuchen, nahm sich Berenike vor, wenn das hier vorbei ist. Vielleicht, so überlegte sie, könnte sie ihn zu einem Musik-Auftritt im Salon überreden, Hans spielte wunderbar Geige. Und außerdem Tiffany als Kellnerin halten. Der ewige Personalwechsel musste ein Ende haben.

Dreiviertel zwölf.

Der Postbote kam, wollte ihre Unterschrift für ein Einschreiben. Ein Lieferwagenfahrer brachte eine Teebestellung. Überall Kartons, die weggeräumt werden mussten.

Viertel eins.

»Tiffany? Ich muss los. Ich weiß nicht, wann ich wieder komme, ich hole die Familie in Ischl ab und wir sind dann bei meiner Schwester im Krankenhaus. Susi soll einspringen und hier helfen, wenn zu viel los ist, du kennst doch ihre Telefonnummer, oder?«

»Klar. Du schau dazu, dass in deiner Familie alles in Ordnung kommt. Ich schaff das hier schon alles.«

»Danke!«

Die Erleichterung, wenigstens diesen Bereich ihres Lebens in guten Händen zu wissen, war Gold wert. Trotzdem lag da immer noch elendig viel Gewicht auf Berenikes Schultern. Und jetzt um die Mittagszeit war im Salon schon wieder zu wenig los. Sie wollte einen Blick in die Kasse werfen, wie viel Einnahmen an diesem Tag schon hereingekommen waren, zwang sich aber, es nicht zu tun, um sich nicht noch mehr verrückt zu machen. Stattdessen fiel ihr das Püppchen in die Hände, das ihr die Masseurin Anniko gegeben hatte und das sie offenbar an der Theke liegen gelassen haben musste. Oder hatte es jemand anderer in der Hand gehabt und hielt Berenike nun für eine Spinnerin, die an dieses Voodoo-Zeug glaubte? Und was nun? So was funktionierte doch nicht, eine Puppe konnte keine Antwort geben.

Berenike verabschiedete sich und startete den Wagen, warf einen Blick auf den im gleißenden Frühlingssonnenlicht daliegenden See. Da jetzt reinspringen und alles von sich abspülen! Hoffentlich würde sich das Wasser des Sees bald etwas erwärmen, mit den unterirdischen kalten Zuflüssen konnte das immer lange dauern.

Sie fuhr los, als das Handy läutete. Berenike lenkte den Wagen brav an den Straßenrand. Selene war dran: »Berry, ich werde heute entlassen. Kannst du mich abholen? Bitte.« Sanft stellte die Schwester ihre Frage, sanft wie immer.

»Ich hole die Familie gleich vom Bahnhof ab und wir kommen alle zusammen zu dir, okay?«

»Ach, ist Mama unterwegs?«

»Alle sind unterwegs, Mama, Papa und deine Töchter.«

Selene antwortete nicht, offenbar verblüfft.

»Soll ich noch jemand für dich anrufen?« Einen Mann vielleicht. Mit wem war sie wohl um den See spaziert vor dem Angriff?

»Nein, im Moment nicht.«

»Wie fühlst du dich überhaupt, Selene?«

»Könnte schlimmer sein, Berenike. Ich bin froh, hier rauszukommen.«

»Schön, dann bis nachher.«

Zehn nach halb eins.

Gehetzt fuhr Berenike weiter, blinzelte gegen gleißendes Sonnenlicht an. Endlich, Ortseinfahrt Bad Ischl. Stau. Dann die Bahnhofsgebäude, Busse, der Parkplatz.

13 Uhr 03.

Sie stellte den Wagen ab, hastete durch den Warteraum und erkannte nach dem abrupten Wechsel von Sonnenlicht zu Düsternis fast nichts. Draußen Leute mit viel Gepäck, sie kamen von den Gleisen her. Der Zug aus Wien stand nicht angeschrieben. Berenike kämpfte sich in die Gegenrichtung durch zu den Bahnsteigen. Alles still. Kein Zug, keine Leute. Doch, ganz hinten, am Ende des Bahnsteigs, stand schmal und in einen schwarzen Anzug gekleidet ihr Vater und sah sich um.

»Berry, da bist du ja!« Die Stimme der Mutter erklang dunkel hinter ihr, sodass Berenike herumfuhr. Rose schoss auf Berenike zu. »Wir haben uns schon Sorgen gemacht.«

»So hast du wenigstens Zeit fürs WC gehabt, Oma.« Jenny feixte hinter Roses Rücken. Die 15-jährige Jenny war die jüngere von Berenikes Nichten und die lockerere. Amélie, 17 Jahre alt, dunkel und ernst wie Berenikes Vater, folgte ihrer Schwester langsam.

»Aber!« Die Mutter sah Berenike an. »Servus, Berry. Stell dir vor, dieser Schauspieler war im selben Zug wie wir. Wie heißt denn der noch?«

»Ich weiß nicht, wen du meinst.«

»Na der, der so berühmt ist. Der den Dings gespielt hat in – na, dings.«

»Oma!« Jenny kicherte.

»Ich glaube sogar, er ist ebenfalls hier ausgestiegen.« Rose sah sich suchend um, doch außer ihnen selbst war auch jetzt keiner in der Nähe. Die Sonne brannte auf sie nieder. »Wisst ihr, wen ich meine?«

Schulterzucken.

»Schön, dass ihr den Zug kurzfristig noch erreicht habt«, lenkte Berenike ab und begrüßte endlich auch ihren Vater.

»Kein Problem, Tante Berry.«

»Okay, dann los zu Selene, sie hat mich vorhin angerufen, sie darf heute schon raus aus dem Krankenhaus.«

Alle zeigten sich erfreut und machten sich auf den Weg, eng ins Auto gequetscht. Im Krankenhaus angekommen, suchten sie auf den düsteren Gängen nach Selene, als ihnen Mara Wander über den Weg lief.

»Bist du schon weiter bei der Ermittlung?«, fragte Berenike.

»Nicht wirklich. Fußspuren gibt es keine und dass niemand am Empfang der Pension saß, hast du selbst mitbekommen. Dazu das Problem, dass es in einem Hotelzimmer unzählige Fingerabdrücke gibt, egal wie gut geputzt worden ist. Aber wir sind dran.«

»Gibt es Ergebnisse von Reinhard?«

»Nein, nichts, was man verwerten kann.«

In Selenes Zimmer herrschte Aufbruchsstimmung. Sie kramte in ihrer Handtasche, jede Bewegung argwöhnisch von einer Bettnachbarin beobachtet, deren weiße Haare sich farblich nicht vom Bettzeug abhoben. »Sie muss noch länger bleiben«, raunte ihnen Selene zu, »für sie ist das wie die Gefangenschaft in einem Verlies.«

Es roch nach Ausdünstungen, Medizin, nach Früchtetee und ein wenig nach Angst.

»Am besten, du kommst mit und wohnst bei mir, Selene«, schlug Berenike ihrer Schwester vor. Sie wollte diesen Ort so schnell wie möglich verlassen, die düsteren Gänge, den Gestank. Es war wahrlich, als wäre man hier gefangen, wie in einem Kerker. Zu sehr erinnerte sie das an ihre eigene Krise, damals, in Wien. Die Krise, die letztlich alles verändert hatte, ihr ganzes Leben durcheinandergewürfelt hatte. Die sie hierher geführt hatte, an den Ort, der richtig und an dem trotzdem alles falsch gelaufen war. Sie hatte Jonas hier vor Kurzem gesucht, ihn lebend wiedergefunden und danach trotzdem verloren. Sie wusste nicht, weswegen. Irgendetwas stand zwischen ihnen seit dem letzten Fall. Sie wischte sich über die Augen und schluckte. »Die anderen können in ein Zimmer bei Ragnhild ziehen.«

»Was, in ein Zimmer?« Rose sah Fred an. »Mit ihm? Das haben wir seit Jahren nicht mehr getan.«

Der Vater zog den Kopf ein und machte sich noch kleiner, als er war. »Es ist ein Notfall, Rose.«

Draußen klapperte jemand mit einem Medikamentenwagen vorbei, Selene legte etwas in ihre Tasche.

»Hört auf, ihr Kindsköpfe.« Das war Amélie, die sich immer schon viel erwachsener benahm, als es ihrem Alter entsprochen hätte. »Mama ist im Spital und ihr streitet über so eine Nebensächlichkeit!«

»Ich werde mit Ragnhild reden«, beschloss Berenike. »Irgendwie werden sich schon genug Zimmer finden, damit ihr zufrieden seid.«

»Ich würd – ehrlich gesagt – lieber in mein altes Pensionszimmer«, sagte Selene leise.

»Ja?«

»Ja.«

»Hast du keine Angst? Vor der Erinnerung? Oder davor, dass der Täter zurückkommt? Du könntest Albträume bekommen.« Berenike sah sie fragend an, wie sie da stand, die schöne Schwester, das blonde Haare strahlte gegen die finsteren Räumlichkeiten an.

»Ich habe sogar sehr viel Angst. Aber ich möchte nicht kneifen. Wenn ich mich dem nicht sofort stelle, setze ich womöglich nie wieder einen Fuß in das Haus oder das Zimmer. Das möchte ich nicht. Ich möchte nicht davonlaufen.«

»Wenn du meinst.«

»Ja, meine ich«, sagte Selene bestimmt. »Und ich bin dort nicht allein.«

»Wir wollen die Mama in der Nähe haben«, sagte Jenny, »wir werden gut auf sie aufpassen.«

»Okay.« Berenike gab sich geschlagen.

»Siehst du, Berenike, das sind meine Töchter.« Selene

strahlte vor Stolz. Endlich verließen sie das Zimmer. Draußen empfing sie die Sonne, als könnte sie alle dunklen Erinnerungen verbrennen, unsichtbar machen, unspürbar.

Mara verabschiedete sich. Während Jenny und Amélie mit ihrer Oma den Bus nahmen, fuhr Berenike mit Selene und dem Vater mit dem Auto. »Du hast mir gar nicht gesagt, dass du einen Mann kennengelernt hast, Schwester«, sagte Berenike, als sie endlich unterwegs waren.

Selene runzelte die Stirn. »Warum willst du das wissen?«

»Du hast selbst was von Besuchern erwähnt.« Sie warf Selene einen Seitenblick zu. Dass die da so ruhig sitzen konnte, als würden sie reden, wie ihr Wochenende war! Ein LKW hupte laut und anhaltend, Berenike riss das Lenkrad herum.

»Du hast gut verborgen, dass du verliebt bist, nicht einmal ich hab was mitbekommen«, sagte Berenike dann.

»Verliebt?« Selene machte große Augen. »Ach, ich weiß nicht. Wer kann schon sagen, was daraus werden wird? Ob es überhaupt was werden kann.«

»Wie heißt er? Kenn ich ihn?« Ein Schmerz fuhr Berenike so scharf durchs Herz, dass sie glaubte, ein Messer würde sie durchbohren und nur mehr schwarz verbrannte Narben hinterlassen. Zum Glück musste sie sich auf die anderen Verkehrsteilnehmer konzentrieren, als sie jetzt die Bundesstraße erreichten. Gut so. Ein Blick in den Rückspiegel. Ihr Vater beobachtete scheinbar unbeteiligt das Geschehen draußen.

»Vielleicht.«

»Lass dir nicht alles aus der Nase ziehen, meine Liebe! Die Rezeptionistin hat dich mit jemandem gesehen, der eine abgewetzte Lederjacke trug.«

»Ach. Ja, der!« Selene betastete die Würgemale an ihrem Hals, die immer noch rot und grell leuchteten. »Ja, mit dem war ich spazieren.«

»Im Regen?«

»Na und?« Selene machte große Augen, das hatte sie schon als Kind gut gekonnt, große Augen machen, unschuldig dreinschauen und nichts sagen. Und dem Großvater hatte das gefallen, sehr sogar. Mit Berenike hatte er nie so viel anzufangen gewusst.

»Ist dir das so peinlich, dass du den Namen nicht sagst?«

»Es wird dir nicht gefallen, Berenike. Weil's dein Vermieter ist.«

»Der Scheiner? Der Vermieter meines Salon? Diese Alpenkarikatur eines Kleinganoven? Nein, das gefällt mir wirklich nicht, Selene.« Hatte Scheiner deshalb gerade erst vor ihrem Salon herumgelungert? Das war ja genau vor dem Überfall gewesen, fiel ihr auf. Sie versuchte sich zu erinnern – nein, er hatte nicht aufgeregt ausgesehen, aber das würde ein Gangster wie er vermutlich nie. Gehinkt hatte er auch nicht. Oder er hatte das verborgen, sie hatten doch nur ein paar Sätze gewechselt. Sie dachte daran, wie er sich benommen hatte, nachdem ein Toter bei der ersten Veranstaltung in ihrem Salon gesessen war. Als ob das ihre Schuld gewesen wäre. Dazu der nie geklärte Tod von Scheiners Vater. Nein, mit dem wollte sie ihre Schwester ganz sicher nicht zusammen sehen! Es genügte, wenn Berenike geschäftlich mit ihm zu tun hatte, weil kein anderes freies Lokal zur Verfügung stand. Dann fiel ihr die Aussage der Rezeptionistin ein, dass sie Selene mit einem Mann in Lederjacke gesehen hatte. Komisch, in ihrem Beisein hatte Scheiner immer Loden getragen.

»Der passt doch gar nicht zu dir, Selene!«, sagte sie.

»Siehst du, ich hab's mir gleich gedacht. Dir gefällt das nicht. Deshalb wollt ich auch nicht darüber reden.«

»Das würde dem Scheiner ähnlich schauen, eine Frau anzugreifen. Was ist, habt ihr, na, du weißt schon?«

»Haben wir nicht, Berry. Es ist überhaupt nicht so, wie du denkst. Er ist ganz anders.«

»Jaja, das glaubt man zuerst immer. Bis was passiert. Aber küssen tut ihr euch schon?«

»Wie bitte?«

»Küsst ihr euch? Ist meine Frage so schwer zu verstehen?«

»Ich weiß nicht, was dich das angeht, auch wenn du meine Schwester bist.«

»Lass sie doch«, sagte Fred vom Rücksitz.

»Die Polizei wird der Name interessieren, meine Liebe.« Berenike hielt vor der Pension und beobachtete Selenes Regungen. »So bitte, wir sind da.«

»Mara kennt den Namen«, sagte Selene und stieg aus. Sie trugen das Gepäck ins Haus und bekamen Zimmer zugeteilt. Die Chefin werde jeden Moment zurückerwartet von ihrer Reise, hieß es. Sonst war weit und breit kein Mensch zu sehen. Wie ausgestorben alles, draußen wie drinnen. Wenn sich nur keine schlechte Saison ankündigte.

Berenike ging los, einen Imbiss aus dem Salon zu holen. Die ständige Eile machte ihr zu schaffen. Auf einmal spürte Berenike mit Macht ihre Müdigkeit. In den Beinen, im Rücken sowieso, im Kopf.

Sie riss die Tür zum Salon auf, die Glöckchen bimmelten fröhlich. Dort wenigstens war alles in bester Ordnung, Tiffany und Susi servierten fleißig, eine große Anzahl Tische war besetzt, Göttin sei Dank, und die Gäste sahen zufrieden aus. Berenikes Blick fiel auf das Bild des dunklen Turmes, das ihrer Oma gehört hatte. *Wie hast du das alles überlebt?*, fragte sie sie stumm. Wie geht das, dass man weiterlebt, wenn der Liebste tot ist? Wie konnte man bloß weiterleben, wie schaffte man das?

In der Küche bereitete sie einen Turm Gurkensandwiches zu, echt britisch und schnell zu machen. Dann füllte sie eine Thermoskanne mit British Afternoon Tea, packte das Essen, Tassen, Teller und Löffel in einen großen Korb und hetzte damit über die Straße zurück in Ragnhilds Pension und hinauf in Selenes Zimmer. Eng gedrängt setzten sie sich um den Tisch.

»Du mit deinem Tee!«, meckerte Rose.

Amélie und Jenny griffen freudig zu. »Aber Oma, der schmeckt voll gut!«

»Tea can fix any problem.« Berenike zwang sich zu einem Lächeln. Von wegen!

»Du mit deinem Englisch-Wahn!« Rose roch an ihrem Tee. »Hast du nichts Stärkeres?«

»Nein, Mama, immer noch nicht. Bei mir gilt: Strictly tea is served.« Berenike biss in eines der Sandwiches, genoss den Geschmack des Streichkäses, der frischen Gurkenscheiben. Plötzlich war der Hunger wieder da, als ob nichts gewesen wäre.

Rose kramte in der Tasche, beförderte einen Flachmann zu tage und goss einen kräftigen Schuss daraus in ihre Tasse. »Jetzt ist der Tee aufgewertet! So kann man ihn trinken.«

Berenike bevorzugte Milch, so mochte sie ihren Tee am liebsten. Very british eben. Vielleicht würde sie davon wacher werden. Ein bisschen zumindest.

»Wenn es nur bald eine Spur gibt«, murmelte der Vater. »Wenn dein Jonas hier wäre, Berenike, das wäre was anderes, er ist doch ein erfolgreicher Ermittler, nicht wahr?« Er blickte Berenike an, als wüsste er alles über sie und Jonas und wie allein, wie verlassen sie sich fühlte, wie ein Kind im Dunkel. Ja, sie hatte ihn rausgeworfen. Aber sie hatte sich schon davor verlassen gefühlt.

»Er ist aber nicht hier, Papa. Er hat einen anderen Fall, und Mara ist eine wirklich gute Polizistin, du hast doch sicher schon von ihr in der Zeitung gelesen.« Berenike hob die Schultern. »So ist die Lage nun mal.«

Ein auf dem Tisch liegendes Handy fing zu piepsen an, rutschte vibrierend über die Holzplatte.

»Lass es liegen«, murmelte Selene, ihre schlanken Hände fingen das Telefon auf, bevor es über die Kante schlittern konnte. »Nicht jetzt. Ich will jetzt nicht.«

Das Läuten verstummte, kurz hing der Nachhall in der Luft. Ein zweifaches Piepsen folgte. Das Display zeigte den Eingang einer Kurznachricht an. ›Stefan hat eine neue Nachricht geschickt‹, erkannte Berenike.

»Stefan? Was für ein Stefan?«, fragte Berenike neugierig. Es juckte sie in den Fingern, die Nachricht zu öffnen und zu lesen, aber das gehörte sich nun mal nicht, auch nicht bei der eigenen Schwester.

»Ein Stefan halt, den ich kenne«, sagte Selene sehr leise und nahm ihre Tasse, ohne jemanden anzusehen.

Amélie rückte neugierig näher. »Ein Freund? Hast du einen Freund, Mama? Du hast doch schon einen Freund, hast du mir vorhin gesagt. Und der heißt nicht Stefan.«

Alle starrten das Handy an, nur Selene trank seelenruhig von ihrem Tee, die Augen gesenkt.

Draußen näherten sich Schritte. Berenikes Muskeln spannten sich an. Es klopfte, Ragnhild, die Pensionschefin, steckte den rotgelockten Kopf zur Tür herein. »Ihr macht mir ja schöne Sachen!«

»Meine Schwester wurde überfallen«, sagte Berenike schärfer als beabsichtigt. Gleich käme Ragnhild noch mit dem schlechten Ruf, den der Überfall für die Pension bewirken würde!

»Tut mir leid, das war nicht so gemeint.« Ragnhild sah sich um. »Wie geht es dir? Kann ich irgendwas für euch tun?«

»Im Moment nicht, glaub ich.« Selene schüttelte den Kopf. »Danke.«

»Seid vorsichtig, ihr seid derzeit meine einzigen Gäste im Haus. Ihr wisst ja, Zwischensaison, da ist es ruhig, bevor es mit dem Sommertourismus losgeht.«

»Stimmt, bei mir im Salon ist auch nichts los.« Ein kleiner Hoffnungsschimmer. Berenike hätte sich an die Stirn schlagen können, an diese Erklärung für das Ausbleiben von Gästen hatte sie nicht gedacht. »Wir werden gut auf uns aufpassen. Keine offenen Fenster und so.«

»Und wir werden niemand einfach so reinlassen.«

»Sperren Sie die Haustür ab?« Der Vater spielte weiter mit seiner Brille.

Ragnhild nickte. »Natürlich. Sie haben Schlüssel für das Haustor an ihrem Schlüsselbund«, erklärte sie und verließ sie dann nach kurzem Gruß.

Selene nahm ihr Handy. »Lasst mir doch ein bisschen Spaß. Ich hab nach der Scheidung nix zu lachen gehabt.«

»Das stimmt«, fiel Rose ein, »dein Ex war wirklich eine Nummer für sich.«

»Und dieser Stefan ist von hier?«, fragte Berenike.

Selene nickte und öffnete nun doch die Kurznachricht. Lächelte kurz, etwas entrückt, Sekunden später war sie wieder ernst.

»Hast du der Polizei erzählt, dass du mehrere Männerbekanntschaften hast?«, fragte Berenike.

»Berry, wie redest du denn? Wir sind moderne Frauen, wir sind frei! Wir leben nicht mehr in den 50er-Jahren. Die Männer fahren seit Jahrhunderten mehrgleisig. Das ist nichts Böses.«

»Sagst du. Die Männer könnten das anders verstehen. Sie könnten dich missverstanden haben. Sich Hoffnungen gemacht haben, die du nicht erfüllt hast.« War die Schwester wirklich so naiv? »Einer von ihnen kann der Täter sein.«

»Aber ich hab keinem was versprochen.«

»Sagst du. Und was, wenn einer eifersüchtig ist? Wenn dich einer für sich alleine will? Hast du die Männer also erwähnt?«

»Nein, habe ich nicht.«

»Dann erzähl Mara jetzt davon. Rufst du sie an, Selene?«, fragte Berenike. »Oder soll ich das tun?«

»Nicht Jonas?«

»Nein. Vergiss ihn einfach.«

# 5

Es war Abend geworden. Schwaches Mondlicht spiegelte sich im unbewegten See, ließ ihn silbrig aussehen, als wäre es ein Traum. Berenike ging zurück zu ihrem Salon, um noch mal nach dem Rechten zu sehen. Das Lokal lag dunkel da, immerhin war diesmal die Tür abgeschlossen. Tiffany war bereits heimgegangen.

Mit umständlichen Bewegungen sperrte Berenike auf und hinter sich gleich wieder ab. Die Luft im Lokal roch abgestanden, fast faulig. Ein Strahl des Mondlichts brach sich in dem glänzenden schwarzen Holz eines Tisches. Alles wirkte aufgeräumt, die Tische waren bereits für das Frühstück am nächsten Morgen eingedeckt. Die Teetabletts stapelten sich ordentlich an der Theke, Tassen und Kannen standen sauber in Reih und Glied im Regal dahinter. Nicht ein schmutziges Stück Geschirr weit und breit, kein noch so winziges Staubflankerl irgendwo, nicht der geringste Schmutzfleck. Auch in der Küche alles sauber, alle Lebensmittel weggeräumt, sogar die Ware im Kühlschrank sortiert, nichts Abgelaufenes oder nicht mehr Frisches konnte sie noch entdecken. Sogar der große Mistkübel war leer. Woher also kam der faulige Gestank? Vom Obstkorb an der Theke? Sie kontrollierte die Bananen, die Äpfel, alles sah frisch aus. Sonderbar.

Berenike ging nach nebenan ins Büro, öffnete ein Fenster, stockte, schloss es wieder und kippte es stattdessen. Sie suchte nach einem Aromaspray, fand einen Duft, der Reinigung und heilende Kraft versprach, sprühte fleißig, während sie durch sämtliche Räume ging. Es roch nach Lavendel und ein wenig nach Zitronen, fast wie in Berenikes Kindheit, wenn die Oma ihre Wohnung oder den Lebensmittelladen geputzt hatte. Berenike sprühte und sprühte. Der Geruch blieb. Ein Geruch nach Tod. Vielleicht musste sie die Tür öffnen und durchziehen lassen. Das wollte sie nicht. Sie wollte die Tür nicht offen lassen, wenn sie sich allein im leeren Lokal aufhielt. Lieber nicht. Ihre Schritte klapperten überlaut auf dem Boden, als sie ihr Büro betrat und den Computer einschaltete. Wartend setzte sie sich vor das brummende Gerät, griff nach einem Stapel Papier neben der Tastatur, ging den ganzen Packen durch. Was für ein Durcheinander! Rechnungen, Lieferscheine, dazwischen eine To-do-Liste ohne Datum, von der bis heute nicht alle Punkte erledigt waren. Berenike seufzte. So, Computer bereit, Emails abrufen. 15 Nachrichten, wovon 13 sofort abgerufen wurden; dann stockte das Gerät. Berenike sortierte weiter Papiere. Alles, was mit Buchhaltung zu tun hatte, legte sie auf die linke Seite, den Rest auf die rechte.

Ein Piepen erklang, als der PC mit dem Herunterladen der neuen Nachrichten fertig war. Wer hatte bloß diese ständigen akustischen Nervensägen erfunden? Fehlte noch, dass der Herd läutete, wenn das Wasser kochte, oder noch besser: der Magen fing zu piepen an, wenn er wieder gefüllt werden wollte.

Gedankenlos öffnete sie die erste Nachricht, Werbung für Tischtücher, weg damit. Die nächste trug den Betreff ›Hello how are you‹. Sie löschte sie, genau wie ›Is this you‹. Ihr Finger blieb auf der Löschtaste kleben. Halt, den nächsten Absender-Namen kannte sie: Horst Knapp. ›Die Verwandlung‹ lautete der Betreff. Horst war ein früherer Kollege, noch aus der Event-Branche. Sie öffnete die Nachricht. Er lebe jetzt zum Teil in Prag, schrieb er. Seine Geschäfte brachten es so mit sich, weshalb er sich jetzt auch eine Wohnung dort genommen habe. Sie solle sich willkommen fühlen!

Berenike versank in Erinnerungen. Kennengelernt hatte sie Horst in Wien, als sie wegen des ersten Mordfalls in ihrer Heimatstadt ermittelt hatte. Einmal hatte sie später sogar in der Wohnung seiner Schwester übernachtet, als diese verreist war. Ein bisschen hatte es damals gewirkt, als könnte sich etwas entwickeln zwischen ihnen. Aber er war eben nicht Jonas gewesen … Berenike musste husten.

Sie las Horsts Mail noch einmal von Anfang an und konzentrierter. Wie nett, dass er immer noch an sie dachte, dass er ihr seine Neuigkeiten erzählte. Rasch drückte sie auf Antworten und tippte: ›Hallo Horst! Ich habe mich über deine Nachricht sehr gefreut.‹ Sie stockte. Und wie jetzt weiter? Was sollte sie schreiben? Dass sie sich gern an ihren Wien-Besuch erinnerte? Das klang banal und ganz so, als würde sie an irgendwas anknüpfen wollen. Wollte sie? Sie wusste es auf einmal nicht mehr. Die Dinge wurden ständig komplizierter, je älter sie wurde. Sie hatte doch früher so sorglos gelebt, einfach in den Tag hinein, und basta.

Irgendwo draußen knackste etwas, Berenike fuhr zusammen. Sie hatte die Zeit vertrödelt. Schnell tippte sie weiter: ›Freue mich über die Kontaktaufnahme! Wie geht es dir? Was machst du denn in Prag? Ich war schon sehr lange nicht mehr dort. Liebe Grüße, Berenike.‹

Rasch drückte sie auf Senden und beobachtete den Verlauf, bis die Bestätigung kam, dass die Nachricht verschickt war. Der Rest des Posteingangs sah nicht wichtig aus, wenn es dringend war, konnte jeder anrufen. Sie schloss die Programme, wartete, bis der PC heruntergefahren war. Sie stand auf und streckte sich wie eine Katze, wieder knackste etwas. Vielleicht war das der kleine Eiskasten an der Theke, wenn er sich einschaltete. Berenike ging hinüber, kontrollierte den Geschirrspüler, den Eiskasten, alles sah aus wie immer. Nachdem sie die Lichter ausgeschaltet hatte, ging sie hinaus, sperrte sorgfältig die Tür ab, die Abendluft roch wunderbar nach Frühling, Flieder blühte, mischte sich mit den Gerüchen des nahen Waldes. Sie atmete tief durch.

Als sie weggehen wollte, sah sie etwas Helles, Viereckiges vor dem Eingang liegen. Sie bückte sich mühsam, so steif und unbeweglich fühlte sie sich. Alles blockiert, sie brauchte dringend einen neuen Termin bei Anniko. Das Püppchen half ja doch nicht. Der helle Fleck war ein Blatt Papier, jemand musste versucht haben, es unter der Tür durchzuschieben. Aber warum? Hatte derjenige nicht gesehen, dass sie Licht gemacht hatte, dass jemand anwesend war?

Im Halbdunkel war nicht allzu viel erkennen. Sie entzifferte die Worte in einer leicht nach links geneigten Handschrift nur langsam, während ihre andere Hand den Schlüssel umkrampfte.

›Das ist nur der Anfang. Auch Dir wird das Herzliebfeinste genommen werden. Nur so kann Gleichstand entstehen. Arm ist reich und reich ist arm.‹

Sonderbarer Text. Was sollte das denn? Wer schrieb so was und schob es ihr anonym unter die Tür durch? War sie überhaupt die Adressatin? Vielleicht war alles ein Irrtum. Ein Zettel, den ihr der Wind zugetragen hatte. Aber es war komplett windstill. Sie spürte es, die Botschaft war an sie gerichtet. Und sie war böse. Böse und gemein. Sie dachte an das Geräusch, das sie vorhin erschreckt hatte. Konnte sein, dass es mit dem Brief zusammenhing. Als sie herübergekommen war, hatte jedenfalls noch kein Papier bei der Tür gelegen, dessen war sie sich nach weiterem Nachdenken sicher. Von wem stammte diese Nachricht? Sie dachte an Selene und ihre Männerbekanntschaften. Hing diese Botschaft damit zusammen? Fühlte sich einer von ihnen um Liebe betrogen?

Ratlos steckte sie den Zettel in ihre Tasche. Nein, bevor sie ihren Salon betreten hatte, war niemand in der Nähe gewesen. Kein Zettel und keine anderen Menschen. Sie musste mit ihrer Familie reden.

Müde betrat sie Ragnhilds Pension. Der Empfang war wieder unbesetzt, verständlich, wenn sie wirklich die einzigen Gäste waren. Ein mulmiges Gefühl beschlich Berenike dennoch. Dass die Haustür offen stand, half da nicht, im Gegenteil. Entschlossen sperrte Berenike hinter sich ab und stieg die Treppe hinauf. Schon von Weitem hörte sie ein Durcheinander von Stimmen aus Selenes Zimmer. Sie griff nach der Klinke. Auch diese Tür hatte niemand abgeschlossen. *Jetzt werd nicht paranoid!*, sagte sie sich, aber das Herzklopfen blieb. Sie drückte die Tür auf.

»Das ist entsetzlich«, sagte Selene gerade, ihr Ton klang alarmiert. »Wer verschickt so eine Nachricht?«

Berenike schloss die Tür von innen. »Grüß euch! Redet ihr schon wieder von Stefans SMS?«

Selene nickte. »Lies selbst.« Sie gab Berenike ihr Handy.

»Ich habe dich gesehen«, las sie laut, »beim Seesturm.

Wer war dein Begleiter?« Berenike sah die Schwester an. »Das klingt nicht gut, Schwester, wenn du mich fragst. Wie ich es mir schon gedacht habe, jener Mann wollte dein einziger sein.« Sie drehte das Papier in ihren Händen. Passten die Nachrichten zusammen? Sah so aus! Drohungen von allen Seiten. »Schieß los, wer ist Stefan?«, fragte sie, »kenn ich ihn?«

»Du kennst alle hier, oder?« Selene zwinkerte übertrieben lustig, aber ihre Wangen sahen aus, als hätte sie geweint. Sie wischte sich übers Gesicht und schniefte. Die anderen saßen still da und beobachteten sie.

»Fast alle.« Berenike lächelte der jüngeren Schwester beruhigend zu. »Also, sag schon? Wer ist dieser Stefan?«

»Du meinst, er war der Angreifer?« Unwillkürlich strichen Selenes Finger wieder an den Würgemalen an ihrem Hals entlang. »Ich hab ihn doch nur in der Therme kennengelernt. In Bad Ischl. Wir haben nur geredet und so.«

»Nicht sag, DER Stefan.« Berenike seufzte.

»Er ist Bademeister dort. Und Masseur. Ein genialer Masseur.«

»Also doch der Radischer. Scheiße.«

»Wieso?« mischte sich der Vater ein, sein Blick flackerte alarmiert. »Wer ist das denn?«

»Stefan hatte schon mit seiner früheren langjährigen Freundin Sylvie seine Schwierigkeiten«, sagte Berenike und krampfte ihre Finger um das Blatt Papier.

»Und?« Selene riss die blauen Augen auf.

»Er ist sehr eifersüchtig, Selene. Als Sylvie ihre Buchpräsentation bei mir im Salon gemacht hat, ist er herumgeschlichen, als würde er ihr den Erfolg nicht gönnen.«

»Das ist doch was anderes.« Selene winkte erleichtert ab.

»Nicht unbedingt, Selene. Jetzt musst du das alles umso dringender Mara erzählen. Sie muss Stefan verhören und Scheiner ebenso. Es gibt da nämlich noch was. Seht euch dieses Blatt Papier an.« Berenike zeigte den seltsamen Brief her, den sie vor ihrem Salon aufgeklaubt hatte. Der Vater nahm das Blatt und las mit zusammengekniffenen Augenbrauen. Auch seine Brauen wurden grau, nicht nur sein Haar. »Was soll das sein? Das hört sich krank an.«

»Das ist eine Drohung.«

»Hast du Verehrer, die dir aus irgendeinem Grund drohen wollen?« Rose musterte Berenike wie seinerzeit im Gymnasium, die ersten Freunde, oder eigentlich Hätte-Gern-Freunde.

»So einen Verehrer? Der so seltsames Zeug schreibt?« Berenike schluckte. »So einen möcht ich nicht haben.«

»Jetzt müsste sich halt dein Jonas die Sache ansehen«, sagte ihr Vater langsam.

»Er ist nicht mein Jonas, zum hundertsten Mal!«

Freds Brauen wanderten in die Höhe, doch er schwieg.

»Was fährst du deswegen so hoch?«, fragte Selene.

»Ich halte das nicht aus«, sagte Berenike. »Überall diese Lovestorys, der Überfall auf dich und dazu ein Stalker.«

»Ein was?«, fragte Rose.

»Stalker. Jemand, der einen verfolgt.« Selene schniefte.

»Gib her.« Rose las. »Das Herzliebfeinste? Das ist komisch. Die Formulierung erinnert mich an etwas.« Sie las noch einmal. »Dieser Ausdruck, den hat meine Mutter früher öfter verwendet.«

»Die Oma?« Neugierig sah Berenike ihre Mutter an.

Das Signal für einen SMS-Eingang erklang. Selene öffnete eine weitere Nachricht, wurde blass. »Was ist das für ein Scheiß?« Jetzt rann tatsächlich eine Träne aus ihrem Augenwinkel. »›Ich erwisch dich, dessen kannst du dir sicher sein‹ steht da. Ohne Namen. Die Nummer des Absenders ist unterdrückt.«

»Was für ein Mist. Jetzt rufst du bitte endlich Mara an, dann können wir ihr den Brief da geben und die SMS-Nachrichten zeigen. Und du sagst ihr alles. Das mit Stefan und mit dem Herrn Scheiner. Gibt's vielleicht noch wen, mit dem du geflirtet hast?«

»Ja. Nein. Ich ruf ja schon an.«

*

Sie saßen um den nun leeren Tisch wie auf einem Leichenbegängnis. Selene hatte telefoniert, Mara wollte herkommen, nun hieß es warten. Fahrig schubste Selene ihr Mobiltelefon über die Tischfläche, Amélie und Jenny spielten Stadt-Land-Fluss, Rose kramte in ihrer Tasche herum, sprang auf, setzte sich, sprang wieder auf. Fred putzte seine Brille. Das Haus knackste, irgendwo fiel eine Tür ins Schloss.

»Ich gehe runter, nachsehen, ob sie kommt«, sagte Berenike. Sie musste hier raus, weg von der Enge des Raums, den vielen Menschen. Sie musste nachdenken, allein. Und die Tür aufsperren für Mara konnte sie auch.

Der Empfangsbereich lag still da, nur vom gedämpften Licht einer Stehlampe erhellt. Berenike warf einen Blick in das Büro, das Ragnhild nützte, dann in einen Abstellraum. Überall war es dunkel. Irgendwo knirschten Bodendielen.

»Berenike, jetzt hast du mich aber erschreckt!«

Ragnhild kam aus dem Halbdunkel des hinteren Bereichs auf sie zu. »Was machst du hier? Brauchst du etwas?«

»Alles okay.« Berenike zögerte. »Ich warte auf die Polizei, Selene ist noch was eingefallen.«

»Ah, verstehe. Ich hoffe, der Täter wird schnell gefunden. Ich finde das unheimlich.«

»Ich auch. Sperrst du die Eingangstür jetzt immer ab?«

»Du glaubst doch nicht, dass derselbe Täter zweimal zuschlägt?«

»Weiß man's?«

»Du bist zu misstrauisch, Berenike. Das Böse ist nicht immer und überall.«

»Better safe than sorry.«

»Auch wahr. Okay, sperrst du nachher ab? Ich würde jetzt gern heimfahren.«

»Klar, mach ich.«

»Danke. Ich bin sehr müde von der Fahrt, weißt du. Danke!« Ragnhild wandte sich zum Gehen.

»Wie war's denn beim Dalai Lama?«

»Du hast davon gehört?« Ragnhild fuhr überrascht herum.

»Von deiner Mitarbeiterin, Ragnhild.«

»Ach so. Es war interessant, aber nicht so wahnsinnig inspirierend. Also, gute Nacht.«

»Gute Nacht.«

Ragnhild verschwand nach hinten. Berenike trat auf die Straße. Diese Stille hier in den Bergen! Es war, als wäre sie ganz allein auf dieser Welt, als gäbe es sonst niemanden mehr, als schiene der Mond nur auf sie und auf den See, in dessen leicht bewegtem Wasser er sich weiß und zerrissen spiegelte. Endlich erklang ein Automotor. Ragnhild fuhr vom Parkplatz hinter dem Haus auf die Straße. Berenike sah den roten Rücklichtern nach, bis sich wieder Stille herabsenkte. Horsts Email fiel ihr wieder ein, es schien so lange her, dass sie sie gelesen hatte, sie erschien unwirklich in ihrer Harmlosigkeit, angesichts des seltsamen Briefs danach, des Überfalls auf Selene. Nachdenklich schob sie Kieselsteine mit einem Fuß hin und her, bemerkte einen hässlichen dunklen Fleck auf den Schuhen, bückte sich danach.

»Da bin ich«, sagte eine Stimme hinter ihr. »Hast du auf mich gewartet?«

»Mara! Wo kommst du so leise her?«

»Ich bin zu Fuß gegangen, es ist ja nicht weit von unserem vorläufigen Hauptquartier im Seesturm. Angenehm, so ein milder Abend.«

»Sehr idyllisch, vor allem, wenn man sich halb zu Tode erschreckt.«

»Oh, das tut mir leid, Berenike!« Maras blonde Haare waren der einzige wirklich helle Fleck.

»Macht nichts, ich bin viel zu schreckhaft geworden, du kannst nichts dafür. Ragnhild ist schon weg, ich muss dich also ins Haus lassen.« Berenike hielt Mara die Tür auf und schloss nach der Polizistin von innen ab. Das Haus mit seinen Geräuschen wirkte noch unheimlicher. »Komm mit, Selene und die anderen sind oben.«

Das Holz der Treppe knackste, der Gang zu den Zimmern erwartete sie dunkel, ehe ein automatisches Licht anging. Berenike wollte Selenes Tür aufreißen. Sie war abgesperrt. Na endlich. Sie klopfte.

»Wer ist denn da?«, war Amélies Stimme zu vernehmen.

»Ich bins, deine Tante. Und Frau Wander von der Kripo.«

Die Tür wurde geöffnet, ein prüfender Blick aus dunklen Augen, dann durften sie eintreten. Mara grüßte in die Runde.

»Frau Inspektor, wie sieht es mit Ergebnissen aus?«, fragte Selene gleich. »Gibt es was Neues?«

»Leider nichts Gutes. Wir haben keine Fremd-DNA an den Verletzungen gefunden. Vermutlich trug der Angreifer Handschuhe. Und hier im Raum«, Mara machte eine ausladende Geste, »haben vermutlich schon Hunderte Menschen geschlafen, da gibt es jede Menge DNA, selbst wenn tagtäglich akribisch gesaugt und gewischt wird. Tut mir leid, Frau Stein. Ich finde das übrigens mutig von Ihnen, dass Sie im selben Zimmer wohnen bleiben.«

»Konfrontationstherapie, gewissermaßen.« Selene lächelte schief.

Mara ging an Berenike vorbei zum Fenster. »Jonas arbeitet noch an seinem Fall«, sagte sie dabei leise an Berenike gewandt. »Er kommt nach, sobald er kann.«

»Jaja«, sagte Berenike wie nebenbei und verschränkte die Arme vor der Brust. »Verstehe.«

»Sicher?« Mara konnte ganz schön prüfend dreinschauen.

Hätte ich je wirklich ein Verbrechen begangen, dann will ich nicht von ihr überführt werden!

»Alles okay bei dir? Ich meine, abgesehen von den Vorgängen hier?!«

»Mach dir um mich keine Sorgen, Mara. Alles unter Kontrolle. Ist nur ein bisschen viel auf einmal. Aber das wird wieder. Einmal ausschlafen, dann wird's wieder gut.«

Maras Blick war zweifelnd. »Dann bin ich beruhigt.«

»Alles okay, sagte ich doch. Und jetzt weiter mit diesem Fall.« Berenikes Blick glitt suchend über den Tisch. Hier war ja der ominöse Brief, halb von einer Tageszeitung verdeckt. »Schau mal, was ich bekommen habe. Er lag vor meiner Tür, also vor der zum Salon. Und Selene hat dir auch was Wichtiges zu sagen.« Berenike legte einen Arm um die Schultern ihrer Schwester, die sich sehr knochig anfühlten. Sie musste ziemlich abgenommen haben in letzter Zeit.

»Ja, bitte? Was möchten Sie mir berichten? Sollen wir uns setzen?«

»Aber nur wenn Berenike hier bleibt.«

»Okay, ausnahmsweise.« Mara nickte Selene zu. »Aber die anderen gehen bitte hinaus.«

Murrend fügten sich die restlichen Familienmitglieder. Berenike blieb neben dem Fenster stehen, von dem sie auch draußen alles im Blick hatte.

Selene begann ein wenig stotternd über ihre Männergeschichten zu sprechen und zeigte die beiden SMS-Nachrichten her.

»Danke, dass Sie mir das mitgeteilt haben«, sagte Mara. »Das könnte tatsächlich wichtig werden. Ich werde das Handy zur Untersuchung schicken.«

»Muss das sein?«

Mara nickte und streckte die Hand danach aus.

Selene schob das Handy über den Tisch. »Also gut.«

»Ich brauche die vollen Namen der Herren und wo sie wohnen«, fuhr Mara fort, während sie ein schickes Tablet hervorholte und darauf herumtippte.

»Stefan Radischer und Albert Scheiner«, sagte Selene und zeichnete mit dem linken Daumennagel Muster ins Tischtuch. »Glauben Sie wirklich, dass die beiden in der Lage sind, so etwas zu tun?«

»Jeder ist zu allem in der Lage, wenn er sich nur in die Enge getrieben fühlt.« Mara klang jetzt doch ein wenig müde.

»Ich kenn beide«, sagte Berenike, »Radischer ist Bademeister in der Therme in Ischl, er wohnt in Bad Aussee. Und Scheiner ist der Mann, der mir das Lokal verpachtet. Der hat früher schon abscheuliche Drohungen hervorgestoßen, für den verbürg ich mich genauso wenig wie für Stefan.«

»Und dann ist da noch der Exmann von Selene«, sagte Berenike.

Mara wiegte nachdenklich den Kopf. »Geben Sie mir für alle Fälle seinen Namen und die aktuelle Anschrift. Hat er in letzter Zeit Kontakt zu Ihnen aufgenommen, Frau Stein?«

»Nein, wir haben uns das letzte Mal nach dem Gerichtstermin gesehen. Er war eigentlich halbwegs einsichtig und die Mädchen sieht er auch regelmäßig. Das würde Ralf doch nicht aufs Spiel setzen.«

»Erinner dich daran, wie du ihn rausgeworfen hast, Selene.« Berenike schauderte beim Gedanken daran, dass jemand, den man einmal geliebt hatte, auf einen losgehen und verletzen konnte.

»Aber nur, weil er zur falschen Zeit auf der Matte stand.«

»Siehst du!«

»Der Vorfall ist Monate her. Er hat halt den Termin verwechselt, an dem er die Mädchen zum Eisessen einladen wollte.«

»So klang das aber gar nicht, Selene. Du warst kurz davor, die Polizei zu rufen, weil er gedroht hat, die Tür aufzubrechen.«

»Ja, schon, aber er ist dann eh von selbst gegangen.«

»Nach einer Stunde.«

»Wir werden alles überprüfen«, versprach Mara und tippte auf dem Tablet herum.

»Und ich habe das hier vor meiner Tür gefunden, Mara.« Berenike stieß sich vom Fenster ab und legte den anonymen Brief vor die Polizistin hin. »Was hältst du davon? Ich finde, der passt irgendwie zu den SMS-Nachrichten an Selene.«

»Lass sehen.« Mara nahm das Papier. »Jetzt sind sicher schon viele Spuren drauf, da kommt es auf meine Fingerabdrücke auch nicht mehr an. Wir werden deine und meine Vergleichsabdrücke nehmen müssen.« Sie drehte den Zettel in ihren Händen und gab ihn schließlich in eine Plastiktüte, in der Spuren aufbewahrt wurden. »Ich lasse ihn ebenfalls untersuchen. Was denkst du darüber?«

»Ich weiß nicht. Ich bin ziemlich erschrocken.«

Forschend sah Mara Berenike an. »Gibt es jemanden, dem du so was zutraust?«

Berenike schüttelte den Kopf. »Nur weil alle Männer glauben, ich sei wieder auf dem Markt oder was?«

»Bist du das?«, fragte Mara und ließ sie nicht aus den Augen.

»Egal wie, so eine Botschaft ist krank.«

»Ich werde die nötigen Ermittlungen in die Wege leiten.« Mara stand auf.

»Ich begleite dich nach unten«, erklärte Berenike. Im Gang stand der Rest der Familie herum. »Ich bin hundemüde. Ich glaube, es wäre für uns alle gut, wenn wir ein wenig zu schlafen versuchen.«

»Du hast recht«, antwortete der Vater und nahm seine Brille ab. Alle nickten, nur Selene wirkte skeptisch.

»Hast du ein Beruhigungsmittel bekommen?«, fragte Berenike.

Selene nickte. »Ich hab's bei mir.«

»Bist du dir wirklich sicher, dass du hier schlafen willst?«

Die Schwester nickte wieder.

»Du könntest immer noch mit zu mir kommen.«

»Danke, Berry, das ist lieb von dir. Aber ich bin nicht allein hier. Du hingegen schon in deiner Wohnung.«

»Ach was«, sie winkte lässiger ab, als sie sich fühlte, »Frau Gasperl ist auch noch da.«

»Aber sie ist 80.«

»Egal.« Berenike winkte zum Abschied und ging mit Mara hinunter. An die knarrenden Stufen hatte sie sich fast schon gewöhnt, auch an das erst durch ihre Nähe angehende Licht. Im Eingangsbereich surrte irgendwas, vielleicht ein Eiskasten, die Tür zum Frühstücksraum stand offen, das schwache Laternenlicht, das durch die Fenster schien, riss die für den Morgen gedeckten Tische aus dem Dunkel.

Berenike brauchte zwei Anläufe, um den Schlüssel ins Schloss zu stecken, knarrend öffnete sich schließlich die alte Tür. Von draußen musste sie diese mit mehr Kraft als erwartet zudrücken, bis sie einrastete und das Schloss griff.

»Also dann, tschüss, Mara!«

»Servus, Berenike. Wir sehen uns sicher bald. Pass auf dich auf. Du weißt, was Jonas sagen würde.«

»Jaja.« Sie spürte, wie schief ihr ihr Lächeln geriet.

»Misch dich nicht in die Ermittlungen, sei so gut.«

*

Endlich zu Hause. Müde parkte Berenike und stieg aus. Sie sah sich um, aber es war niemand in der Nähe. Nicht ein einziges Auto fuhr vorbei. Es war still, absolut still. Sie dachte an Scheiner, Wut loderte in ihr auf. Der sollte ihr jetzt über den Weg laufen! Der Kerl war ein Verbrecher, aber keiner konnte ihm was anhaben. Sie traute ihm alles zu, auch den Mordversuch an ihrer Schwester. Drohbriefe passten einfach zu ihm.

Frau Gasperls Haus lag düster inmitten der anderen, wie Bauklötze, die jemand auf einer Wiese verteilt hatte. Die Äste der Bäume bewegten sich im Wind, eine Katze huschte Richtung Nachbargarten. Langsam ging Berenike auf das Haus zu und schließlich die Treppen zu ihrer Wohnung hinauf. Sie schloss auf, sperrte von innen sorgfältig ab. Die drei Katzen miauten durcheinander, bis sie gefüttert waren. Jede Bewegung musste sich Berenike abringen, so müde war sie. Im Wohnzimmer zeichnete das vage Licht von draußen sich verändernde Schatten an die Wände, während Berenike hin und her ging. Sie zog die Vorhänge zu, ging in die Küche, um Tee zu machen, hatte schon den Wasserkessel in der Hand und entschied sich anders. Sogar dafür war sie zu müde. Sie stellte den Kessel weg.

Ob Selene zur Ruhe kam? Wieder gingen Berenike die SMS durch den Kopf, die die Schwester erhalten hatte, dazu der anonyme Brief, den Berenike selbst gefunden hatte. Sie dachte an Scheiner, dass ausgerechnet dieser Alpenmafioso sich an ihre Schwester herangemacht hatte!

Kurz entschlossen wählte sie seine Nummer. Egal wie spät es war.

»Scheiner.«

»Lassen Sie meine Schwester in Ruhe, verstanden?«

»Wer spricht dort?«

»Wenn Selene noch einmal was passiert, wird es Ihnen übel ergehen.«

»Ich habe nichts getan. Was mischen Sie sich in die Verhältnisse anderer Leute ein?«

»Sie geben also zu, ein Verhältnis zu haben?«

»Wir sind freie Menschen, Frau Roither.«

»Dass Sie sich mir gegenüber so benehmen, wie Sie es gewohnt sind zu tun, ist eine Sache. Aber meine Schwester – das führt zu weit. Wenn Sie das waren, werden Sie dafür büßen!«

Ohne eine Antwort abzuwarten, legte Berenike auf und knallte das Handy in die Ecke, wo es über den Boden schlitterte. Ihr Atem ging keuchend. Ihre Worte schienen noch im Raum zu hängen. Jetzt, wo sie das Telefonat beendet hatte, fühlte sie sich selbst gegenüber fremd. Hatte sie wirklich so eine Drohung hervorgestoßen? Und wenn schon, Scheiner war sicherlich Schlimmeres gewohnt. Schulterzuckend hob sie das Mobiltelefon auf, schaltete es aus und legte es für morgen in die Handtasche.

Nach einer schnellen Katzenwäsche im Bad sank sie auf ihr Bett. Das Mondlicht projizierte den Schatten des knorrigen Nussbaums vor dem Fenster auf den hellen Vorhangstoff. Berenike stand nochmals auf, schloss die schweren Holzläden, die sie selten benützte, und legte sich zurück ins Bett. Wieder kreisten die Ereignisse in ihrem Kopf: der Überfall auf Selene, das Spital mit seinem Geruch, Horsts Email, der anonyme Brief, die SMS-Botschaften, ihr Anruf bei Scheiner. Immer wieder landete sie gedanklich bei Selenes Männerbekanntschaften. Wie ein losgelassenes Ringelspiel, das nicht zu stoppen war, kreisten die Gesichter um sie und sahen sie an: Scheiner, Stefan, Horst, Selene, immer wieder Scheiner. Berenike gähnte, fühlte sich todmüde und konnte doch nicht einschlafen. Erst langsam versanken die Bilder, der Schlaf kam näher und näher.

# 6

Sie wurde munter, als bereits dünnes Licht durch die Fensterritzen drang. Sie streckte sich, tatsächlich etwas erholt. Die Katzen kamen freudig miauend herbei. Sie dachten immer nur an das eine: fressen, fressen, fressen.

Mit neuem Schwung setzte sich Berenike auf, fütterte als Erstes die Katzen und stellte sich unter die Dusche. Sie nahm die Seife mit dem Rosenduft, ließ am Ende eiskaltes Wasser auf ihren Körper prasseln, danach fühlte sie sich frisch wie seit Wochen nicht mehr. Bis sie den Kamm ansah, der Jonas gehörte. Annikos Puppe fiel ihr ein. Sie musste lachen, Schmerz durchzuckte sie. Wenn sie jetzt wie ein kleines Mädchen einer Puppe ihr Leid klagte, das wäre zu kindisch.

Langsam zog sie sich an. Dabei betrachtete sie ihr Gesicht im Spiegel. Die schwarzen Haare waren vom Wasser zusammengedrückt und sahen wie ein Helm aus. Ihre Augen waren rot, darin war all das zu sehen, was in ihr war. Der ganze Schmerz, die Traurigkeit. Ganz im Gegensatz zu ihrer Oma. Deren Blick aus blauen Augen war oft wie Eis gewesen. Hart und kalt hatte die Oma auf Berenike als Kind gewirkt. Sie muss traumatisiert gewesen sein, dachte Berenike jetzt. Traumatisiert und getrennt von ihrer Heimat in Prag, vom Krieg und seinen Folgen. Was muss wohl in ihr vorgegangen sein, wenn sie so kühl dreinblickte? Während Berenike ihre Haare trocken föhnte, suchte sie in ihrem eigenen Gesicht eine Spur ihrer Großmutter. Nein, da war nichts,

nichts Augenfälliges zumindest. Obwohl sie beide genügend dramatische Ereignisse erlebt hatten.

Sie keuchte, weil sie auf einmal wieder keine Luft bekam. Sie musste raus, weg von all dem Elend, zumindest kurz. Auf andere Gedanken kommen. Zum Beispiel in der Therme. Ja, genau. Bewegung tat gut, Sport musste im Alltag Platz haben. Ihr Telefonat mit Scheiner fiel ihr ein. Dasselbe würde sie Stefan sagen, wenn sie ihn in Ischl in der Therme antraf, wo er arbeitete. Hervorragende Idee. Sie würde ihn ein wenig ausspionieren, ihm auf den Zahn fühlen. Trotz Maras Warnung. Sie begab sich so öffentlich doch nicht in Gefahr, und außerdem wollte sie private Dinge in Erfahrung bringen. Etwas über Stefans Gefühle herausfinden, was wirklich hinter der Geschichte zwischen ihm und Selene steckte. Was empfand er wohl für ihre Schwester? Und wehe, wenn er mit Selene spielte, dann … Sie stockte. Was dann?

Berenike verhedderte sich in ihren eigenen Gedanken. Das gedankliche Ringelspiel nahm wieder Fahrt auf, sie stoppte es. Ihr war eine Spur leichter ums Herz, als sie die Badesachen zusammenpackte. Sie würde etwas tun, nicht mehr passiv warten auf das, was vielleicht passierte oder was die Polizei herausfinden würde. Sie packte Schlüssel und Handy in die Tasche und eilte die Treppe hinunter. Etwas essen würde sie unterwegs, irgendwo. Und bei der Familie kurz nach dem Rechten sehen. Und natürlich im Salon Bescheid geben, dass sie später käme.

Sie querte den Gartenweg, das Gras roch feucht von dem Tau der Nacht, der Himmel war klar. Es würde ein wunderbarer Frühlingstag werden.

Endlich lag die Straße nach Bad Ischl vor ihr. Diese Stadt verfolgte sie, wie der wildgewordene Traum eines alt-neuen Kaiserreichs Österreich, als wäre es die Hauptstadt einer geträumten Monarchie. Bei der Familie war die Lage unverändert gewesen, Tiffany hatte Berenike wie üblich beruhigt, dass der Salon bei ihr in guten Händen sei. Das glaubte Berenike mittlerweile auch. Einigermaßen entspannt schob sie eine CD mit instrumentaler Teemusik in den Player, asiatische Klänge. Gleich würde sie also Stefan Radischer wiedersehen, Bademeister, Masseur und Autor spirituell angehauchter Geschichten, die er seinen Klientinnen erzählte. Neue Veröffentlichungen hatte er ihres Wissens nicht vorzuweisen, bei Sylvies Buchvorstellung jedenfalls hatte er keine Neuigkeiten in dieser Hinsicht zum Besten gegeben. Berenike erinnerte sich, wie eifersüchtig er sich Sylvie gegenüber verhalten hatte. Hatte er nun mitbekommen, dass er nicht der einzige Mann in Selenes Leben war? Ging ihm das gegen den Strich, war er verantwortlich für die bedrohliche SMS und womöglich gar für den Überfall?

Berenike sah in den Rückspiegel, ein weißer Lieferwagen war hinter ihr, der ihr bekannt vorkam. Sah aus wie der ihrer Lieblingsbäckerei, sie hielt Ausschau nach einer Aufschrift mit dem Namen ›Brot fürs Leben‹, aber es war offenbar nicht Helena, die sie immer belieferte. Der Wagen blieb hinter ihr. Wenn es ein Verfolger wäre, dann ein ziemlicher Anfänger, so auffällig fuhr er ihr nach.

In den Gassen von Ischl verfuhr sie sich ein paarmal, landete bei der Kaiservilla, an der die alte gelbweiße Fahne flatterte, und gelangte endlich zur Edelweiß-Therme. Zum Glück war auf dem Parkplatz davor noch was frei. Beim Aussteigen sah sie sich um. Keine Spur mehr von dem Lieferwagen. Wenigstens etwas.

In der Kassenhalle roch es nach Chlor und Sonnencreme, ein Geruch, der sie an Kindheitssommer erinnerte. Sie blickte durch die Scheiben in die Halle mit den blauen Schwimmbecken, allzu viel los schien nicht zu sein, ein paar wenige Gäste lagen auf Liegestühlen und sahen durch die Scheiben nach draußen.

18 Euro Eintritt, auch nicht schlecht. Na gut, die Ermittlungen und die Gesundheit waren es wert! Sie schob 20 Euro über die Theke und wartete auf das Wechselgeld.

»Servus, Berenike, was für eine Überraschung«, ertönte eine etwas zu einschmeichelnde männliche Stimme hinter ihr.

Sie fuhr herum. Stefan, in weißer Hose und offener Lederjacke, stand da, die Knöpfe eines weißen Poloshirts standen weit offen und zeigten eine behaarte Männerbrust. »Grüß dich. Wo kommst du so plötzlich her?«

»Durch die Tür? Nein, Scherzerl. Hab ich dich erschreckt? Entschuldige.«

Er zeigte grinsend seine sehr weißen Zähne. Berenike musste an Maras Warnung denken.

»Bist du grad reingekommen?« Unwillkürlich flog ihr Blick zur Tür. Kein weißes Lieferauto weit und breit. Dafür ein grauer Kastenwagen, wie ihn die Spurensicherung der Polizei fuhr. Merkwürdiger Zufall.

»Ja, mein Dienst fängt gleich an, ich bin spät dran.« Er warf einen Blick auf die große Uhr neben der Kasse. »Aber ich brauch nur die Schuhe wechseln und die Jacke ausziehen. Und du? Alles bestens?«

»Na ja, es geht so. Ich muss mich mal wieder ein wenig bewegen.«

»Willst du dich auch massieren lassen?«

»Werden wir sehen, danke fürs Angebot.«

»Okay, ich muss, sonst krieg ich Probleme mit dem Chef und er streicht mir den Urlaub. Weißt eh, wir fahren nach Prag mit der Autorengruppe.«

»Alma hat davon erzählt, ja. Sag, Stefan?«

»Ja?«

Sie suchte nach den richtigen Worten. »Du weißt schon, dass meine Schwester überfallen wurde?«

»Überfallen?« Er wurde bleich. War er wirklich überrascht von der Nachricht? Berenike ließ ihn nicht aus den Augen.

»Ich …« Er nestelte an seiner Lederjacke. »Ich habe davon gehört.«

»Wo warst du an dem Tag?«

»Ich?« Er raffte die Jacke vor der Brust zusammen, hustete. »Arbeiten, wie immer. Wenn nicht hier, dann am Schreibtisch. Tut mir leid, dass deine Schwester, so eine tolle Frau, so etwas erleben muss. Aber ich muss jetzt wirklich los.«

»Verstehe.« Sie musterte seinen Gesichtsausdruck. Da war etwas, ein Schmerz vielleicht, der ihr sagte, dass ihm ihre Schwester nicht egal war. »Hast du irgendwas mitbekommen, wenn du mit ihr zusammen warst? Hast du einen Verdacht, wer ihr das angetan haben könnte?«

»Wieso fragst du mich das?« Sein Blick flackerte.

»Wieso soll ich dich nicht fragen? Du könntest was mitbekommen haben.«

»So oft habe ich deine Schwester auch wieder nicht getroffen.« Er warf einen Blick zur Kassa, auf seine Schuhspitzen und erst dann sah er wieder Berenike an. »Berenike, es tut mir leid, dass deiner Schwester so was zugestoßen ist, aber ich habe damit nichts zu tun. Und ich muss jetzt wirklich los. Meld dich bei mir, wenn du eine Massage haben möchtest. Ich verrechne dir einen Mitarbeiterpreis. Muss aber unter uns bleiben.« Er schien ihr zuzuzwinkern, was aber auch nur ein Zucken seines Augenlids sein mochte. »Klopf an der Tür neben dem Buffet, Berenike. Da steht zwar Eintritt verboten, aber für dich gilt das natürlich nicht.«

Berenike nickte nur. Was für ein Kerl! Sie suchte in den verwinkelten Gängen die Umkleidekabinen. Die Wegweiser an den zartblau gestrichenen Wänden waren viel zu klein gedruckt, sodass sie die Augen zukneifen musste, um etwas zu erkennen. Endlich hatte sie die richtige Tür gefunden, die Umkleideräume waren in graubrauner Farbe gestaltet, die an etwas erinnerte, an das Berenike lieber nicht dachte. Die Luft war feucht, stickig und warm. Rasch entledigte sie sich ihrer Jeans und des Pullis und schlüpfte in ihren grünen Badeanzug. Früher hatte sie jede Saison neue Schwimmkleidung erworben, meist Bikinis, damals hatte sie noch eine Figur dafür gehabt, auf die sie stolz gewesen war. Mit all dem Stress war das Schlankbleiben leicht gewesen. Seit sie in Altaussee lebte, hatte sie zugenommen. Nur nicht so wie früher anfangen, dachte sie, ich esse schon wieder so wenig wie damals.

Sie lächelte sich im Spiegel zu und suchte in der Tasche nach Badeschlappen, fand sie jedoch nicht. Die hatte sie wohl daheim vergessen. Zumindest an das Badetuch hatte sie gedacht, immerhin etwas. Sie hängte es sich um und hielt wieder nach einem Wegweiser Ausschau, der sie zur Badehalle führen würde. Als sie ein Schild gefunden hatte, ging sie vorsichtig über den rutschigen Boden. Durch eine weitere Tür betrat sie die Halle. Gekreische und Gelächter hallte überlaut in ihren Ohren. Es gab drei Schwimmbecken in unterschiedlicher Größe. Ein Whirlpool war voll besetzt. Die meisten Liegen, vor allem die mit direktem Blick auf die Berge, waren mit Handtüchern belegt worden, doch nur auf drei Liegen saß jemand. Typisch.

Berenike legte ihr Badetuch in ein dafür vorgesehenes Fach, duschte ebenso ordnungsgemäß und ließ sich schließlich in das heiße, nach Schwefel riechende Thermalwasser gleiten. Zwei Köpfe mit grauen Locken, starr übers Wasser gehalten, glitten langsam, sehr langsam an ihr vorüber. Mit gespitzten Lippen und großen Augen wurde sie beobachtet. Es dauerte eine Weile, ehe Platz vor der Stiege war, damit Berenike losschwimmen konnte. Endlich Bewegung im Wasser!

Während sie mehr plätscherte als schwamm, kam Stefan nun ganz in Weiß aus einer Tür und ging mit sehr wiegenden Schritten am Beckenrand entlang. Was fanden Frauen nur an ihm, was fand Selene an diesem säuselnden Frauenheld? Vor einer Tür blieb er stehen, eine braungebrannte Blondine kam auf ihn zu, er begrüßte sie mit Handschlag, machte eine angedeutete Verbeugung, bevor die beiden wieder in dem Raum hinter der Tür verschwanden.

Berenike ließ sich faul vor eine Massagedüse gleiten. Das warme Wasser, der schwefelige Geruch halfen ihr dabei, sich zu entspannen. Eine Weile danach kam Stefan mit der Blondine zurück, deren Haut jetzt glänzte. Wieder ein devot wirkender Handschlag. Gut, Stefan war ein Weiberheld. Das waren hierzulande viele. Aber ein Gewalttäter? Eifersüchtig, ja – aber aggressiv? So hatte sie ihn eigentlich bisher nicht erlebt, auch nicht bei den

Treffen der Autorengruppe »Pessoas Erben« in ihrem Salon. Vielleicht hatte ihn Sylvies gewaltsamer Tod verändert und er hatte Selene in dieser SMS bedroht. Wie ernst meinte er es überhaupt mit Selene, so kurz nach Sylvies Ermordung?

Sie ließ Stefan nicht aus den Augen, wie er nun am Beckenrand auf und ab ging, mit einer älteren Dame im Whirlpool ein paar Worte wechselte, dann mit einem älteren, grauhaarigen Bademeister. Sie beobachtete seine Körpersprache. Er wirkte entspannt. Nicht wie einer, der was zu verbergen hatte. Seine Haltung war aufrecht, sein Blick offen. Da traute sie schon eher dem Herrn Scheiner einen Überfall auf ihre Schwester zu! Auch eine Drohung wie die in der SMS passte besser zu dem Alpenmafioso, dessen Vater aus ungeklärter Ursache zu Tode gekommen war – Scheiner war nur aus Mangel an Beweisen nicht verurteilt worden, gemunkelt worden war so einiges. Wie er ihr damals gedroht hatte, ihr den Pachtvertrag für den Salon zu kündigen, weil ihm angeblich Mord zu weit ging. Eine Waffe besaß er sicher auch, aber wer tat das nicht in dieser Gegend, wo Jagen zum allseits beliebten Freizeitsport zählte.

Berenike ließ sich von einer Massagedüse einen Arm durchwalken und dachte weiter nach. Was war mit dem anonymen Brief, den sie erhalten hatte? Auch das passte besser zu Scheiner als zu Stefan. So, wie sie den Masseur einschätzte, würde er nichts Anonymes verschicken. Der war doch ach so stolz auf jede Zeile, die er schrieb!

Sie schwamm noch ein paar Bahnen, ungeachtet der Pensionisten, die überall mehr herumstanden, als dass sich bewegten, und Berenike beim Vorbeischwimmen neugierig nachsahen. Schade, dass es hier kein Sportbecken gab, aber man konnte nicht alles haben. Die Bewegung im warmen Wasser, wie schwerelos, war jedenfalls wohltuend.

Schließlich verließ sie das Becken, duschte und zog sich in der menschenleeren Umkleide um. In der Eingangshalle war es still und auch am Parkplatz war niemand sonst in der Nähe. Der graue Wagen von vorhin war weg. Sie überlegte, welches Auto Scheiner eigentlich fuhr.

Nach der Geräuschkulisse im Bad, dem Plätschern und Gelächter der Badegäste, dröhnte die Stille nun umso mehr. Kühle Luft blies ihr angenehm ins Gesicht. Über dem grauen Parkplatz mit seinen bunten Autos hing tief ein grauer Himmel. Es mochte jeden Moment wieder zu regnen beginnen. Frühling eben, typisch Salzkammergut.

Rasch setzte sich Berenike ins Auto und stockte, als sie durch die Windschutzscheibe nach draußen blickte. Dort lag etwas Viereckiges. Wie von der Tarantel gestochen fuhr sie wieder hoch, stieß sich den Kopf an, öffnete die Tür und kämpfte sich hinaus. Sie zerrte das weiße Rechteck unter dem Scheibenwischer hervor. Es fiel ihr aus der Hand, eine Windböe trug es davon, mit dem Fuß fing Berenike es ein, hob es auf und stieg wieder ein. Stützte die Arme am Lenkrad ab, rang nach Atem. Immer noch keuchend, nahm sie die Brille aus der Tasche auf dem Beifahrersitz, setzte sie mit fahrigen Händen auf. Es handelte sich um eine Postkarte, darauf zu sehen war ein dunkel gemauerter, rechteckiger Turm. Dasselbe düstere Gebäude wie auf dem Bild, das einmal ihrer Oma gehört hatte und jetzt in ihrem Salon hing. Sie meinte wieder, Maras Warnung vor eigenen Ermittlungen in den Ohren zu haben, und drehte die Karte um: ›Prag, Pulverturm‹ stand als Erklärung auf der Rückseite. Sie las den Text:

›Das Herzliebfeinste für immer zu entbehren, keiner kann das überleben. Dieser Verlust muss bezahlt werden‹.

*

Berenike sah sich wieder um, sie war immer noch alleine auf dem Parkplatz. Sie legte die Karte in die offene Tasche, auf die Badesachen, schnaufte tief durch und fuhr los, zurück nach Altaussee. Die ganze Zeit ging ihr die Karte nicht aus dem Kopf. Immer und immer wieder dachte sie darüber nach, wer ihr so eine Nachricht hatte zukommen lassen. Es war bereits die zweite anonyme Botschaft. Eine Unterschrift fehlte genauso wie auf dem ersten Brief. Das Herzliebfeinste. Sie spürte Traurigkeit in den Worten genauso wie Bedrohung, als könnte sie sie mit der Hand greifen. Es war, als würde ihr jede Energie ausgesaugt werden.

Endlich war sie bei ihrem Wohnhaus angelangt. Sie schnappte ihre Tasche, stieg aus, warf die Tür zu, ohne hinzusehen, tappte über den Gartenweg, jeder Schritt elendsschwer, als würden die Sohlen am Boden kleben. Sie betrat das Haus, ging langsam in ihre Wohnung hinauf, drinnen ließ sie alles fallen, wo sie stand. Sie lehnte sich von innen gegen die Tür. Nach einem Moment schleppte sie sich ins Schlafzimmer, hängte die nassen Badesachen auf den Wäschetrockner, nahm das Handy, nahm die Postkarte, fotografierte sie mehrmals von beiden Seiten ab, ließ sich aufs Bett fallen. Heller Tag und sie lag im Bett. Weit war es mit ihr gekommen! Miss Marple miaute kläglich fragend, sprang ebenfalls aufs Bett, Berenike auf den Bauch, schleckte ihr das Gesicht ab. Die raue Zunge kitzelte so sehr, dass Berenike unwillkürlich lachen musste.

»Schon gut, Miss Molly Marple.« Sie verwendete plötzlich den Namen, für den Jonas verantwortlich war, weil er die junge Katze Molly hatte nennen wollen, während Berenike für den Namen Miss Marple eingetreten war. Ergebnis war diese Kombination, die irgendwo in ihren hintersten grauen Zellen geschlummert haben musste, seit … nun, seit Jonas das letzte Mal hier gewesen war.

Jonas, immer wieder Jonas!

Sie würde ihn anrufen. Wenn einer wusste, was mit so einem Schreiben zu tun war, dann er. Oder doch lieber Mara fragen?

Sie ließ das Mobiltelefon sinken.

Ja. Nein. Doch.

Sie wählte.

Und wenn schon!

Sollte er sich nützlich machen, nachdem er sie so enttäuscht hatte! Sollte er wiedergutmachen, was er angerichtet hatte! Ihre Finger erinnerten sich an die Berührung seiner Haut, seiner Bartstoppeln, wie er sie das erste Mal geküsst hatte, sie dachte an Chili-Schokoladen-Eis. Sie wollte die Erinnerung wegschieben, die Bilder, wie er mit ihr … wie sie mit ihm … beim letzten Mal … Und wie er danach mit dem Verhör herausgerückt war, mit dem Verdacht gegen sie. Und wie verletzt sie gewesen war. Wie sie ihn angeschrien hatte, ja, sie hatte ihn aus ihrem Leben verjagen wollen. Und meinte immer noch den Schmerz in der Kehle zu spüren bei diesem Schrei. Und wie der Schrei schließlich in Tränen übergegangen war, nachher.

Wieder war ihr, als würde sie sich selbst zusehen, als sie nun seine Nummer wählte. Als käme die Verbindung aus übersphärischen Gründen zustande, als würden sich die Funkantennen zwischen ihnen verbinden, weil sie wüssten, dass … Ja, was denn eigentlich? Dass sie zusammengehörten?

Was für ein Schwachsinn! Übersphärisch! Verbindung!

Ihr Finger berührte bereits die Taste zum Trennen der Leitung, als eine raue Stimme erklang. »Lichtenegger?«

Sie schluckte, atmete gleichzeitig, musste husten.

»Nike?«

Das eine Wort brachte alles zum Einsturz. Eine Träne rollte aus dem Augenwinkel, tropfte auf die Postkarte. Eine Träne, deren Kommen sie nicht geahnt, nicht wahrhaben wollte. »Jonas«, brach es aus ihr heraus, sie hustete nochmals. »Entschuldige. Ich brauche Hilfe, es gibt da einen Brief, eigentlich zwei. Mara kennt den ersten, sie war sich nicht sicher über seine Bedeutung, und jetzt ist da noch einer.« Sie holte keuchend Luft.

»Langsam, langsam. Ich bin auf dem Weg nach Aussee, hat Mara dir das nicht gesagt?«

Berenike schüttelte den Kopf, merkte dann aber, dass er das durchs Telefon nicht mitbekommen konnte. »Nein, davon wusste ich nichts.«

»Der alte Fall ist so gut wie abgeschlossen. Also bis später. Wir werden das alles klären, Nike.«

Sie nickte wieder und brachte ein »Bis gleich« heraus. Dann war die Verbindung unterbrochen. Sie wusste nicht, wie lange sie einfach so da lag, die Postkarte auf dem Bauch, das Handy neben sich. Die Katzen kamen und gingen, Tränen tropften auf weiches Fell. Nach einer Weile stand sie auf, schlurfte ins Bad, sah in den Spiegel, sah die rotgeweinten Augen, die rote Haut, das ganze Unglück sah ihr aus den Augen, schlimmer als heute Morgen. Die Postkarte hatte alles schlimmer gemacht.

Mit einem Aufseufzen drehte Berenike das eiskalte Wasser auf und goss es sich mit den Händen ins Gesicht. Nur das mochte jetzt helfen, sie konnte nicht aufhören, eisiger Schock auf der Haut, auf den Augen, mitten drin, ganz hinten im Herz. Sorgfältig trocknete sie sich schließlich das Gesicht ab und cremte es mit duftender Rosenlotion ein. Schon wieder dieser verdammte Duft! Sie würde sich eine andere Kosmetik zulegen müssen, irgendetwas, das sie nicht an Rosen erinnerte. Später. Jetzt würde sie Jonas aufrecht und stark entgegentreten, jawohl! Ein paarmal tief durchatmen, sich zum Lächeln zwingen. Gedankenverloren klopfte sie die Creme rund um die Augen ein, als es klingelte. Sie schrak zusammen, als wäre sie aus einem Albtraum aufgewacht, genauso blickte sie ihr Spiegelbild an. Sie eilte zur Tür, die Katzen hinterher. Also gut! Tief durchatmen. Sie riss die Tür auf. Da stand er, groß, schlank wie immer. Wie er dermaßen gut sein Gewicht halten konnte. Ringe um die Augen, unrasiert. Aber keine Spur einer Bandage mehr. Immerhin.

»Grüß dich, Nike.« Seine Stimme klang schleppend, er räusperte sich. Etwas an seinem Blick wärmte sie, ließ ihr Inneres schmelzen, dass sie einen Schritt auf ihn zumachte, noch einen, eine Hand nach ihm ausstreckte und sie dann doch wieder fallen ließ. Er rührte sich nicht. Sie wollte etwas sagen, machte den Mund auf, doch kein

Ton kam heraus. Sie hustete. »Servus, komm rein«, würgte sie endlich hervor und betrachtete dabei den Boden. Die Katzen hatten sie längst überholt, Miss Marple rieb ihr Köpfchen an seinen Beinen, die in schwarzen Jeans steckten. Watson sah neugierig zu ihm auf. Unschlüssig wie zwei Jugendliche, die zum ersten Mal wirklich mit sich allein waren, standen Berenike und Jonas im Vorzimmer.

»Magst du was trinken?«, fragte sie schließlich und ging zur Küche voran. Ihr Blick fiel auf den Tisch: Wie oft hatten sie hier gemeinsam beim Frühstück gesessen, einfach hinausgeguckt oder die Zeitung gelesen. Sie meinte fast, die bittersüße Orangenmarmelade auf der Zunge zu schmecken.

Er nickte. »Gern.«

Sie begann, im Eiskasten zu rumoren. Irgendwo war doch noch Eistee gewesen. Ihr Blick wanderte über die Fächer. »Geht's dir wieder gut? Hast du die Nachwirkungen nach dem, du weißt schon, hast du alles gut überstanden?«

»Jaja. Passt alles, auch der Arm ist verheilt.«

Eine Schusswunde von seinem letzten Fall. Ihre Hand zitterte, als sie wieder die Angst zu spüren meinte, mit der sie ihn damals gesucht hatte.

»Danke, dass du so schnell kommen hast können«, sagte sie und griff nach einem Glaskrug mit selbst gemachtem Eistee. Auf einmal konnte sie sich partout nicht erinnern, welche Teesorte sie verwendet hatte. Der Farbe nach war es grüner gewesen. Vielleicht.

»Schon gut, lass die Floskeln, Nike. Das ist mein Job.«

Sie nickte. Der Krug fühlte sich schwer in ihren Händen an, als sie ihn herausnahm. Mit einem Klirren stellte sie ihn auf den Tisch, bemerkte einen Fleck auf dem alten bestickten Tischtuch. Dann legte sie die Karte mit dem Motiv aus Prag dazu.

Jonas, der unschlüssig stehen geblieben war, betrachtete sie sorgfältig. »Seltsam«, meinte er, sein Kiefer zitterte als unterdrückte er ein Gähnen. »Hast du einen Verehrer abgelehnt, der dich deswegen bedroht?« Seine blauen Augen wirkten dunkel.

Sie schüttelte verneinend den Kopf. »Es ist die zweite Nachricht. Den ersten Zettel hab ich an der Tür zum Salon gefunden. Mara weiß Bescheid.«

»Kennst du denn jemanden in Prag?«, fragte er und setzte sich auf den Platz am Fenster, auf dem er immer gesessen war.

»Nicht wirklich. Ein Bekannter, ein ehemaliger Kollege von mir, lebt jetzt aus geschäftlichen Gründen zeitweise dort. Mehr weiß ich nicht.«

»Hast du kürzlich Kontakt zu ihm gehabt?«, fragte Jonas und strich sich über die Wange mit den Bartstoppeln.

»Ich habe es gestern erst erfahren. Er hat mir eine Mail geschrieben.« Sie runzelte nachdenklich die Stirn. »Das letzte Mal persönlich getroffen habe ich Horst schon vor einer ziemlichen Weile. Wie das halt so ist, ab und zu eine Nachricht, mehr ist da nicht.« Sie stellte zwei hohe Gläser auf den Tisch. »Ich glaube, das war, als ich wegen Caros Tod nach Wien gefahren bin.« Während sie einschenkte, erinnerte sie sich daran, wie Horst ihr damals den Nacken massiert hatte. Mehr war nie gewesen. Horst war ein Blender, der Sachen versprach, die er nicht einhielt. »Sein voller Name ist Horst Knapp. Da fällt mir ein, Pessoas Erben wollen nach Prag fahren, du erinnerst dich doch an die Autorengruppe?«

»Natürlich.«

Für einen Moment stand ihr wieder vor Augen, wie sie Jonas damals zum ersten Mal gesehen hatte. Er war zu einem Autorentreffen gekommen. Fünf Jahre war das her, das Bild in ihrem Kopf war so stark, als wäre es gestern geschehen. Wie sie einander danach immer wieder begegnet waren, bei seinen Ermittlungen um den toten Journalisten Rabenstein. Das war eine Zeit gewesen. Dramatisch, aber am Ende hatte sie Hoffnung geschöpft.

»Und jetzt wollen sie nach Prag reisen und dort auf Kafkas Spuren wandeln.«

Jonas' Finger spielten mit der Postkarte aus der tschechischen Hauptstadt. »Was fällt dir sonst dazu ein?«

»Hm, irgendwann hab ich mit Reinhard über Tschechien geredet, dass seine Familie auch von dort stammt, so wie meine Großmutter. An mehr kann ich mich nicht erinnern. Warte, da war noch was, es gab vor ein paar Monaten Beschimpfungen am Telefon. Ich soll nicht so viel auf Buddha machen. Lieber heimische Traditionen bewahren und so. Ich habe mir damals gedacht, das gehört zu dem Streit über das Thema rund um den letzten Mordfall, du weißt schon. Als Paul so sehr auf dem Althergebrachten bestand. Einmal gab es Beschmierungen außen an der Fassade, beim Salon. Na ja, jetzt habe ich alles neu gestaltet, da ist nicht mehr so viel Asien zu spüren.«

»Ich hab's beim Vorbeifahren bemerkt«, murmelte Jonas. »Muss ich mir mal von innen ansehen.« Sein Blick wirkte unsicher. »Sogar eine britische Fahne hängt da.«

»Ein Mitbringsel von Alma, die kürzlich in London war. Trotzdem kommen in letzter Zeit ziemlich wenig Gäste. Ich habe gehofft, der britische Touch würde mehr

Leute anziehen.« Plötzlich konnte sie nicht mehr. Sie ließ sich auf einen Sessel ihm gegenüber fallen, stützte den Kopf in die Hände. »Ich verstehe das nicht. Ich verstehe es einfach nicht. Der Überfall auf Selene, dann das hier. Was soll das alles bedeuten?«

»Vielleicht hängen die Dinge gar nicht zusammen und du machst dir umsonst Sorgen. Vielleicht macht jemand eine komische Art von Scherz.« Er gähnte nun offen. Sie versank in seinen Augen, bis er sich abwandte.

»Glaubst du? Ich glaube das nicht mehr.« Ein Keuchen entrang sich ihr, sie wollte endlich einschenken, traf mit dem Krug ein Glas. Es klirrte, dann sprang Miss Marple auf den Tisch und das halb volle Glas fiel um. »Shit!«

»Ruhig, Berenike.« Jonas stand auf, nahm ihr den Krug aus der Hand und stellte ihn auf den Tisch. »Alles wird gut. Das wird wieder. Wir sind dran. Ich bespreche mich mit Mara, das hier kommt zur Spurensicherung. Meine Spuren und deine haben wir dann ja als Vergleichsproben.« Er lächelte sie an. »Und dann sehen wir weiter.«

»Dann sehen wir weiter. Okay.« Sie stand auf, wandte sich ab, schlug mit einer flachen Hand auf den Rand des Abwaschbeckens. Schmerz schoss vom Handgelenk bis hoch ins Hirn. Sie spürte Tränen aufsteigen. Sie schluckte. Sie würde nicht weinen, nicht weinen! Nicht jetzt, nicht vor ihm!

Wortlos nahm Jonas sie in die Arme. Wie warm und vertraut sein Körper war. Bartstoppeln kratzten an ihrer Wange, sein Atem strich warm über ihre Stirn. Sie roch seinen Körperduft. Alles so vertraut. »Schschsch«, machte er in ihr Haar. Wie sich ihre Kopfhaut an seine

Berührungen erinnerte! Verräterischer Körper. Keuchend legte sie beide Hände auf seine Brust, stemmte sich weg.

»Spiel dieses Spiel nicht noch einmal mit mir!«, fauchte sie. Nichts wurde je wieder gut. Sie ballte die Hände zu Fäusten, schlug gegen seine Brust, trommelte darauf ein, immer und immer wieder, bis er sie losließ, sie stirnrunzelnd ansah, aber an derselben Stelle stehen blieb. Wortlos ertrug er ihre Schläge, bis ihre Wucht alles andere überdeckte. Sie hielt inne. Es schüttelte sie, kalt und heiß zugleich. Sie bekam die Hände nicht ruhig, alles in ihr zitterte.

»Entspann dich, Nike, bitte«, sagte Jonas leise und eindringlich. »Mara ist da und was die nicht löst, das gibt es nicht, du kennst sie doch!«

»Mara, jaja.« In ihren Fingerkuppen lag noch der Nachhall ihrer Berührungen. Sie musste raus. Sich bewegen, den aufgeregten Körper durch die Gegend hetzen. Sich selbst loswerden, endlich alles hinter sich zurücklassen. Etwas tun, irgendwas, bevor sie hier zusammenbrach, vor seinen Augen.

»Die Kollegen gehen Klinken putzen, sie fragen alle wegen dem Überfall, sie sollen auch wegen der Briefe fragen. Wir werden die Sache rasch aufklären, davon bin ich überzeugt.« Jetzt gab er sich wieder als Superkieberer, der erfolgreich von Fall zu Fall eilte und jeden in Rekordzeit löste. »Ich halte dich auf dem Laufenden, okay?«

»Okay.« Mit hängenden Armen stand sie da.

»Servus, Nike.« Er ging zur Tür.

»Ciao. Viel Glück.« Sie hörte, wie die Tür zuschlug, wie die Katzen miauten. Nur der Schatten seiner Umarmung schien noch da zu sein, kurz. Sie war allein. Und wurde aus sich selbst nicht schlau. Sie wollte, dass er da war – und hatte ihn weggeschickt. Ach herrje.

# 7

Sie hat Sie geschlagen, Herr Lichtenegger. Und Sie haben es verdient. Ja, wahrscheinlich haben Sie es verdient. Für das, was vor einigen Wochen passiert ist.

Da saß er nun in seinem Wagen und starrte sein Spiegelbild an. Dabei war er so froh gewesen, sie wiederzusehen.

Dass es so schlimm war, hatte er nicht gedacht. Ja, alles war schwierig, sie sahen sich zu selten, die blöde Sache mit dem Verhör. Aber er hatte sie doch nie wirklich für schuldig gehalten! Das musste sie ihm doch glauben.

Es war ernster, als Jonas befürchtet hatte. Es hatte sich nicht einrenken lassen, nicht durch die Zeit, in der er gedacht hatte, sie könnten zur Ruhe kommen, Gras über diesen Vorfall bei seiner letzten Ermittlung wachsen lassen. Er hatte sie schlagen lassen, hatte gedacht, das würde die Spannung lösen und sie könnten reden. Über alles. Er hatte gedacht, jeder Schlag würde etwas ausgleichen zwischen ihnen. Eine Art von Gleichstand herstellen, eine Basis, auf der sie sich zusammenraufen konnten. Er fühlte sich verantwortlich, ja doch, aber jetzt konnte es wieder gut sein, gut und ausgeglichen.

Aber nein.

Sie überreagierte.

Alles, weil er sich hatte hinreißen lassen, vor ein paar Wochen, sie war so verführerisch vor ihm gestanden. An dem Tag, an dem er sie wegen Maras blödem Verdacht gegen Nike zu einem Verhör abholen wollte. Für ein paar Momente hatte er damals tatsächlich auf seine Arbeit vergessen, auf den Aktenstapel auf seinem Tisch, der nie kleiner wurde, als wäre er in einer surrealen Welt Kafkas, in der sich alles in Papiere verwandelte, um die Menschen darin zu ersticken. War er dafür Polizist geworden? Stand das am Ende des Kampfes um Gerechtigkeit? Ein Aktenberg voller Paragrafen und Stempel?

Er strich über die Stellen auf seiner Brust, wo sie ihn hart erwischt hatte. Er hatte sie an sich gezogen … ohne ihr vorher von Maras Verdacht zu erzählen. Hatte er wirklich gedacht, sie brauche nur Abstand? Etwas stand zwischen ihnen, das ihm mit einem Mal riesengroß vorkam, wie das Tote Gebirge, und nur, wer sich auskannte, fand einen Weg.

Er rieb sich über die Bartstoppeln, startete seinen Wagen und schlug den Weg zum Treffpunkt mit Mara ein, die ihn im Hotel Seesturm erwartete. Dort befand sich wieder einmal das provisorische Ermittlungsbüro. Während er losfuhr, legte sich ein eiserner Ring um seine Brust, der ihm die Luft zum Atmen abschnürte. Er gähnte, um den Druck loszuwerden. Wenn er nur endlich wieder ordentlich schlafen könnte! Am besten jetzt gleich. Hinlegen und alles vergessen. Aber es war viel zu früh dafür. Stattdessen würde er sicher auch an diesem Abend wieder im Bett liegen, allein, hellwach, und sein Hirn drehte dabei Extra-Loopings um aktuelle Fälle, alte Fälle, und noch 1.000 Dinge mehr. Schlief er irgendwann doch ein, läutete gleich darauf der Wecker und er fühlte sich schon beim Aufstehen wie erschlagen. Mara hatte recht. Er sollte Urlaub beantragen. Er überlegte, wo er hinfahren könnte, wo er jetzt gern wäre. Sonne, Meer? Keine Lust. England? Anstrengend. Er dachte nach, während er in die Straße hinunter in den Ort einbog, aber er hatte keine Idee. Gar nichts. Weder nah noch fern. Da herrschte nur Leere vor seinem inneren Auge. Schwarze, tote Leere. Hauptsache, er fände einen Ort ohne Papiere, ohne Gerichte, ohne Mörder.

Er wischte sich über die Augen.

Was für eine Illusion!

Er schaltete das Radio ein. Er schlief fast ein hinter dem Steuer. Die Wolken sahen viel zu hell aus, fast blendeten sie. Er zwang sich zur Konzentration, die Straßen waren hier heimtückisch, enge, unübersichtliche Kurven, und erst die Fahrer, den Zirbenen in der Birne, sogar schon am Morgen, aber selbstsicher, immer, ihnen passierte ja nie was. Oder doch? In der Kurve stand ein gelber Citroën schief im Graben, der Kühler rauchte. Jonas stieg aus, ging hinüber, ein Mann wartete neben dem Wagen, ein Handy am Ohr.

»Brauchen Sie Hilfe?«, bot Jonas an.

Der andere schüttelte den Kopf. »Danke, der Abschleppdienst kommt gleich.«

»Gut, sehr gut«, murmelte Jonas. Aufatmend stieg er wieder ein und fuhr weiter. Die Fahrbahn glitzerte in der Nässe. Er prüfte den Himmel. Würde es vielleicht aufreißen? Momentan sah man noch kein bisschen blau, aber dieses Licht schien auf eine Wetterbesserung hinzudeuten.

Endlich erreichte er den Ort, passierte die alte kleine Kirche, musste dran denken, dass das Gotteshaus auf einem früheren heidnischen Kultort stehen sollte, fuhr am Teesalon vorüber und parkte schließlich am Hotel Seesturm. Er stieg gähnend aus. Wie oft hatte er hier nun schon sein Lager aufgeschlagen und eine Menge Leute verhaftet? Dreimal? Viermal? Es kam ihm vor, als sei seine erste Ermittlung hier eine Ewigkeit her und gleichzeitig, als wäre alles erst gestern geschehen. Er war gleich bezaubert gewesen vom Ort, vom See, dem Wald, der bis an sein dunkles Ufer reichte, und, ja, von Berenike.

Er seufzte.

An die Idylle glaubte er nicht mehr. Alles schien sich zu wiederholen, in sisyphosartiger Endlosschleife. Eigentlich unglaublich, wie viele Kriminalfälle es in Altaussee schon gegeben hatte. Das traute man der nach Erde und Gras duftenden Idylle gar nicht zu. Genauso wenig wie Mitterndorf, wo erst kürzlich jemand ins Haus seines Nachbarn eingedrungen war und ihn attackiert hatte. Jonas schüttelte den Kopf. Trotz einer lange andauernden Fehde zwischen den Nachbarn hatte keiner sein Haus versperrt. Leider typisch.

Er streckte sich und genoss einen Moment lang den Anblick vom Loser, dessen Bergspitze sich eben aus den wabernden Wolken schälte. Dahinter war ein Stückchen klares Himmelsblau zu erkennen. Wie still es war. Nur ein paar Vögel piepsten leise. Er konnte sich kaum losreißen, wäre am liebsten hier stehen geblieben. Schwere, dicke Regentropfen fielen wieder vom Himmel, er beeilte sich nun doch, ins Hotel zu kommen. Eine gelangweilte Blonde an der Rezeption machte den Eindruck, als sähe sie sich als *Styrias next Topmodel.* Er ließ sich die Nummer des Zimmers sagen, das der Kriminalpolizei als Büro dienen würde. Langsamen Schrittes ging er über den weichen rosaroten Teppich, vorüber am Café, in dem ein paar ältere Gäste Kuchen naschten und Zeitungen lasen, und stieg die ebenfalls mit Teppich ausgelegten Stiegen hinauf. An der Zimmernummer 7 klopfte er.

»Herein!«, erklang es von drinnen.

Er öffnete die Tür. Plüschteppich auch hier, weich gepolsterte Sessel. Sie hatten ihnen eine kleine Suite zugeteilt. Schön, wenn man einmal zur Abwechslung in bequemem Luxus ermitteln durfte.

»Alles okay?«, grüßte ihn Mara, adrett wie immer.

Grüßend ließ er sich ihr gegenüber in einen Sessel fallen.

»So schlimm?«, fragte Mara mitleidig.

Er hob ratlos die Schultern. »Ich war bei Berenike.«

»Verstehe«, sagte sie leise.

»Nix verstehst du. Wie lange bist du jetzt dabei? Fünf Jahre?«

»Sechs. Ich weiß sehr wohl, was bei dir los ist.«

»Konzentrieren wir uns auf den Fall«, unterbrach er sie und streckte die Beine aus. Es würde schon wieder besser werden. Irgendwann. Irgendwie. »Lass uns zusammentragen, was wir haben. Wie weit seid ihr hier? Liegt Reinhards Bericht schon vor?«

Das Fenster ging auf eine leere Café-Terrasse. Alles sah dunkel aus, die Wolken, die Wälder, die Felswände, sogar das Wasser des Sees. Die metallenen Sessel auf der Terrasse standen gekippt, Wasser rann an ihnen herunter. Regentropfen prasselten auf die Tischflächen und zerplatzten beim Aufschlag. Der rote Stoff eines Sonnenschirms wurde aufgewirbelt, gegen die Fensterscheibe gepeitscht, wo er kurz kleben blieb.

»Jonas, bevor ich es vergesse …« Mara spielte mit einem Kugelschreiber in der Hand.

»Was?«, knurrte er und bedauerte sofort seinen Tonfall.

Klick-klack, sie drückte an dem Stift herum. »Der Chef hat mich auf dich angesprochen. Es fällt auf, dass du nicht sehr konzentriert bist. Jonas, nimm dir Hilfe. Es ist okay, wenn man sich Beistand holt. Wenn man angeschossen und entführt worden ist, dann kann man auch mal in Krankenstand gehen.«

»Jaja.« Er nahm den Telefonhörer auf und wählte die Nummer des Restaurants. »Lichtenegger hier. Bitte, könnten wir etwas zu trinken bekommen? Tee vielleicht? Ja, natürlich schwarzen. Welchen haben Sie? Ceylon vielleicht oder Assam? Gut. Nein, keine Zitrone. Bitte mit Milch. Und Kandiszucker. Okay. Danke.« Er legte auf. »Entschuldige, ich habe dich nicht gefragt, wolltest du was anderes, Mara?«

»Passt schon. Tee ist okay bei dem Wetter.« Sie hatte noch immer den Stift in der Hand und beugte sich über einen Bericht. Auch hier stapelten sie sich schon! Er fuhr sich über die Augen.

»Kuchen wäre gut«, sagte Mara dann und las weiter.

»Ich habe keinen Appetit.« Jonas schluckte. »Aber ich werde dir was bringen lassen. Was möchtest du denn?«

»Irgendwas mit Nüssen, wenn's geht.«

»Gut.« Er griff wieder zum Hörer, bestellte, legte auf. »Also, wie steht es, ist Reinhards Bericht schon da?«

»Es gibt nichts Unerwartetes, außer dass es absolut keine Spuren gibt.«

»Verdammt.«

Es klopfte, eine kleine, sehr junge mollige Kellnerin im Dirndl kam herein, einen stummen Butler schiebend, auf dem Teekannen, Tassen, Kännchen und Teller mit mehreren kleinen Kuchen standen. Sah ja fast britisch aus! Vielleicht schmeckte der Tee endlich wieder. Er war eben doch ein Tee-Snob. Vor allem seit er Berenike kannte. Berenike, immer wieder Berenike! Seufzend bedankte er sich bei der Kellnerin und bat sie, die Sache auf die Rechnung zu setzen. Leise wurde die Tür von außen geschlossen. Sie waren wieder zu zweit, er und Mara.

Er stand auf, ging zu dem Servierwagen. Öffnete den Kannendeckel. Der Tee roch gut, gar nicht bitter. Und war offenbar servierfertig. Kein Beuteltee, den man in der Kanne sich selbst überlassen hatte wie so oft. Er war positiv überrascht und schob den Gedanken zur Seite, ob das Hotel seinen Tee wohl in Berenikes Salon erwarb.

»Was ich vorher berichten wollte: Berenike hat noch einen Drohbrief bekommen.« Sorgfältig schenkte er zunächst Milch ein, dann den Tee und warf zwei Stückchen Kandiszucker hinein. »Besser gesagt, eine Ansichtskarte, mit einem Bild aus Prag.« Er ging mit der Tasse zum Tisch und zog die Karte in ihrer Plastikhülle hervor. Er starrte die Worte auf der Rückseite an. Die Zeilen verschwammen vor seinen Augen. Dann legte er die Karte vor Mara hin.

»Möchtest du eine Tasse Tee, Mara?«

»Gern. Kalt genug ist es ja.«

»Mara, Tee ist nicht nur bei schlechtem Wetter und Erkältungen ein Genuss.«

»Wie du meinst.«

Er schenkte ein zweites Mal Milch und Tee ein, stellte das Schälchen mit Kandiszucker und die Tasse vor Mara hin. Schließlich setzte er sich und begann in seiner Tasse zu rühren. »Berenike hat von Drohungen wegen ihres Lokals erzählt.«

»Nach all den Jahren? Seltsam. Wie schätzt du die Sache ein?«

Er dachte an die Schläge. »Sie war sehr aufgewühlt.

Aber ob die Sache wirklich bedrohlich ist oder ein blöder Scherz, das kann ich nicht sagen.« Er betrachtete seine Tasse, wie sich das Weiß der Milch mit dem braunen Tee vermischte. Komisch, das sah er klar, ebenso Mara oder die Einrichtung im Raum. Nur Buchstaben verschwammen vor seinen Augen.

»Also eine zweite Drohung«, sagte Mara nachdenklich. »Der Wortlaut hört sich unfreundlicher an als bei der ersten. Kein Wunder, dass sie sich aufregt.«

»Ich werd Jakob Kramer um Unterstützung bitten.«

»Du meinst diesen Sprachforscher?«

»Ja, von der Uni Graz. Forensische Linguistik ist hierzulande noch ein Stiefkind, aber Kramer ist ganz gut.« Er nahm das Telefon, wählte und hatte den Wissenschafter tatsächlich gleich am Apparat.

»Oh, welch Ehre«, brummelte es aus dem Hörer. »Die Kriminalpolizei. Womit kann ich dienen?« Der Sprachforscher hatte eine altmodische Art, sich auszudrücken.

»Ich brauche Unterstützung bei anonymen Schreiben, die mit einem aktuellen Fall zusammenhängen.« Jonas nahm vorsichtig einen kleinen Schluck aus seiner Tasse, bemüht, nicht das geringste Geräusch dabei zu erzeugen. »Es geht um eine Postkarte von Prag. Der Text lautet: Das Herzliebfeinste für immer zu entbehren, keiner kann das überleben. Dieser Verlust muss bezahlt werden.« Er machte eine kurze Pause. »Was sagen Sie dazu, Herr Professor Kramer? Ich maile Ihnen nachher gleich die Bilder davon.«

»Ich kümmere mich sofort darum«, versprach Kramer. »So auf die Schnelle kann ich nicht viel dazu sagen, außer dieses eine Wort ist auffällig.«

»Das Herzliebfeinste?«

»Ja, das ist ein ungewöhnlicher Begriff.«

»Um ehrlich zu sein, ich habe ihn überhaupt noch nie gehört. Sie vielleicht?«

»Nicht dass ich wüsste, nein. Ich werde in den entsprechenden Lexika nachschlagen. Ich melde mich ehestmöglich bei Ihnen, Herr Lichtenegger. Versprochen. Seien Sie unbesorgt, irgendwo finden wir einen Anhaltspunkt, damit Sie den Täter schnappen können. Das ist dann Ihre Aufgabe.« Er lachte freundlich in den Hörer.

»Das will ich hoffen. Wir sammeln wie die Eichhörnchen.«

»Ich werde alles überprüfen und nichts unversucht lassen. Also, ich melde mich, wenn ein Ergebnis vorliegt!«

»Danke. Sie beeilen sich doch, oder?«

»Natürlich, Herr Abteilungsinspektor.«

Jonas meinte, den glatzköpfigen Mann mit dem Ziegenbart schmunzeln zu sehen.

»Immer doch für die Freunde und Helfer.«

»Sie können damit weiteres Unheil verhindern.«

»Ich gebe mein Bestes, versprochen!«

Nachdem Jonas sich bedankt und aufgelegt hatte, schickte er Kramer Fotos von Vor- und Rückseite der Karte und von der ersten Nachricht per E-Mail. Anschließend beugte er sich gemeinsam mit Mara darüber, Mara legte das erste Schreiben daneben.

»Etwas daran kommt mir bekannt vor«, sagte er, »dir auch?«

»Nein. Oder ja. Ich weiß es wirklich nicht.« Sie nahm die Teetasse zwischen beide Hände.

»Ich denke die ganze Zeit, etwas Ähnliches schon einmal gesehen zu haben, aber ich kann mich nicht erinnern, wo und in welchem Zusammenhang. Verdammt.« Er nahm die Unterlagen wieder an sich und sprang auf. »Jetzt bringe ich die Sachen erst einmal zur Kriminaltechnik, vielleicht kommen wir so auf einen grünen Zweig.«

Mara hob die Schultern, als er den Raum verließ. Schade um den wirklich guten Tee.

# 8

Sie musste zur Familie. Dort hätte Berenike längst sein sollen. Gut, dass noch keiner angerufen und nach ihr gefragt hatte. Sie räumte den Eistee weg. Schnell noch etwas Futter in die Schüsseln der Katzen füllen. Dann schnappte Berenike ihre Sachen und trabte die Treppe hinunter, hoffend, dass sie nicht auf Frau Gasperl traf, die sie nach diesem oder jenem fragen würde, ganz sicher nach dem Überfall auf ihre Schwester. Hier blieb nichts geheim.

Sie hörte die Katzen miauen, trat vor die Tür. Sonst blieb alles ruhig. Sollte sie zu Fuß in den Ort gehen? Das hatte sie lange nicht mehr gemacht, seit sie wieder ein Auto hatte. Prüfend betrachtete sie den Himmel, gefühlsmäßig noch immer bei ihrer Begegnung mit Jonas, im Ohr seine Stimme, sein ›alles wird gut‹. Seine Berührung war distanziert gewesen, routiniert, ein Job. Traurig sah sie den schnell vorbeiziehenden Regenwolken nach. Besser mit dem Auto, entschied sie. Schon als sie startete, setzte ein heftiger Guss ein. Wie ein dichter Vorhang fiel der Regen herab, versteckte alles, was sonst da war, die Berge, den Blick auf den See, als würde er sie von der Welt abschneiden, als wäre sie ganz allein.

Sehr langsam und vorsichtig fuhr sie hinunter in den Ort. Nur wenige andere Autos begegneten ihr. Obwohl das Wochenende vor der Tür stand, war wohl angesichts des Wetters kaum mit Kurzurlaubern zu rechnen. Unten angekommen, parkte sie vor ihrem Teesalon und ging hinein, um mit Tiffany zu reden. Es gab nichts Neues, als Berenike über die Straße zu Ragnhilds Pension eilte.

Sie wollte die Tür aufreißen, doch diesmal war sie verschlossen. Sie läutete, hörte den klingelnden Ton, das Echo, wartete. Der Regen prasselte überlaut auf das Vordach. Endlich öffnete sich ein Spalt von innen, eine Hand schob sich Berenike entgegen, griff nach ihr, kalt und hart, zog sie hinein, ins Trockene. Erst drinnen erkannte sie Selene, die blonden Haare struppig, den Hals in einen leuchtend grünen Seidenschal gewickelt.

»Ach, du bist es!«, entfuhr es Berenike erleichtert.

»Was hast du sonst gedacht, Berry?« Selene entschlüpfte ein Lachen. »Gut, dass du wieder da bist. Ich habe mir schon Sorgen gemacht.«

»Wo sind die anderen?«, fragte Berenike.

»Wir sitzen im Frühstücksraum zusammen. Deine Freundin hat uns freundlicherweise nicht verhungern lassen.« Selene ging den düsteren Gang entlang vor ihr her, eine dünne Silhouette, die blonden Haare leuchteten, als hätte Selene einen Heiligenschein. Regen trommelte auf die Fensterbretter, in der Dachrinne gluckerte es. Selene stieß eine Tür auf. Rose und Fred saßen an einem Tisch, nahe beisammen, ohne etwas zu reden, vereint, wie sie es nie gewesen waren. Jenny und Amélie hatten es sich an einem anderen Tisch bequem gemacht und hörten Musik über Kopfhörer. Alle sahen Berenike erwartungsvoll an. Die Mädchen lächelten erfreut, Fred musterte Berenike über seine Brille hinweg, als könne er bei ihr durch und durch sehen, ihre innersten Gefühle, all das Erlebte, die Bilder und Erinnerungen. »Was ist geschehen?«, fragte er.

»Wieso? Woher weißt du?«

»Man sieht's dir an.«

Ach ja. Berenike zog das Handy hervor. »Ich habe noch einen Brief bekommen, besser gesagt, eine Postkarte.« Sie drückte auf den Tasten herum, um zu den Fotos zu kommen, die sie von der Nachricht geschossen hatte. »Hier.« Sie setzte sich neben ihren Vater, die Mutter rutschte näher, Selene sah ihnen im Stehen über die Schulter. »Das war auf der Vorderseite.« Sie zeigte das Foto von dem dunklen Turm.

»Das kommt mir bekannt vor«, sagte Rose aufgeregt und hielt das Handy weit von sich. »Wo ist das?«

»Prag. Pulverturm, steht auf der Rückseite.« Berenike zeigte das nächste Bild. »Und das war die Nachricht auf der Postkarte.«

Auch Amélie war zu ihnen getreten. »Noch ein Drohbrief! Und wie hängt das nun mit dem Überfall auf Mama zusammen?«

»Das ist die Frage.« Berenike sah sich selbst ein weiteres Mal die Bilder an, spürte wieder das Zittern in sich aufsteigen wie vorhin, als sie die Karte gefunden hatte und sie dann bei Jonas so heftig reagiert hatte, dass sie ihr Zittern nicht mehr hatte kontrollieren können.

»Ich werde später Detektivin, Tante Berry, dann kann ich alle Verbrechen klären!«, rief Amélie und sah dabei von einem zum anderen.

»Danke, mein Schatz! Dann wird es uns endlich gut gehen und wir können unser Leben wieder genießen. Ohne Kriminalfälle.« Unwillkürlich musste Berenike lachen. Es hatte etwas Befreiendes, als würde ein Panzer gesprengt.

»Und ich bin die Assistentin.« Jenny richtete sich

zu voller Größe auf. »Ich lerne schießen und verteidige euch.«

»Wie lautet denn nun der Text auf der Karte?«, fragte ihre Mutter Rose. »Ich hab meine Brille nicht bei der Hand. Lies vor, bitte!«

»Das Herzliebfeinste für immer zu entbehren, keiner kann das überleben. Dieser Verlust muss bezahlt werden«, las Berenike vor, sie konnte den Text fast auswendig.

»Schon wieder dieser Ausdruck, das Herzliebfeinste?« Rose kramte nun doch nach ihrer Brille und setzte sie umständlich auf, es war ein altmodisches Modell aus dunklem Horn mit riesigen Gläsern, die Form erinnerte an eine strenge Lehrerin. »Ich habe doch schon gesagt, das Wort erinnert mich an meine Mutter. Irgendwo habe ich einen Brief, den sie geschrieben hat vor ewiger Zeit, darin kommt der Ausdruck mehrfach vor. Der Brief muss von der Post an die Absenderin retourniert worden sein. Jedenfalls habe ich nie wen anderen dieses Wort sagen hören. Und dann eine Karte aus Prag. Moment.« Rose guckte das Foto an, drehte es hin und her. »Das sieht doch so aus wie das Bild aus der Greißlerei, nicht? Das, das jetzt bei dir im Salon hängt.«

»Stimmt«, sagte Berenike.

»Es ist ein beliebtes Fotomotiv, Mama.« Selene beugte sich auch wieder über das Bild.

»Schon, aber das meine ich nicht. Meine Mutter besaß dieses Bild, weil sie ganz in der Nähe gewohnt hat.«

»Die Uroma stammt aus Prag?«, fragte Amélie überrascht.

»Ursprünglich, ja. Als ich klein war, hat sie mir manchmal von Prag erzählt, von ihrer Kindheit. Wie war das noch? Von diesem Turm aus links, die Gasse rein und dann rechts, da hat sie damals gewohnt mit ihrer Familie. Oder so ähnlich. Und wenn man ein Stück die Gasse entlangging, kam eine Bäckerei und da hat es jeden Morgen so gut nach frischem Brot geduftet, wenn sie in die Schule gegangen ist. Wart mal, sie hat immer ein Hauszeichen erwähnt.« Rose starrte das Foto an. »Ein Engel? Nein. Ein Fisch. Ja, jetzt bin ich ganz sicher, es war ein Haus mit einem Fisch.« Alle warteten, dass sie weiterredete, aber mehr kam nicht von ihr.

»Wow«, sagte Amélie in die Stille hinein, »wie lang ist das her?«

Rose zuckte die Achseln. »Meine Mutter war Jahrgang 1916, sie wäre jetzt fast 100.«

»Wow.« Amélie sah ehrlich beeindruckt aus, auch Jenny machte große Augen. »Und das weißt du alles noch?«

»Sie hat's mir erzählt, als ich ein Kind war. Ich glaub«, Rose nahm ihre Brille wieder ab und klappte mit sehr sorgfältigen Bewegungen die Bügel zusammen, »ich glaube, damals hat sie ihre Heimatstadt wirklich vermisst. Obwohl sie nie wieder hingefahren ist.«

»Sie konnte nicht«, fiel Fred mit leiser, müder Stimme ein.

»Wie, sie konnte nicht? Was hat sie denn gehindert?«, fragte Jenny.

»Wie soll ich das erklären? Habt ihr in der Schule vom Kommunismus gehört?

»Vom Stacheldraht und der Mauer in Berlin?«

»Genau. Die Welt war getrennt. Gespalten in zwei Teile, könnte man sagen.« Fred schob mit zwei Fingern Roses auf dem Tisch liegende Brille hin und her. »In zwei Teile geteilt. Die freie Welt und die Sowjetdiktatur.«

»Du vergisst dein gelobtes Land«, stichelte Rose.

»Nicht jetzt, bitte.« Dass Fred aus einer jüdischen Familie kam, hatte für ihn nicht viel Bedeutung, außer dass er deswegen fast alle Verwandten im Nationalsozialismus verloren hatte. »Also, Jenny. Wer aus dem unfreien Teil Europas stammte, konnte diesen nur unter Mühen verlassen, und auch das nicht immer.«

»Ah, so wie unser Yussef?« Jenny spielte mit ihren Kopfhörern. »Der ist aus Syrien geflüchtet. Er hat gesagt, er wird dorthin nicht mehr zurückkehren.«

»Siehst du, du verstehst mich. Mit eurer Uroma war es ähnlich. Nachdem Sieglinde nach Wien übergesiedelt war, konnte sie nicht einfach so in ihre unfreie Heimat nach Prag zurückkehren, nicht nachdem dort die Kommunisten 1948 die Macht übernommen haben. Man brauchte ein Visum, und zu oft bekam man keines. Außerdem hatte Sieglinde eine Vergangenheit, die den Machthabern nicht passte. Sie kam aus einer deutschen Familie.«

»Das verstehe ich nicht. Sie kam aus Tschechien und war Deutsche? War sie keine Tschechin?«

»Beides«, sagte Fred, woraufhin die Mädchen noch verwirrter dreinsahen.

»Sie war tschechoslowakische Staatsbürgerin, aber ihre Muttersprache war Deutsch«, erklärte Rose. »Sie waren Prager Deutsche. In der ganzen damaligen Tschechoslowakei vor dem Zweiten Weltkrieg gab es Deutsche.« Rose seufzte müde. »Leider waren meine Vorfahren, wie andere Deutsche in dem Land, ziemlich nazifreundlich, um es harmlos auszudrücken.«

»Nazis?!«, rief Amélie zornig und sprang auf. »In meiner Familie gab es Nazis?! Wie abartig.«

Fred und Rose sahen sich an. »So einfach ist die Sache nicht«, sagte Fred. »Natürlich ist das verachtenswert, aber die Lage war viel komplizierter.«

»Ich will mit solchen Vorfahren nichts zu tun haben«, sagte Amélie und verschränkte die Arme. Dieser Aspekt musste sie tief getroffen haben.

»Die Deutschen wurden später, bei Kriegsende, aus dem Land vertrieben. Sie durften kaum etwas mitnehmen.«

»Geschah ihnen recht.«

»Meine Mutter war anders, Amélie. Sie hatte einen tschechischen Freund und hat sich gegen ihre Eltern, vor allem gegen ihren Vater gestemmt. Aber ihr tschechischer Freund wurde erschossen. Von den Deutschen.«

Amélie riss die Augen vor Entsetzen auf.

»Wie schrecklich«, flüsterte Berenike. Sie hatte keine Details gewusst, wie der Mann gestorben war. Für einen Moment malte sie sich aus, er wäre ihr Großvater.

»Danach haben ihre Eltern sie nach Wien geschickt. Zu Verwandten, glaub ich. Vielleicht waren es auch Freunde oder Bekannte der Familie. Daran erinnere ich mich nicht genau. Ihr Vater wollte wohl, dass sie auf andere Gedanken kommt. Jedenfalls hat sie bald meinen Vater in Wien kennengelernt und geheiratet. Danach kam ich. Und die Greißlerei.«

»Die unser Großvater ausgerechnet 1938 an sich gerissen hat«, zischte Berenike.

»Hör auf mit den alten Klamotten, Berry«, sagte Rose. »Es ändert heute nichts. Das ist nun mal so geschehen.«

»Aber weil's wahr ist. Woher sollte denn zufällig 1938 ein Laden in bester Lage in der Josefstadt zum Verkauf stehen?«

»Jaja«, brummte Rose. »Er wurde arisiert, bist du jetzt zufrieden?«

»Zufrieden wäre ich, wenn sie später ihren Fehler eingesehen und ihn wiedergutgemacht hätten.«

Rose seufzte wieder müde. »Auch diese Chance ist nun mal vorbei. Jedenfalls ist meine Mutter Sieglinde danach nicht mehr in Prag gewesen. Erst war Krieg, dann kamen die Beneš-Dekrete und irgendwann waren meine Großeltern nicht mehr am Leben, wen hätte sie besuchen sollen?« Rose packte ihre Brille in das Etui. »Sie sind schon während der Kriegsjahre gestorben, glaube ich. Oder bei Kriegsende. Ja, das waren noch ganz andere Zeiten, das könnt ihr Mädchen euch nicht vorstellen. Meine Mutter hat erzählt, dass sie ihre Eltern mit Sie angesprochen hat.«

»Echt?« Amélie machte große Augen.

»Das war zu der Zeit so üblich, Amélie. Zumindest in ihren Kreisen. Sie kamen aus großbürgerlicher Familie, hatten eine kleine Fabrik, irgendwas mit Porzellan.«

»Mama«, fragte Jenny mit albernem affektiertem Tonfall in Selenes Richtung, »soll ich Sie in Zukunft siezen?«

»Seid nicht so kindisch«, sagte die nur müde.

»Tut es noch sehr weh?«, fragte Rose.

»Es geht, Mama. Lass gut sein.«

»Okay, dann fassen wir einmal zusammen«, sagte Berenike und nahm ihr Handy an sich. Sie sah sich die Fotos selbst noch einmal an. »Was haben wir bisher? Den Überfall auf Selene, SMS-Nachrichten mit bedrohlichem Inhalt. Zwei anonyme Schreiben, deren Formulierungen an unsere Großmutter erinnern. Eine Karte aus Prag, die genau dasselbe Motiv zeigt wie ein Bild, das ihr gehört hat. Und das abgebildete Gebäude steht in der Nähe des Elternhauses meiner Großmutter. Was schließen wir daraus?«

»Alles hat mit unserer Oma zu tun?«, fragte Selene leise. »Auch der Überfall? Kann es das wirklich sein?«

»Es sieht danach aus.« Berenike schaltete die Foto-Anzeige weg. »Aber die Oma ist seit Jahren tot.«

»Jemand sollte in Prag nachforschen«, sagte Selene, ihre Stimme war immer noch sehr leise.

»Du glaubst, dass sich dort nach so langer Zeit noch was finden lässt?« Berenike verstaute ihr Handy. »Außerdem kann ich hier nicht weg, was soll ich mit meinem Salon machen?«

»Deiner tollen Kellnerin überlassen?« Selene fingerte an ihrem Schal herum. »Findet raus, was das alles soll. Ich fühl mich nicht fit genug, aber du, Berry, du könntest vor Ort forschen. Vielleicht gibt es etwas, das uns weiterbringt. Das eine Erklärung ist für alles hier. Sonst passiert womöglich ein weiteres Unglück.«

»Ich könnte mit Berenike fahren«, schlug Fred vor. »Und Rose kümmert sich um Selene.«

»Danke, aber so krank bin ich nicht«, wehrte Berenikes Schwester entschieden ab. »Außerdem ist Rose die Einzige, die halbwegs konkrete Hinweise hat.«

»Ich weiß nicht, Selene«, sagte Rose.

»Es sind nur Erinnerungen unserer Oma, die sie weitererzählt hat«, warf Berenike ein. »Und die uns jetzt Mama erzählt.«

»Schluss jetzt mit der Diskussion.« Amélie stand auf, stellte sich groß und schmal und sehr erwachsen hinter ihre Mutter Selene. »Oma und Opa fahren gemeinsam mit Tante Berry. Ich werde Mama helfen, und Jenny ist auch noch da.«

»Na danke, Amélie«, Jenny verzog die Mundwinkel.

»Aber …«, fing Fred an.

»Nix aber.« Selene nahm die Hand ihrer älteren Tochter. »Amélie hat recht. Sie ist alt genug. So dreckig geht es mir nicht mehr. Meine Töchter und ich werden heim nach Wien fahren und fertig. Es ist wichtig, dass ihr in Prag nach der Lösung dieser seltsamen Geschehnisse sucht. Unter einer Bedingung, Schwester, du gibst Jonas Bescheid. Oder Mara, wenn dir das lieber ist. Aber du sagst der Polizei, wo ihr hinfahrt«, sagte Selene.

»Na gut, okay.« Berenike gab sich geschlagen. Fred nickte und putzte wieder einmal seine Brille.

»Wenn ihr glaubt, dass es so am besten ist«, stimmte Rose widerwillig zu. »Dann fahren wir halt. Aber ich verspreche mir nichts davon.«

»Na, endlich, ich dachte schon, wir finden nie eine Lösung. Und jetzt freue ich mich auf daheim.« Selene nahm ihren Schal ab und drapierte ihn neu um ihre Schultern und den Hals.

»Ich werde Sepp fragen, ob wir uns der Autorengruppe auf ihrer Reise in Kafkas Prag anschließen können«, fiel Berenike ein. »Ein Bekannter von früher lebt auch dort, den werde ich ebenfalls kontaktieren.«

»Bekannter, soso.« Selene zwinkerte ihr zu.

»Was weißt du schon, Schwester.« Berenike machte eine wegwerfende Handbewegung. Horst sah zwar gut aus, aber das war auch schon alles.

Zum ersten Mal seit dem Überfall auf Selene hatte Berenike das Gefühl, eine Spur zu haben, etwas, das den Schrecken beenden würde.

*

Drüben im Salon stand Max wieder einmal an der Bar. »Da bist du ja, Berenike. Ich hab mir schon Sorgen um dich gemacht. Alles in Ordnung bei dir?«

»Es geht so. Selene wurde überfallen.«

»Nein!«

»Doch. Gerade nachdem du das letzte Mal weggegangen bist.« Sie schilderte Max die Vorkommnisse, zögerte aber, die neuesten Erkenntnisse zu erwähnen. Hier kannte jeder jeden. Und jeder plauderte alles aus, deshalb hielt sie lieber den Mund. Sie unterhielten sich noch ein wenig und Max trank etwas. Als Max wieder weg war, suchte sie Horsts Telefonnummer heraus und rief ihn an.

»Knapp?«

»Roither. Servus.«

»Oh, grüß dich, Berenike! Ich hab schon auf deinen Anruf gewartet.« Horsts Stimme klang samtig nach dem alten, bürgerlichen Wien, als hätte er das Schönbrunner Deutsch mit der Muttermilch inhaliert, der alte Blender.

»Wieso, gewartet?«, fragte sie misstrauisch.

»Nur so. Ich hab dir doch vorige Woche ein E-Mail geschickt mit meiner neuen Adresse in Prag. Da hab ich jetzt auch ein Gästezimmer.«

»Genau deshalb ruf ich an.«

»Wegen meines Gästezimmers?«

»Ja, nein, also wegen Prag. Meine Eltern und ich werden bald auf Besuch sein.« Sie schilderte ihm ihr Vorhaben, ohne die anonymen Schreiben oder den Grund für den Besuch in der tschechischen Hauptstadt zu erwähnen.

»Du musst mich auf jeden Fall anrufen, wenn du da bist!«, rief Horst so enthusiastisch, wie sie ihn kannte. »Dann müssen wir uns wiedersehen!«

»Natürlich, wird nett, mal wieder zu tratschen. Ich freu mich.« Sie verabschiedeten sich. Für einen Moment fühlte sie sich unbeschwert wie früher. Unbeschwert, wie sie vermutlich nie gewesen war.

# 9

Es war empfindlich kalt, als Jonas mit der Postkarte aus Prag in der Hand an der Rezeption vorbei nach draußen ging. Fröstelnd zog er die Schultern hoch, dabei war es heuer schon so schön warm gewesen. Kramer hatte ihm eigentlich keine Anhaltspunkte gegeben. Jonas wollte mehr wissen über diesen Begriff das ›Herzliebfeinste‹, der kam ihm selbst auch ungewöhnlich vor. Er suchte in seinem Hirn herum, ob er diesen Ausdruck schon irgendwo gehört hatte, kam aber zu keinem Ergebnis.

Der Parkplatz war trotz des nasskalten Wetters ziemlich vollgeparkt, der Seesturm hatte immer gut zu tun, schließlich verfügte das noble Hotel über einen Wellnessbereich, da waren Regen oder Wind egal. Aufatmend setzte Jonas sich ins Auto und drehte die Heizung auf. Die Nase kitzelte, er musste niesen. Zweimal, dreimal. Fehlte noch, dass er sich verkühlt hatte. Einige Kollegen waren krankgeschrieben, Rudi mit seinen Bandscheiben womöglich für immer, doch solange er nicht in Pension ging, würde auch sein Posten nicht besetzt. So war das mit Planstellen. Sie wurden immer weniger, aber die Morde nicht.

Während er sich die Nase putzte, sah er sich im Rückspiegel an. Bin das wirklich ich? Diese dunklen Augenringe, die müssen wem anderen gehören. Genauso wie die eingefallenen Wangen.

Er wandte sich ab, verstaute das Taschentuch und startete. Die Fahrt nach Ischl zog sich wie üblich, er kannte die Kurven, die Stellen, wo die Kollegen mit dem Radar lauerten. Diese viele Zeit auf der Straße, nur damit er ein Untersuchungsergebnis schneller bekam! Es war zum Haare raufen.

Endlich war er in der Kaiserstadt, parkte, stieg aus, begegnete ein paar Männern in Trachtenanzügen, die aussahen, als wäre die Monarchie nie abgeschafft worden. Durch verwinkelte Gassen erreichte er den düsteren 70er-Jahre-Bau, in dem die Kriminaltechniker werkten. Mit langen Schritten eilte Jonas einen nur durch matte Glühbirnen spärlich erleuchteten Gang entlang. Mehrere Türen standen offen, gaben den Blick frei in verdunkelte Räume, wo die Kollegen sich über Arbeitspulte beugten. Schon von Weitem hörte er Mikes brummige Stimme. So ein Glück, wenigstens hatte er Chancen, den Besten seines Fachs für den Fall einzuspannen. Er blieb in der offenen Tür stehen und beobachtete Mike, wie er über ein Mikroskop gebeugt dasaß, die grauen Haare zum Rossschwanz zusammengebunden. »Damit bist du überführt!«, murmelte er mit befriedigtem Tonfall.

Jonas klopfte an den Türrahmen.

Mike blickte überrascht hoch. »Oh – hallo, Jonas. Was führt dich in unsere Katakomben?«

»Ich hab was für dich.« Er legte die Plastikhülle mit der Ansichtskarte von Prag auf den Tisch vor Mike.

»Warst du auf Reisen?«

»Sehr witzig. Das gehört zu einem aktuellen Fall. Ich will alles darüber wissen. Alter, Herkunft, Papierqualität, Fingerabdrücke und so weiter.«

»Soll ich dir gleich den Absender nennen?«

»Warum nicht?«

Sie lachten.

»Da hast du noch einen Vorgängerbrief, der vermutlich vom selben Absender stammt.« Er gab Mike den rechteckigen Zettel mit der ersten Botschaft, die Berenike gefunden hatte.

Mike besah sich beide Papiere. »Okay, okay.« Er drehte den ersten Brief in Händen. »Die Papiersorte kommt mir bekannt vor, aber mehr später, wenn ich alles durchleuchtet habe.«

»Du beeilst dich doch mit den Untersuchungen?«, bat Jonas wieder und kam sich wie üblich albern vor. Er wusste, dass sie hart und an der Grenze zur Erschöpfung arbeiteten, Mike erst recht. Aber es gab auch ein paar Beamte, die sich in ihrer pragmatisierten Stellung ausruhten und angetrieben werden mussten. »Es geht um eine persönliche Sache, weißt du. Sie ist wirklich wichtig.«

»Ach so?« Mikes buschige graue Augenbrauen wanderten höher, als man es für möglich gehalten hätte. »So weit bist du also auch schon?«

»Es ist nicht, wie du denkst. Der ganze Fall hat mit jemandem zu tun, den ich …«, Jonas zögerte, »nun, der mir sehr wichtig ist.«

»Und die Details willst du nicht verraten. Lichtenegger, Lichtenegger. Ich hoffe für dich, dass alles korrekt ist und du dich an die Vorschriften hältst.«

»Mike!«

»Okay, war nicht so gemeint. Ich meld mich asap.«

»Asap? Ach so. Klar. Danke.«

Ein Handy läutete und Jonas brauchte einen Moment, um den Klingelton als seinen zu erkennen. »Lichtenegger?«

»Endlich erreich ich dich, Jonas, ich hab mir schon …«

»Mum, servus, du, es ist gerade …«

»Sorgen gemacht«, vollendete seine Mutter ihren Satz.

»Es ist ungünstig, Mum. Ich ruf dich zurück. Ich bin in einer aktuellen Ermittlung unterwegs.«

»Und wann denkst du, dass es günstiger ist?«

»Bis nachher, Mum.« Er legte auf. »Meine Mutter«, sagte er zu Mike.

»Du traust dich was!« In Mikes Stimme klang Anerkennung und ein wenig Neid mit.

»Sie sagt immer dasselbe, seit ich mich erinnern kann. ›Wann denkst du endlich mal an mich.‹ Ich kann den Satz auswendig.«

Mike schmunzelte. »Du bist echt cool. Diese Reaktion! Ich hätte das wohl nicht fertiggebracht.«

»Übungssache, Herr Kollege. Also servus, bis bald, Mike! Und danke.«

Er ging. Cool. Dass er nicht lachte!

# 10

Tatsächlich saßen sie schon zwei Tage später im Bus, viel schneller als erwartet. Als Berenike Sepps Vorschlag gehört hatte, sie könnten mitfahren, hatten sie nicht gezögert. Jemand hatte abgesagt, zu Sepps Leidwesen, deshalb gab es genügend freie Plätze, stornieren könne man nicht mehr.

Es war praktisch, mit einem gecharterten Bus zu fahren. Sepp hockte wie ein Reiseleiter neben dem Fahrer, er war jahrelang wegen Schizophrenie in Behandlung gewesen und hatte erst jüngst wieder ein Buch über die Erlebnisse nach seiner erkämpften Entlassung geschrieben, wie man hörte, verkaufte es sich ziemlich gut. Hinter ihm saß Alma, die sich als Astrologin betätigte, und blätterte in einem Buch. Ein paar Reihen vor Berenike hatte sich Stefan niedergelassen, als sich ihr Blick mit seinem kreuzte, sah er schnell weg. Dass er überhaupt mitfuhr, hatte sie ihm vorhin vorgehalten, er sollte bei Selene sein, wenn er sie liebte! Aber der Mistkerl hatte dem nichts entgegenzusetzen gehabt. Die übrigen Teilnehmer verteilten sich locker auf den weiteren Sitzen, Berenike hatte in der Mitte Platz genommen, ihre Eltern hinter ihr.

Draußen zog die graubraune Landschaft vorbei, Felder, oft noch nackte Erde, immer wieder von grünen Flecken unterbrochen. Immer wieder kleine Dörfer mit niedrigen Häusern und alten Kellergassen, Werbung für Buschenschanken und Weinverkauf. In ihren Sitz gelehnt, telefonierte Berenike nun endlich mit Mara.

Sie gab ihr die Information, dass sie auf dem Weg nach Prag sei und in wenigen Tagen wieder erreichbar und dass Selene zurück nach Wien reise. Dabei vermied es Berenike peinlich, den Namen Jonas auszusprechen oder das Thema überhaupt zu erwähnen.

»Bist du dir sicher, dass das was bringt?«, fragte Mara. »Wer weiß, die Karte mit dem Foto aus Prag kann reiner Zufall sein.«

»Glauben wir nicht. Das Wort Herzliebfeinstes, das hat meine Großmutter verwendet. Und sie stammt aus Prag.«

»Aha. Dir ist aber schon klar, wenn du richtigliegst mit deiner Vermutung, könntest du in Gefahr geraten.«

»Lass gut sein, Mara, ich kann auf mich aufpassen. Gibt es sonst was Neues? Fingerabdrücke auf den Nachrichten vielleicht?«

»Nur deine eignen und die von …«

»Jaja, ich weiß«, unterbrach Berenike sie. »Das ist aber merkwürdig, nicht wahr?«

»Eher schon. Oder es könnte jemand sein, der Handschuhe trug.«

Berenike beobachtete, wie sich Stefans Kopf in ihre Richtung drehte, wie er den Kopf neigte, als würde er lauschen. Sie verabschiedete sich von Mara, legte auf und verstaute das Handy.

Draußen tauchten Hinweisschilder auf den Grenzübergang auf. Berenike sah sich nach ihren Eltern um, die ebenfalls hinausstarrten, stumm und friedlich nebeneinandersitzend. Berenike stand auf und ging zu ihnen. »Gleich sind wir drüben.«

Die beiden nickten. Der Vater zupfte an seinem Augenlid herum. Rose sah gebannt aus dem Fenster.

»Werden die Pässe nicht kontrolliert?«, fragte sie verblüfft, als sie die alte, verlassene Grenzstation passierten.

»Nein, nicht mehr.« Berenike betrachtete die leeren Fensterhöhlen der Gebäude, in denen früher die Zöllner auf die Reisenden gelauert hatten. Bei ihrem ersten und einzigen Besuch im Nachbarland hatte noch der Kommunismus geherrscht, die tschechischen Grenzer hatten alle Ausweise eingesammelt und mitgenommen. Dann hatte sie mit den anderen in der Kälte warten müssen, lange, sehr lange. Berenike erinnerte sich an eine tief verschneite Landschaft, in die man keine Schritte zu setzen gewagt hatte, außer ein paar Meter hin und her. Seltsames Gefühl, jetzt einfach so durchzufahren. Es war, als käme da noch was, als warte das Böse hinter der nächsten Ecke. »Tschechien ist Schengenland«, ergänzte sie, »seit dem Abkommen gibt es keine Grenzkontrollen mehr.« Sie sah draußen einen Kiosk, eine Tankstelle, Rotlichtlokale. Jede Menge Rotlichtlokale. Und Casinos. Gut, dass sie schnell durchfuhren. Sie hatte hier nicht herfahren wollen, verdammt!

»Ach, dieses blöde Schengen, wegen dem die Rumänen uns die Jobs wegschnappen oder noch schlimmer, sich an unseren Sozialleistungen gütlich tun.« Rose hämmerte mit der flachen Hand auf die Sitzlehne vor ihr.

»Ist es dein erster Besuch in Tschechien?«, fragte Berenike statt einer Antwort.

»Ja. Warum hätte ich hinfahren sollen?«

»Aus Interesse vielleicht«, warf Fred ein und rieb sich über die Nase. »Ich war nach der Wende einmal da, es war interessant.«

»Geh, Freddy. Was hätt ich dort tun sollen. Wir sind Wiener, wir leben in Wien. Wien, Wien, nur du allein«, sang sie ziemlich falsch. »Mehr Familie hab ich nie gehabt. Es gab niemanden, den man in der Tschechei besuchen hätte können.«

»Sag nicht Tschechei, Mama«, bat Berenike, »das war ein Hitler-Ausdruck. Den hört man dort nicht gern, hab ich mir sagen lassen.«

»Na und?«, brummelte Rose.

»Hat Oma ihre Heimat nicht vermisst?«, fragte Berenike.

»Ich weiß nicht. Kann sein, manchmal vielleicht. Sie hat nicht viel darüber geredet. Nur ab und zu was erzählt.«

»Und dieser erschossene Liebhaber?«

»Keine Ahnung. Nicht mal seinen Namen weiß ich. Sieglinde hat sich in Wien was Neues aufgebaut und das war gut so. Sonst hätten wir im Kommunismus gelebt. Na, hätte dir das gefallen, Berry?«

»Diktatur, nein danke.«

»Siehst du.« Rose verfiel wieder in Schweigen und starrte aus dem Fenster. Die Felder sahen genauso aus wie auf der anderen Seite der Grenze, die Hügel ebenso sanft. Bordelle warben mit Aufschriften wie ›Jede Woche neue Mädchen‹, mitunter in abenteuerlichen Verrenkungen der deutschen Sprache. Gartenzwerge standen in Reih und Glied vor einem schäbigen Laden mit abblätternder gelber Fassade. Die Wohnhäuser waren so niedrig wie auf der österreichischen Seite. So ähnlich alles – und doch anders.

Rose nestelte an ihrer Tasche. Fehlte nur, dass sie einen Flachmann hervorholte! Na gut, Berenike ging zurück zu ihrem Sitz, sie konnte sich nicht um alles kümmern, obwohl es manchmal danach aussah.

Das war also die Strecke, die seinerzeit die Oma gekommen sein musste. Sie folgten dem Weg nun in umgekehrter Richtung. Wieder ging Berenike die anonyme Postkarte durch den Kopf, dieser Pulverturm, die Worte über das Herzliebfeinste, das verloren war. Sie berührten sie seltsam, diese Formulierungen. Was hatte sie nicht alles schon verloren. Jobs, Freundinnen und jetzt den Liebsten. Und was war mit ihrem Salon für Tee und Literatur, würde sie den halten können? Ihn zu verlieren, wäre schlimm, auch das würde sie bitter treffen. Es war der liebste Job, den sie je gemacht hatte. Ach, es gab so viel, was man verlieren konnte. Fast hätte sie ihre Schwester an den Tod verloren. Und was mochte erst die Großmutter verloren haben? Und wie hing das alles zusammen?

Wieder fing ihr Herz wie verrückt zu klopfen an. Es gab einen Zusammenhang, dessen war sie sicher. Und er bedeutete Gefahr. Ob es Selene gut ging? Sie blickte aus dem Fenster, auf Supermärkte, darunter welche der rotgelb leuchtenden Kette, die es auch zu Hause gab. Nur hatte sie hier einen tschechischen Slogan. Der Bus rumpelte monoton dahin. Sie nickte ein. Als sie aufwachte, fuhren sie über die Betonplatten einer Autobahn, rechts und links erstreckten sich dichte, dunkle Wälder. Berenike sah auf die Uhr. Sie hatte fast eine Stunde gedöst. Sie stand auf und streckte sich.

»Wer von euch war schon in Prag?«, fragte sie die, die ihr am nächsten saßen.

Alma meldete sich. »Ich war vor vielen Jahren dort. Auf einem astrologischen Kongress.«

Sonst niemand? Nein, keiner. Dann hatte vermutlich auch Stefan nicht die Postkarte mit der Prager Sehenswürdigkeit verschickt. War er deshalb unverdächtig? Nein, sagte ihr etwas.

Sepp kam zu ihr nach hinten. »Ich hab grad einen Anruf aus der Pension bekommen, sie hätten statt mehrerer Zimmer ein kleines Appartement für dich und deine Eltern. Wollt ihr so was?« Fragend blickte er sie an. »Die Wohnung liegt im Nachbarhaus der Pension, ein Stückchen näher am Masaryk-Bahnhof, aber das sollte kein Problem sein. Meines Wissens ist das nur ein kleiner Bahnhof, von dem nur wenige Züge abfahren, da sollte es nicht laut sein.«

»Danke, Sepp, das nehmen wir gern! Wie sieht eigentlich euer Programm aus? Ihr wollt auf Kafkas Spuren wandeln?«

»Genau.« Sepp nickte. »Damit ein wenig Inspiration des großen Meisters auf uns abfärbt. Ich nehme an, darauf habt ihr wenig Lust?«

»Ich wär schon ein bisschen neugierig, wenn es sich zeitmäßig ausgeht. Wir haben einen privaten Grund für die Reise.« Sie setzte zu einer Erklärung an, wobei sie Stefans Blicke auf sich ruhen sah. »Familiengeschichten, weißt du.«

Sepp nickte. »Wir haben Guides vor Ort, wenn du Hilfe oder Tipps brauchst. Frag mich ruhig, ich mache, was ich kann.«

Stefan war aufgestanden und wollte an ihnen vorbei. »Entschuldigt, bitte, ich muss zur Toilette.« Damit schob er seinen Körper durch den engen Gang des Busses und suchte das an der Treppe eingebaute WC auf. Die Tür knallte hinter ihm zu. Der Bus schaukelte. Berenike klammerte sich an einen Haltegriff.

»Du weißt, dass es einen Überfall auf meine Schwester gegeben hat?«, fragte sie leise an Sepp gewandt. »Ich möchte das hier nicht breittreten, aber ich bin sehr vorsichtig.«

»Ich habe davon gehört. Misstrauisch sein ist das Beste, Berenike, da hast du recht. Ich habe seinerzeit auch nicht damit gerechnet, dass sie mich in die Klapsmühle stecken. Vielleicht hätte ich es ahnen können, wenn ich besser aufgepasst hätte.«

»Er«, sie deutete mit dem Kopf Richtung Toilette, »hat ein Pantscherl mit meiner Schwester, zumindest gehabt, und obwohl sie überfallen wurde, fährt er lustig auf Reisen.«

»Kennst ihn doch, Berenike, er bandelt mit allen an.«

»Leider.« Sie dachte an Selenes Kontakt zu Scheiner und kommentierte das Thema nicht weiter.

»Na, hoffentlich bringt uns die Reise auf andere Gedanken. Alma spricht bald von nichts anderem mehr als von Gewalt«, fügte Sepp seufzend hinzu.

»Wer hat meinen Namen genannt?« Die Astro-Autorin beugte sich aus ihrem Sitz heraus zu ihnen.

»Oh, wir reden über die Ereignisse der letzten Zeit. Berenikes Schwester wurde überfallen.«

Alma wurde schlagartig ernst. »Ich habe davon gehört, wie geht es ihr denn?«

»Es geht ihr schon besser, wenn man das so sagen kann. Sie ist auf dem Weg zurück nach Hause.« Berenike bemerkte, dass sie das tatsächlich erleichterte. In Wien war Selene hoffentlich in Sicherheit. Weniger erleichtert war sie, dass es im Bus still geworden war und alle lauschten. Sogar der Fahrer sah neugierig in seinen Rückspiegel. Die Aufmerksamkeit gefiel Berenike nicht. Sie hätte lieber alles unter den Tisch gekehrt, keine Vermutungen öffentlich gemacht.

»Ich hab sie mit Stefan gesehen«, sagte Alma.

»Ich weiß«, antwortete Berenike und dachte krampfhaft nach, auf welches andere Thema sie das Gespräch lenken konnte.

»Weiß man schon, wer sie überfallen hat?«, fragte Alma und umklammerte den Haltegriff. Der Bus schlingerte, während er über Schlaglöcher rumpelte.

Berenike zuckte mit den Schultern. »Wenn ich das wüsste!«

Im selben Moment öffnete sich die WC-Tür und Stefan kämpfte sich die Stufen zurück herauf. »Also ich hab kein Alibi«, sagte er hämisch.

Alle lachten. Alle außer Berenike und Sepp.

»Bist du sicher?« Prüfend glitt Berenikes Blick über den Bademeister, wie er sich betont lässig den Weg durch den Bus zurück zu seinem Sitz kämpfte.

»Aber klar doch.«

»Wo warst du denn an dem Tag?«

Stefan zog die Brauen hoch. »In der Arbeit«, sagte er abfällig. Er setzte sich, zückte sein Handy und telefonierte.

An Glasfassaden moderner Hochhäuser und ausgedehnten Shoppingcentern vorbei, erreichten sie endlich die Stadt Prag. Auf die Stadtrandmonster folgten graue Altbauten, in den Erdgeschossen altmodische Einzelhandelsgeschäfte. Über ihnen hing ein verschwommen grauer Smoghimmel. Die Autobahn war zu Ende, der Verkehr staute sich. Motorräder überholten. Nach einer Straßenbahnschleife kämpfte sich der Bus gemeinsam mit Lieferwagen, Pkws und Lastautos stadteinwärts und schließlich in eine schmale Gasse, an deren Ende ein Kirchturm aufragte. Der Fahrer parkte am Straßenrand neben dem Gotteshaus. Sie waren am Ziel.

Die Tür öffnete sich, alle kramten nach ihren Sachen,

redeten durcheinander, stiegen aus. Sepp übernahm das Kommando. Sie würden hier ihre Zimmer beziehen. Er zeigte auf ein Gebäude neben der Kirche, das wie ein Gründerzeithaus in Wien aussah. Danach würden sie zu Fuß losziehen und eine erste Stadtbesichtigung machen. Sie befänden sich praktisch in der Altstadt. Treffpunkt beim Hauseingang. Der Bus würde außerhalb parken und ihnen zur Verfügung stehen, wenn sie ihn brauchten.

Berenike sah sich um. Die grauen Fassaden, der graue Himmel, das teilweise kaputte Straßenpflaster: Sollte hier wirklich die Lösung zu finden sein, die Antwort auf alle offenen Fragen?

Endlich wurde der Kofferraum geöffnet, und obwohl sie gar nicht so viele waren, entstand ein Gedrängel, als sie Taschen und Koffer herausholten. In der Eingangshalle der Pension wurden sie von einer pummeligen Frau mit braunen Locken und grauem T-Shirt zur Jeans freundlich lächelnd in Empfang genommen. Sie sprach leidlich gut Deutsch und stellte sich mit dem Namen Lenka vor. Anhand einer Namensliste wurden die Zimmerschlüssel verteilt. Wie im Kindergarten, das Geschnatter! »Falls es zu wenig Zimmer gibt, habe ich schon eine Idee.« Stefan stieß Alma an.

Die Ersten stiegen eine breite, knarrende Treppe hinauf, in deren Mitte ein kratzig aussehender, blassroter Läufer lag. Eine graugetigerte Katze bog von oben um eine Ecke und äugte neugierig herunter. Alma bückte sich, um sie zu streicheln, ein Fauchen erklang, sodass sie mit einem spitzen Aufschrei zurückfuhr. Alle lachten. Endlich erhielt auch Berenike die Schlüssel für das Apartment, das im Nebenhaus lag.

»Schon wieder auf die Straße«, murrte Rose, als sie nach nebenan gingen.

Die Luft roch nach Regen. An der Kirche schlug die Turmuhr. Das Gemäuer sah ebenso düster aus wie der Turm auf der Postkarte, die sie erhalten hatte. Ein Motorrad brauste vorbei, hielt ein Stück weiter vorn. Das Nebenhaus sah aus wie ein Klon des anderen Gebäudes, nur war es im Unterschied dazu dort still wie in einer Gruft.

Gruft, echote es in Berenike. Nun war sie also in der Geburtsstadt ihrer Großmutter.

»Und fürs Frühstück müssen wir uns Mäntel anziehen, weil es nicht im selben Haus serviert wird.«

»Du musst nicht drüben in der Pension mit den anderen frühstücken«, erklärte ihr Berenike, während sie die altertümliche braune Holztür aufschloss, »du kannst, wenn du willst, das Frühstück ist im Preis inbegriffen. Du kannst dir aber auch in der Wohnung selbst etwas zubereiten.«

»Stimmt«, grummelte Rose und zerrte ihren Rollkoffer hinter sich her.

»Ach Rose«, murmelte der Vater und folgte ihr, er hatte nur leichtes Gepäck in Form einer kleinen Tasche mitgenommen.

Berenike schloss hinter ihnen die Tür und drehte den Schlüssel im Schloss herum.

# 11

Nicht schon wieder! Jonas griff nach seinem Handy. »Mum? Ist etwas Wichtiges?«

Er war auf dem Weg zu Mike, dessen Anruf ihn vor einer halben Stunde aus dem Bett gejagt hatte. Die Sonne war erst aufgegangen, Jonas fragte sich, ob Mike die ganze Nacht durchgearbeitet hatte.

»Ja, doch, nein«, jammerte die Mutter in den Hörer, während er an den Straßenrand fuhr. »Ich will dich nicht belästigen. Aber es gibt ein Problem.«

»Mum, sobald ich es schaffe, Urlaub zu bekommen, fliege ich nach England, okay?«

»Okay, entschuldige.« Sie schniefte. Wieso war sie überhaupt schon wach? Normalerweise schlief sie viel länger, nachdem sie die halbe Nacht herumgegeistert war. Hatte ihm sein Vater neulich erzählt.

Sie verabschiedeten sich, in Gedanken fuhr er weiter, der Sonne entgegen, fühlte sich fast als Cowboy. Er parkte vor dem Gebäude der Kriminaltechnik. Er gähnte. Auf einen Tee brauchte er hier nicht zu hoffen.

»Guten Morgen, Jonas«, begrüßte ihn Mike, eine riesige Tasse mit Kaffee in der Hand. »Gut, dass du persönlich herkommst. Auch einen?« Er hob fragend seine Tasse hoch.

»Nein danke.« In dem düsteren Labor war es still, kaum jemand von Mikes Kollegen schien anwesend zu sein.

»Also, wir haben es bei deinem ersten Drohbrief mit

einer Papiersorte zu tun, die sich Blue Danube nennt. Sagt dir das was?«

»Nein, ich glaube nicht. Worauf willst du hinaus?«

»Wir selbst verwenden die Sorte hier in der Kriminaltechnik. Schau.« Er öffnete ein Schreibtischfach mit einer Packung Druckerpapier. »Die Polizei ebenso. Der Einkauf erfolgt zentral für alle steirischen Behörden oder öffentlichen Stellen. Polizei, Rettung, Spitäler, Altersheime und so weiter.«

»Ach. Das schränkt den Täterkreis nicht gerade ein. Der Täter ist Beamter. Oder hat Zugriff auf das Papier einer Behörde.«

»Tut mir leid, Jonas. Ich habe aber noch was für dich, vielleicht bringt dich das weiter. Wegen dieser Karte aus Prag.«

»Was ist damit?« Jonas spürte ein Kribbeln. Er kam der Antwort näher!

»Sie wird seit 60 Jahren nicht mehr hergestellt. Dieses Kartenmotiv wurde bis dahin in einer kleinen Druckerei in Prag produziert und verkauft. Die Karte gehört also zu einem mindestens 60 Jahre alten Sortiment.«

»Wow, wie hast du das denn rausgefunden?«

»Papierqualität, Abnutzungsspuren und ein Kontakt drüben im Nachbarland.«

»Soso. Ihr seid wirklich so international wie die Mafia.«

Mike schnaubte. »Viel Freude mit dem Ergebnis, Jonas.«

Er bedankte sich und verließ die Katakomben wieder. Draußen atmete er auf. Tageslicht war immer noch besser als diese Gruft.

*

Zurück im Seesturm traf er Mara über den Befragungsprotokollen zum Überfall auf Selene an. »Es gibt keine Zeugen«, seufzte sie. »Niemand. Die Rezeptionistin war nicht am Empfang, und sonst war die Pension leer, bis auf Selenes Zimmer. Zwischensaison halt.«

Immerhin war Reinhards endgültiger Bericht aus der Gerichtsmedizin eingetroffen. Jonas überflog die Seiten. Wie erwartet, keine Auffälligkeiten. Mordversuch durch Erwürgen. Und nicht die geringsten Spuren an Selenes Hals. Kein Fingerabdruck, keine Fremd-DNA. Dazu keine Zeugen. Es wäre das perfekte Verbrechen geworden, wenn das Opfer gestorben wäre.

Er sah Mara an. »Reinhard sollte endlich ordentlich schreiben lernen«, bemerkte er. »Er verdreht das p und das f. Hier auch t und h. Schau hier. Es fällt erst auf den zweiten Blick auf.«

»In Zukunft wird er dafür mehr Zeit haben, wenn er diesen aufwendigen Job verliert.«

Er berichtete Mara von Mikes neuen Erkenntnissen. »Das Papier wird für alle öffentlichen Stellen zentral eingekauft. Also auch für uns.«

Die Kollegin machte große Augen. »Na super, und was machen wir jetzt? Steiermarkweit nach Drohbriefschreibern in Ämtern fahnden?«

»Vielleicht war's ein Kollege«, überlegte Jonas laut.

»Und wer bitte? Das ist doch absurd. Die Kollegen kennen Berenike, aber so eine Sache, das würde doch keiner machen.«

»Kannst du wirklich für alle die Hand ins Feuer legen?«

Mara schüttelte den Kopf. »Nein, natürlich nicht. Das kann man nie.«

»Es gibt immer wieder irre Männer, die eine Zurückweisung nicht akzeptieren und dann Blödsinn machen.«

»Ach, wirklich, Jonas?« Sie blickte ihn prüfend an, sodass er den Blick senkte. »Ich hab übrigens erfahren, dass Berenike auf dem Weg in die tschechische Hauptstadt ist.«

»Nach Prag? Warum das denn?«

»Familienangelegenheiten, hat sie gesagt. Sie kamen wohl zu dem Schluss, dass der Überfall und die Drohbriefe mit ihrer Familie zu tun haben.«

»Nur weil es eine Karte aus Prag ist? Also ich weiß nicht. Mike sagt, dass die Karte über 60 Jahre alt ist.«

»Das könnte passen, Jonas. Berenikes Großmutter hat um die Zeit herum die damalige Tschechoslowakei verlassen.«

»Und deshalb fahren sie gleich hin? Das ist typisch Berenike. Was, wenn sie dort tatsächlich dem Täter begegnen?« Ein Seufzen entrang sich seiner Brust.

»Sie bedeutet dir noch was, stimmt's?«

Er schwieg und griff nach seinem Handy. Aber das konnte ihm auch keine Antwort geben. Stattdessen poppte ein Foto von Berenike mit Miss Marple auf. Beide sahen ihn mit großen Augen an. Er wusste noch genau, wann er die Aufnahme gemacht hatte. Am Tag, nachdem Miss Marple eingezogen war. Er legte das Telefon weg.

»Bring es in Ordnung«, sagte Mara leise. Dann griff sie zum Telefon, orderte Tee, eine Mélange und Schokokuchen. »Viel Kuchen«, sagte sie. Jonas musste grinsen. Obwohl eigentlich nichts zum Lachen war. Gar nichts.

# 12

»Erzähl noch mal, wonach wir genau suchen müssen«, bat Berenike ihre Mutter, nachdem sie die Zimmer verteilt hatten und ihr Zeug auspackten. Gosh, sie wollte hier nicht sein! Diese dunklen alten Möbel, sie beengten sie. Durch die ebenerdigen Fenster fiel kaum Tageslicht. Das Parkett knarrte, die Luft wirkte staubig, obwohl kein Schmutz zu sehen war. Es war, als würde der Staub von Jahrzehnten in den Vorhängen sitzen, zusammen mit all den Gefühlen, die je in diesen Räumen erlebt worden waren. Nichts Gutes, Dramen mussten sich hier abgespielt haben. Wie so oft schon in ihrem Leben wunderte sich Berenike, woher diese Eindrücke kamen in einem Raum, den sie zum ersten Mal betrat. Und dennoch, hier stand etwas im Raum, das unangenehm war, das die Luft zum Leben, zum Überleben nahm.

»Ich weiß es nicht genau. Ich erinnere mich an die Beschreibung ihres Wohnhauses, an dieses Fisch-Zeichen über dem Tor. Und an die Nähe zum Pulverturm.«

»Das ist sehr vage, Mama.«

»Wir werden's schon schaffen«, gab sich Rose optimistisch. »Es wird schon nicht so viele Häuser mit einem Fisch als Dekor geben.«

Berenike ging mit schweren Schritten herum und sortierte ihre mitgebrachten Klamotten in einem schmalen Schrank aus fast schwarzem Holz ein, dessen Türen beim Öffnen und Schließen quietschten. Sie wollte sie offenstehen lassen, doch die Tür fiel von selbst zu. Flink hatte sie alles verstaut, von früheren Geschäftsreisen gewohnt, schnell an- und abzureisen. Sie setzte sich auf ein Sofa mit altmodischer Blümchendecke, das im Wohnzimmer stand, und wartete auf ihre Eltern. Dabei besah sie sich noch einmal das Foto vom Pulverturm und suchte das Wahrzeichen dann auf dem Stadtplan. Es sah aus, als wäre er nicht allzu weit von der Pension entfernt. Rose trippelte vorbei, die Schritte unsicher, sie verschwand in der schmalen Tür zum gemeinsamen Bad.

Berenike suchte auf dem Handy nach Horsts tschechischer Telefonnummer. Da war sie ja. Sie sah Rose zurückkommen, in ihrem Zimmer verschwinden. Das würde noch dauern. Kurz entschlossen rief sie ihren ehemaligen Kollegen an.

»Ano?«, meldete sich eine männliche Stimme, sie klang ein wenig verzerrt.

»Roither. Horst, bist du das?«

»Berenike, altes Haus, bist du schon in der goldenen Stadt?«

»Wie?«

»Man nennt Prag auch goldene Stadt. Wahrscheinlich wegen der vielen Türme.«

»Ach so, ja, ich bin vorhin angekommen.«

»Wie war die Fahrt?«

»Danke, alles nach Plan.«

»Wo bist du untergebracht?«

Ein Schauer kroch ihr den Rücken hoch. »In der Nähe einer Kirche«, sagte sie vage.

»Soll ich dich abholen?«

»Nein, nein, nicht nötig. Ich kann überall hinkommen.«

Sie vereinbarten ein Treffen beim Kafka-Museum in der Nähe der Moldau für den Abend. War sie allzu misstrauisch, dass sie Horst die Adresse hier nicht geben wollte? Besser Vorsicht als Nachsicht, sagte sie sich. Drüben im Foyer der Pension trafen sie und ihre Eltern nun mit Sepp, Alma, Stefan und den anderen zusammen.

»Gefällt Ihnen die Wohnung?«, fragte Lenka. Rose lobte das Apartment über den grünen Klee. Klar, es sah fast so angejahrt aus wie die Wohnung daheim in Wien, in der Berenike aufgewachsen war.

»Das freut mich sehr.« Lenka strahlte. »Schon meine Eltern haben dort gewohnt, wissen Sie. Die Großeltern haben die Wohnung gleich nach dem Krieg bezogen. Sie stand damals leer. Die früheren Bewohner haben alles zurückgelassen.«

Berenike konnte sich schon denken, wer das gewesen sein mochte. Deutsche vermutlich, die man in Prag damals nicht mehr haben wollte. Sie musste an die Unterhaltung mit ihren Eltern denken. Sie suchte nach Ausflüchten, nach Worten, um Lenka gegenüber nicht unhöflich zu klingen. Ein neuer Schauder überfiel Berenike. Erst der Beginn des Stadtrundgangs lenkte sie ab. Sepp schlug zielstrebig die der Kirche entgegengesetzte Richtung ein. Die Herde trabte hinterdrein. Sie überquerten die Straße, ein Motorrad startete irgendwo hinter ihnen. Berenike musste an Jonas denken, ihre gemeinsamen Ausflüge. Beim Gedanken an ihn stieg unendliche Traurigkeit in ihr auf. Traurigkeit, die war neu. Bisher hatte der Zorn überwogen.

Sepp winkte ungeduldig, damit ihm die Gruppe folgte. Sie passierten kleine Geschäfte, Hotels und kamen schließlich auf einen größeren Platz. »Das Repräsentationshaus«, erklärte Sepp. »Darin gibt es einen tollen Konzertsaal und ein Café.« Sie blieben kurz stehen, Kameras klickten. Die Dekoration an dem großen Gebäude glänzte golden.

»Wir gehen jetzt weiter zu der Gasse, in der sich das Geschäft von Kafkas Eltern befand, das öfter die Adresse wechselte. Von seinem Geburtshaus am Altstädter Ring ist nur das Portal erhalten geblieben. Aber zunächst passieren wir den Pulverturm.«

Das Motiv auf der Karte und auf dem Bild in Berenikes Salon. Fast schwarz, groß, bedrohlich stand der Turm in der Mitte der Straße, Touristen drängten daran vorbei. Gedankenverloren setzte Berenike einen Fuß vor den anderen, stolperte über einen losen Pflasterstein, hörte Almas Stimme hinter sich, ohne deren Worte verstehen zu können. Vor einem Reisebüro wollte ihr jemand einen Zettel in die Hand drücken, ein Kellner sprach sie an und deutete auf eine Speisekarte. Sie zwang sich zu einem freundlichen Lächeln und drehte sich nach dem Turm um. Versuchte, sich ihre Großmutter vorzustellen, wie sie sich hier mit ihrem tschechischen Freund getroffen hatte. Wie sie dabei vielleicht beobachtet worden war. Von Deutschen erschossen – niemand hatte damals wohl nachgefragt, warum die ›Herrenmenschen‹ so was taten, nicht, wenn der Tote ein ›Untermensch‹ war. Hätte der Urgroßvater etwas herausgefunden, wäre er wohl zögerlich gewesen? Sie hatte ihn nie kennengelernt. Sie konnte Amélies Schock, ihre Abneigung so gut verstehen. Berenike ließ den Blick über die Fassaden gleiten. Nirgends ein Fisch als Hauszeichen.

Im dichten Gewühl hielt Berenike nach ihren Eltern Ausschau. Sie waren jetzt hinter ihr, untypisch nahe standen sie nebeneinander, beide hatten die Köpfe in den Nacken gelegt und blickten zum Turm hoch. Motorenlärm kreischte auf, etwas knallte, die Stimmen unzähliger Menschen in unendlich vielen Sprachen plapperten durcheinander. Stadtführer erklärten und wiesen gestikulierend auf Bauwerke, einige mit Lautsprechern ausgestattet, andere hielten bunte Schirme hoch, um der Gruppe den Weg zu weisen.

»Irgendwo hier muss es sein«, sagte Rose.

»Ich habe auch schon Ausschau gehalten.« Berenike schüttelte den Kopf. »Wie sollen wir das Haus je finden? Hier gibt es Tausende alte Häuser. Du bist nie dort gewesen, Mama.«

»Na und? Ich bin mir sicher, dass es hier ist.«

»Du hast keine Straße und keine Hausnummer.«

»Aber ich weiß das Hauszeichen. Wir werden doch ein Haus mit einem Fisch an der Fassade finden.«

»Das ist Jahrzehnte her. Wer weiß, ob das Gebäude überhaupt noch steht.« Berenike fror, ihre Hände waren klamm. Die Luft war kalt, sie roch auf einmal nach Schnee, als käme der Winter zurück.

»Suchen die Damen etwas?« Ein großer Mann undefinierbaren Alters war vor ihnen stehen geblieben. Er trug einen graubraunen Trenchcoat, seine Haare hatten fast dieselbe Farbe, sie waren in einem altmodischen Herrenhaarschnitt geschnitten. Er hatte sie auf Deutsch angesprochen, wenn auch mit Akzent.

»Nein, danke«, sagte Berenike.

»Ja, gern.« Rose sah dankbar zu dem Unbekannten auf. »Es geht um das Haus meiner Mutter. Kennen Sie sich hier aus?«

Der Mann nickte, machte dabei eine halbe Verbeugung. »Prag ist meine Heimatstadt. Womit kann ich helfen?«

Ein Cabriolet donnerte durch die Durchfahrt des Pulverturms. Sie sah sich nach Sepp und den anderen Autoren um, konnte aber keinen von ihnen entdecken.

»Wir suchen ein Hauszeichen, das einen Fisch darstellt«, plapperte ihre Mutter weiter.

Der Unbekannte kratzte sich am Kopf. »Wir haben hier eine Unmenge alter Häuser und viele von ihnen tragen Hauszeichen. Lassen Sie mich nachdenken. Und das Haus soll hier in der Nähe stehen?«

Rose nickte so heftig, dass sie aussah, als ob sie schwankte.

»Ich glaube, ich habe so ein Gebäude im alten jüdischen Viertel gesehen.«

»Jüdisch?«, fragte Rose misstrauisch, ein Seitenblick landete auf Fred.

»Ach, jüdisch …«, kommentierte Fred nur.

Berenike fror, eine Windböe bauschte ihre Jacke auf.

»Kommen Sie mit«, sagte der Fremde mit warmer Stimme. »Wenn ich mich übrigens vorstellen darf, ich bin Jan Zvonka, Tourist Guide.«

Aha. Dieser Jan Zvonka erhoffte sich dann wohl ein kleines Geschäft, ein Trinkgeld. Harmlos. Hoffentlich.

Rose nannte ihren Vornamen, dann stellte sie Fred als ›meinen Mann‹ vor, was Berenike ein Grinsen entlockte. Sie selbst wurde als älteste Tochter vorgestellt.

Jan führte sie durch ein Gewirr enger Gässchen. Von der Gruppe war niemand mehr zu sehen. Sie hatten sie vermutlich verloren, sie würde Sepp später anrufen. Oder die anderen sowieso später in der Pension treffen. Nun gut.

Vor einer alten Synagoge stand eine Menschentraube, jemand erklärte etwas auf Russisch. Für einen Moment meinte Berenike sehen zu können, wie es früher hier gewesen sein mochte, als wäre die alte Zeit, in der hier Juden und Jüdinnen ihrem Alltag nachgingen, irgendwie noch am Leben. Als hätten sich die Bilder wie Schatten in die jetzige Wirklichkeit eingebrannt, wie Schatten, die ihnen überall hin folgten. Doch heute waren nirgendwo orthodoxe Juden zu sehen.

»Da! Das muss es sein.« Rose blieb abrupt stehen. Vor ihnen lag ein imposantes Gebäude mit schmutzig weißer Fassade und Stuckaturen, das auch auf der Wiener Ringstraße stehen hätte können, wenn es in besserem Zustand gewesen wäre. Über dem breiten braunen Haustor, das halb aus den Angeln hing, prangte vor einem Balkon eine Skulptur, die tatsächlich einen Fisch darstellte.

»Wir haben es wirklich gefunden«, brachte Berenike hervor. Sie wollte sich bei ihrem Guide bedanken, doch der war plötzlich verschwunden.

Das Gebäude musste einmal hübsch ausgesehen haben. Irgendwann mal. Vor langer bis sehr langer Zeit. Jetzt fehlte der Fisch-Skulptur die Flosse, der Verputz bröckelte an mehr Stellen, als dass er intakt war. Der Balkon über dem Tor war mit Holzplanken abgepölzt, um ihn zu sichern. Und was am schlimmsten war: Sämtliche Fenster waren zugemauert worden. ›Praha – Staré Město 2013‹ stand auf einem Schild.

Berenike ließ die Szenerie auf sich wirken. Hier in dieser Gasse hatte also ihre Großmutter gelebt, war Kind gewesen, junge Frau. War durch dieses Haustor gegangen, um Besorgungen zu machen, in die Schule zu gehen. Hatte vielleicht vom Balkon herabgewinkt, dem damaligen Liebsten zugewinkt vielleicht. Hatte Freunde empfangen. Und irgendwann war sie für immer weggegangen.

*Ob sie Sehnsucht nach hier gehabt hat?*, fragte Berenike in Gedanken.

»Vielleicht war sie froh, wegzugehen, ein neues Leben anzufangen.« Rose zuckte mit den Achseln. »Nach allem, was passiert ist. Nachdem sie ihr den Liebsten erschossen haben.«

»Wie traurig!«, rief Berenike aus und etwas in ihrem Kopf klingelte, während sie den Balkon anstarrte und meinte, eine Frau in einem weißen langen Kleid dort stehen zu sehen, die ihr zuwinkte. Liebster, klang der Satz ihrer Mutter in ihr nach. Das Liebste. Die Postkarte mit dem Text über das Herzliebfeinste, das dem Unbekannten genommen worden war. Die Karte und die Geschichte der Familie hatten etwas miteinander zu tun, ganz sicher. Das hieß aber noch nicht, dass auch der Überfall auf Selene damit in Verbindung stand. Aber irgendwas sagte ihr, dass es doch zusammenhing. Die Schwester gehörte schließlich zum Liebsten in ihrem Leben. Und noch jemand, bisher.

»Ich möchte zu gern in dieses Haus hinein und es von innen sehen«, sagte Berenike.

»Du siehst, es geht nicht.« Ihr Vater hob beide Hände, resignierend. »Schau mal, es wird bewacht.«

Gerade bog ein Kerl in blauer Uniform um die Ecke, die Füße in martialischen Stiefeln, eine Schusswaffe umgeschnallt.

»Wozu denn das?« wunderte sich Berenike. »Es ist nur ein Abbruchhaus.«

Der Typ stapfte selbstbewusst die bröckelige Fassade des Gebäudes entlang, während er sein Umfeld genau musterte. Für einen Polizisten sah er zu wenig amtlich aus. Berenike tippte auf einen privaten Sicherheitsdienst. Aber wozu wurde ein abbruchreifes Gebäude überwacht? Von wem? Und warum waren die Fenster verbarrikadiert? Es war, als wolle das Haus nicht mit ihr reden, nichts mit ihr zu tun haben. Als wolle es sein Geheimnis bewahren.

Während der Security-Typ vor dem Tor stehen blieb und jede ihrer Bewegungen beobachtete, gingen sie zu dritt an der Hauswand entlang. An das Gebäude schloss eine niedrige Mauer an, über die die mageren Äste eines schmalen Baumes ragten. Ein schmales rostiges Eisentürchen war mit einer schweren Kette und mehreren Vorhangschlössern gesichert.

»Fort Knox als Bruchbude?« Ratlos blieb Berenike stehen und presste ihre Stirn an die Gitterstäbe. Zwischen wild wucherndem Grünzeug blühte ein Hollunderbusch weiß und süß duftend, darunter stand schief eine schmale Gartenbank mit abblätterndem weißem Lack, ein verbogenes, rostiges Fahrrad lehnte an einem Baumstamm.

»Irgendwas muss da drinnen sein, was die Besitzer verbergen wollen.« Rose beäugte ein paar Schritte weiter hinten mit schiefgelegtem Kopf die Mauer. Sie ging um die Ecke, Berenike folgte ihr. Heraußen stand ein mächtiger Nussbaum knapp vor der Mauer, darunter eine Bank. Auf der gegenüberliegenden Straßenseite war hinter einem Gitterzaun eine alte Rutsche auszumachen, daneben das Gerüst einer Schaukel, der das Sitzbrett fehlte. Auch hier war das Tor mehrfach mit Ketten und Schlössern gesichert.

Fred kam ihnen nach. Niemand außer ihnen dreien war in der Nähe. »Wer sagt, dass wir keinen Weg finden?«, fragte Rose keck und ging auf die Bank zu.

»Es wird viel zu selten auf Bäume geklettert.« Etwas wackelig sah sie schon aus, als sie auf die Bank stieg und ein wenig aus dem Gleichgewicht kam. Sie streckte ihre Arme nach dem untersten Ast aus, bekam ihn zu fassen.

»Mama!«, zischte Berenike, »du kannst doch nicht einfach so da raufklettern.«

»Wer sagt, dass es eine Altersgrenze gibt, die verbietet, auf Bäume zu klettern? Hat schon Astrid Lindgren gesagt, Berry.«

»Ach, und deshalb machst du das jetzt?«

Wann hatten sich eigentlich die Rollen vertauscht, seit wann passte sie auf ihre Mutter auf statt umgekehrt?

»Wir wollen da rein! Das hast du selbst gesagt.« Rose trat von einem Bein aufs andere, knickte mit dem linken Fuß um und zog sich ein wenig an einem der Äste hoch. Das alles ohne ein weiteres Wort, vor allem ohne Schreckensschrei. »Also, was ist? Wir sind hier, um die Geschichte meiner Mutter zu ergründen und was das mit dem Überfall auf Selene zu tun hat. Willst du jetzt kneifen, Berry?«

»Rose«, mischte sich Fred ein, »sei vernünftig, wer weiß, ob die Äste tragen.«

»Dann mach du es, Fred, du bist dünner.« Rose stellte sich auf die Zehenspitzen und schielte über die Mauer.

»Ist da etwas?« Berenike sprang jetzt auch auf die Bank. Zumindest könnte sie die Mutter auffangen, wenn was wäre. Ein Vogel zwitscherte. Der Wind trug den Duft der Hollerblüten herüber.

»Verschwinden Sie.« Der Wachmann. Er stand wie aus dem Nichts plötzlich neben ihnen, die Hand an der Hüfte, bereit, seine Waffe zu ziehen. »Privatbesitz. Vääärrrrboten. Hier ist nichts.« Komisch, dass sie gleich auf Deutsch angesprochen wurden.

Berenike sprang von der Bank. »Entschuldigung, sorry. Alles okay. Kein Problem.« Sie hob die Hände in die Höhe und zog ihre Mutter herunter, Fred legte den Arm um Rose. »Komm, Mama.« Sie zog sie die Gasse entlang, weg von dem Gebäude. Ihr war, als würde ihnen jemand nachsehen, jemand aus der Jugend ihrer Großmutter. Gemeinsam gingen sie weiter, sich immer wieder umdrehend. Schritte hinter ihnen, harte Schritte. Stiefelschritte. Waren es jetzt schon mehr als einer? Ein schneller Blick über die Schulter, nein, immer noch derselbe einzelne Wachmann. Die Hand schwebte über dem Gürtel auf Höhe der Schusswaffe.

Sie gingen die Straße weiter. Am Ende der Mauer blieb er zurück. Sie rannten fast. Ein Handy klingelte. Berenike brauchte einen Moment, ehe sie die Melodie als ihre erkannte.

»Ja, bitte?« Im Laufen holte Berenike das Telefon hervor. Ihre Blicke flogen zurück, während sie über die Pflastersteine hetzten. Die Schritte ihrer Eltern klapperten hinter ihr.

»Ich lass mich nicht gern von Damen versetzen«, säuselte eine Männerstimme in ihr Ohr, während sie um eine Ecke bog. Der Pulverturm tauchte wieder vor ihr auf, dunkel, bedrohlich.

»Horst! Shit, dich habe ich komplett vergessen.«

»Das ist aber nett. So wichtig bin ich dir?«

Berenike meinte, ein Lachen zu hören. »Tut mir leid«, keuchte sie.

»Was ist denn los bei dir? Du klingst so gehetzt.«

»Erzähle ich dir nachher. Wo steckst du?«

»Beim Kafka-Museum nahe der Moldau, wie wir es ausgemacht haben. Ich wollte dich auf einen Drink einladen und dir die wunderbare Aussicht zeigen.«

»Okay. Verzeih.« Sie kam zum Stehen und sah ihre Eltern an. Fred blieb keuchend stehen und stützte die Arme in die Seiten. Rose sah sich nach allen Seiten neugierig um. Konnte sie die beiden alleine lassen? Der Wachmann war ihnen ja nicht nachgekommen. Und Horst hatte vielleicht interessante Kontakte hier, die ihnen nützlich sein konnten. Ein alter Mann stand an der Mauer des Pulverturms, lehnte sich aber nicht an, als wäre das unter seiner Würde. Seine grauen Haare waren akkurat nach hinten frisiert. So hatte sie sich ihren Urgroßvater vorgestellt, den harten Mann, der seine Tochter nicht mit einem Tschechen liiert sehen wollte.

»Geh zu deinem Treffen, Kind.« Fred strich ihr über den Rücken, noch immer schwer atmend. »Du hast ein Leben, nicht nur unsere alten Geschichten.«

»Ich komme, Horst, wartest du so lange auf mich? Ich muss dich was Wichtiges fragen. Ich weiß nur nicht, wie lange ich brauche.«

»Auf eine attraktive Frau wartet ein Mann wie ich gern.«

Machte er sich lustig? Oder war das ein Annäherungsversuch, nach all den Jahren, die sie sich kannten, in denen nie etwas gelaufen war zwischen ihnen? Hatte es sich bis zu Horst herumgesprochen, dass das mit Jonas … ja, was eigentlich? Dass es gestorben war? Ein Messer schnitt ihr mitten durchs Herz. Ein Messer, durch das sie starb, ohne dass es jemand bemerkte.

»Wo bist du, Berenike?«

»Vorm Pulverturm.«

»Das ist ja nicht so weit. Ich warte auf dich, schöne Frau!«

»Okay, Horst, bis gleich.« Sie legten auf.

»Wir werden uns schon eine Weile allein zu beschäftigen wissen«, versuchte Fred sie zu beruhigen. Rose warf sehnsüchtige Blicke zurück zu dem Gebäude, in dem ihre Vorfahren gewohnt haben mussten.

»Dass ihr mir keine Dummheiten macht, ich bitte euch.« Berenike sah ihre Eltern eindringlich und streng an.

»Wofür hältst du uns?«, fragte Rose hitzig.

»Bitte, seid einfach vorsichtig, okay?«

»Natürlich.« Fred klopfte ihr auf die Schulter. »Lass es dir gut gehen, du hast dir eine Auszeit verdient, nach allem, was passiert ist. Wir werden inzwischen deine Schwester anrufen und fragen, wie es ihr geht. Nicht wahr, Rose?«

»Mhm, mhm.« Rose klopfte ihre Taschen ab, als suchte sie etwas.

»Als dann, bis später. Am besten, ihr geht zurück zur Pension und wartet dort auf die anderen.«

»Wir werden sehen«, sagte Rose.

Mit mulmigem Gefühl trennte sich Berenike von ihren Eltern, sah ihnen nach, wie sie im grauen Zwielicht davongingen, zum Glück in die dem Haus entgegengesetzte Richtung. Die Mutter wirkte zielstrebig und aktiv, daneben klein und schmal der Vater. Was wohl mit Jelena war, seiner russischen Freundin? Ob sie noch zusammen waren?

Sie passierte noch einmal die Mauer, sicherheitshalber auf der gegenüberliegenden Straßenseite, gelangte wieder zu dem Baum, der Bank, die der Wachmann eben begutachtete, als könne sie ihm Auskunft geben. Langsamer ging sie an dem abweisenden Gebäude mit seinen toten Fensteröffnungen vorbei. Das große schiefe Tor schien sich in der Zugluft zu bewegen, und für einen Moment erwartete Berenike, die junge Sieglinde Roither heraustreten zu sehen, den Blick vielleicht noch nicht so kühl wie später. Eine junge Frau, die noch Hoffnungen hatte, Hoffnungen, die noch nicht zerstört waren. Eine, die verliebt war, die sich auf ein Treffen mit dem Geliebten freute, die noch nicht mit dem Blut von Krieg und Unterdrückung in Kontakt gekommen war. Das Bild, das sie sich vorstellte, war so anders als die behäbige Figur ihrer dicklichen Großmutter. Ein langer dunkler Rock, elegant, zielstrebig und leicht.

Berenike sah die Fassade entlang nach oben, als könne jemand im Fenster stehen und der jungen Sieglinde nachwinken. Ihr Vater, ein anderer Verwandter oder ein Dienstmädchen, das ein Tischtuch ausbeutelte. Aber nein, absolut jede Öffnung des Hauses war verbarrikadiert, als würde das Haus etwas vor ihr verschweigen, etwas verbergen wollen. Berenikes Blick wanderte über die einzelnen Stockwerke, überall das gleiche Bild.

Ratlos ging sie weiter, unsicher, ob sie die richtige Richtung eingeschlagen hatte, die Straßen wurden wieder belebter. Endlich, das da vorn sah aus wie die spitzen Türme der Teynkirche, und, ja, da war das Altstädter Rathaus. Erleichtert drängte sie sich durch die Schaulustigen, die vor der astronomischen Uhr warteten, folgte engen Gassen, überholte Gruppen von Italienern oder Russen, umrundete vor Souvenirläden herumstehende Asiaten, versuchte Abkürzung zu nehmen und landete in einer Sackgasse, ging wieder zurück, schob Kellner zur Seite, die marktschreierisch ihre Angebote offerierten ebenso wie einen Zweimeter-Mann, der sie in ein Geschäft ziehen wollte, in dem Menschen ihre Füße in Wasserbecken mit kleinen Fischen steckten. Der Riesen-Kerl sah dem Bewacher des Hauses vorhin verblüffend ähnlich. Zum Glück hatte er keine Waffe. Sie eilte weiter, tauchte im Gewühl unter, dankbar dafür, sich so tarnen zu können. Das ungute Gefühl ließ sie nicht los, als wäre da immer jemand hinter ihr, der sie verfolgte, mehrfach drehte sie sich um, aber wie sollte sie einen ihr unbekannten Verfolger erkennen? Etwas würde passieren, sie ahnte es. Ahnte es wie den Regen, der sich jeden Moment aus den dunklen Wolken ergießen würde. Das Licht in den engen Gassen wurde noch düsterer, grelle Scheinwerfer aus Juwelierläden strahlten vergeblich dagegen an.

Endlich hatte sie die Karlsbrücke erreicht. Unter dem Brückenturm stauten sich die fotografierwütigen Touristen. Sie hätte die Moldau über eine andere Brücke überqueren sollen, zu spät, sie kämpfte sich tapfer weiter durch die Massen, schwamm mit ihnen mit. Stellte sich dabei ihre Großmutter Sieglinde vor, wie sie hier entlanggegangen sein mochte, auf dem Weg zu ihrem Geliebten. Das dunkle Wasser der Moldau lockte, der beleuchtete Hradschin am gegenüberliegenden Ufer. Vor der Statue aus dunklem Stein des tschechischen Nationalheiligen Nepomuk drängten sich besonders viele Menschen. Eine lange Schlange hatte sich gebildet, um eine glänzend blankpolierte Plankette abzuküssen, auf der das Drama des Heiligen abgebildet war. Eine Fremdenführerin schrie mit schrillen Worten ohne Betonung die Legende heraus, wie man Nepomuk die Zunge abgeschnitten und ihn in die Moldau gestürzt hatte, weil er dem König trotz dessen Forderung die Beichtgeheimnisse der Königin verschwiegen hatte. Schweigen war wohl doch nicht immer Gold.

Auch beim Kleinseitner Brückenturm drängten sich die Touristen. Lokale, Geschäfte, Sightseeing-Touren, ein Fast-Food-Laden neben Kristall, hier gab es alles und nichts. Einmal abgebogen vom Hauptpfad, wurde es aber verblüffend still. Über einsame, gepflasterte Gässchen erreichte Berenike schließlich das Kafka-Museum direkt am Moldauufer. Von Weitem war ein großes Plakat mit dem Porträt des Schriftstellers zu sehen. Was er wohl heute zu diesem Rummel sagen würde, jener Mann, der seine Romanmanuskripte nach dem Tod verbrannt haben wollte?

»Da bist du ja, schöne Frau!« Horst stand lässig gegen eine Mauer gelehnt, braun gebrannt wie immer, die dunklen Haare etwas kürzer als bei ihrem letzten Treffen. Er trug einen feinen grauen Anzug, dem man ansah, wie teuer er gewesen sein musste. »Servus!«

»Grüß dich, Horst. Entschuldige bitte meine Verspätung.«

»Kein Problem, Berenike.« Er umarmte sie und küsste sie zart auf beide Wangen, die Berührung war fast nicht zu spüren und gerade dadurch sehr eindringlich. »Ich freue mich, dass wir uns wiedersehen! Aber wieso schaust du denn so?«

»Wie schau ich denn?«

»Als wär jemand hinter dir her! Du hast mich angesehen und dich gleich wieder umgedreht.«

Sie schüttelte den Kopf, drehte sich dabei tatsächlich

nochmals um, doch sie waren allein. »Beobachtest du mich? Das gefällt mir gar nicht.«

»Ich musste nach dir Ausschau halten, nicht wahr?«

»Stimmt.« Sie zwang sich zu einem Lächeln, spürte, wie es an ihren Mundwinkeln hängen blieb, nicht in ihr Herz drang. »Und wo wollen wir hingehen?«

»Hier entlang, bitte schön, meine Dame!« Er bot ihr den Arm, sie ging darüber hinweg, ohne ihn anzunehmen. »Ich würde dir gern ein Lokal direkt am Wasser zeigen. Du magst doch Cocktails?«

»Aber gern.« Dem Alkohol hatte sie eine Zeit lang abgeschworen, aber diese Phase war vorbei. Es war alles nur eine Phase, hoffentlich auch das alles jetzt.

»Dann komm mit, hier lang, bitte schön. Wir gehen das kleine Stück zu Fuß, es sind nur ein paar Schritte. Wenn es dir recht ist?«

»Gern, ich geh gern zu Fuß.« Sie musste an Max denken, wie er sie im Regen aufgegabelt hatte. Am selben Tag war Selene überfallen worden. Ihr war zumute, als wäre das endlos lange her, aber es waren nur einige Tage vergangen. Die Dämmerung brach mit aller Macht über die Stadt herein, die Figuren auf der Karlsbrücke sahen aus der Entfernung wie dunkle Scherenschnitte aus, gegen die die altmodischen Laternen anleuchteten.

»Na, hast du endlich eine Auszeit für dich?«, fragte Horst mit weicher Stimme.

»So ungefähr.« Berenike blieb absichtlich vage.

Sie kamen zum Flussufer, zwischen struppigen Bäumen roch es nach feuchtem Sand, nach Schlick und Fisch. Eine Ente quakte. Hintereinander lagen die Brücken über die Moldau, die Lichter darauf wie Perlenketten.

Möwen flogen kreischend über dem Fluss, umkreisten einige Ausflugsschiffe. Blitzlichter von Kameras leuchteten auf.

»Und da sind wir schon.« Horst zeigte geradeaus auf eine auf dem Fluss schwimmende Terrasse. Kerzen auf den Tischen leuchteten gegen die Dunkelheit an. Schwarz gekleidete Kellner eilten über einen Bootssteg, Schatten in der Nacht. Horst ließ Berenike den Vortritt, unter leichtem Schwanken betrat sie die Terrasse. Nur wenige Tische waren besetzt, sie fanden Plätze direkt am Wasser, das im Dunkel plätscherte. Horst überließ ihr den Platz mit Blick zum Hradschin, der alten böhmischen Königsburg mit dem Veitsdom. Er wartete, bis sie saß, ehe er ihr gegenüber Platz nahm. Alte Elmayer-Schule, das hatte sie fast vergessen. Sofort kam ein Kellner herbeigeeilt und überreichte ihnen mit devoter Geste die Karte.

»Du bist mein Gast, Berenike«, sagte Horst, als der Kellner sich entfernte. »Ich empfehle dir einen Cocktail mit Absinth, die sind hier famos.«

»Also gut. Ein Imbiss wäre ebenfalls gut.« Sie bestellten ihre Drinks und Canapés dazu.

»Was führt dich in diese schöne Stadt?«, fragte Horst schließlich mit seiner samtigen Stimme und griff nach ihrer Hand, ließ sie aber los, ehe sie sie ihm entziehen konnte. Die Berührung war nicht unangenehm, sie war nur nicht das, wonach sie sich sehnte. Was das genau war, wusste sie selbst nicht recht.

»Ich mache eine Reise in die Vergangenheit. Die Vergangenheit meiner Familie.« Sie drückte mit einer Fingerkuppe an dem weichen Wachs der Kerze herum und starrte in die Flamme, als könnte sie dort die Ereignisse der Vergangenheit sehen. »Meine Eltern sind mitgekommen. Meine Großmutter, die Mutter meiner Mutter, wuchs in Prag auf.«

»Oh, wie interessant.« Er sah sie neugierig an. »Du bist aber hoffentlich nicht wieder in eine Ermittlung verwickelt?«

Sie war offenbar bekannt für ihre Mordfälle. Berenike zögerte mit einer Antwort. Der Kellner servierte zwei knallgrüne Drinks in bauchigen Gläsern und ging wieder. Sie schüttelte den Kopf. »Kein Mordfall, nein. Nur versuchter Mord.«

»Dann bin ich froh. Lebt deine Großmutter noch?«

»Leider nein.« Eine Windböe fuhr in Berenikes Haare. Sie bewegte die Schultern, ein wenig fröstelnd trotz der Heizstrahler. Eine Möwe flog kreischend nahe an der Reling vorbei.

»Vielleicht kann ich dir bei deiner Spurensuche helfen? Ich habe gute Kontakte in Prag.« Horst, dieser Angeber!

»Vielleicht.« Sie dachte an das verbarrikadierte Haus, die Geschehnisse davor, den Mann mit der Schusswaffe. Sie schwieg.

»Sag Bescheid, wenn es so weit ist.« Horst ließ sie nicht aus den Augen. »Ich habe dir übrigens etwas mitgebracht, das könnte dir vielleicht bei der Ermittlung helfen.« Er zog ein Päckchen aus seiner Tasche und schob es ihr über den Tisch zu. »Sozusagen ein Willkommensgeschenk für Prag.«

»Danke, das ist aber nett.« Ein Kälteschauder rann ihr den Rücken hinunter, als sie nach dem Päckchen griff und das Geschenkpapier herunterriss. Ein schmaler Band mit alten Ansichtskarten kam zum Vorschein.

›Bilder aus dem alten Prag‹ lautete sein Titel. Berenike lächelte, aber sie fror immer noch. »Oh wie passend. Dabei konntest du nicht wissen, dass ich auf historischen Spuren wandle.«

»Nein, das nicht.«

Sie blätterte das Büchlein auf, erkannte das Altstädter Rathaus auf der ersten Seite, dann die Karlsbrücke, blätterte wieder um. Das nächste Foto zeigte den Pulverturm. Es musste dieselbe Aufnahme sein wie auf der anonymen Ansichtskarte, die sie bekommen hatte. Nur mühsam unterdrückte sie ein Zähneklappern, so kalt war ihr. Sie zwang sich dazu, das Buch mit ruhiger Geste zu schließen.

»Danke«, setzte sie schließlich an, um das Schweigen zu brechen, das düster lastend zwischen ihnen lag. »Und was machst du genau in Prag?« Sie spürte seinen Blick auf sich und sah schließlich auf.

»Die Geschäfte gehen gut, da heißt es expandieren. Mein Unternehmen betreut jetzt eine tschechische Vertretung der Immobilienentwickler mit Kontakten zur EU.«

»Gratuliere zu diesem Erfolg!«

»Wir haben ein zweites Büro hier in Prag eröffnet, zusätzlich zu dem in Wien, das natürlich weiterbesteht. Und ich habe hier eine Wohnung. Immer im Hotel«, er zwinkerte ihr zu, »ist auf Dauer nicht mein Fall.«

»Das mochte ich auch nie, jetzt verreise ich aber nicht mehr so viel.«

»Nicht? Geht dir das nicht ab?«

»Nein.« Schulterzucken. Oder doch? »Ich bin wohl ziemlich sesshaft geworden.«

»Du hast immer noch deinen Teesalon?«

»In Aussee, ja. Aber die Geschäfte gehen in letzter Zeit etwas schleppend.«

»Das tut mir leid. Du kannst jederzeit bei mir anfangen«, sagte er prahlerisch. »Natürlich nur, falls du zurück in die Eventplanung möchtest.«

»Danke, so schlimm ist es nicht. Ich bin froh, dass ich da weg bin.«

»Ach so.« Er nippte am Drink. »Hast du denn schon was zu eurer Familiengeschichte gefunden? Weißt du, wo deine Vorfahren gewohnt haben?«

»Woher weißt du, was wir suchen?«

»Das war nur geraten, Berenike.«

Ihre Hand spielte mit dem Ansichtskartenbuch, ein Schmerz durchzuckte eine Fingerkuppe, sie hatte sich an dem Papier geschnitten. Ein hauchdünner Blutstreifen war zu sehen. »Wir haben tatsächlich das Haus gefunden, in dem meine Großmutter und ihre Eltern gelebt haben. Obwohl sich meine Mutter nur an die Erzählungen ihrer Mutter erinnert und selbst nie hier war. Vor allem an das Hauszeichen erinnert sie sich, einen Fisch.«

»Einen Fisch? Das ist doch ein jüdisches Symbol, wenn ich mich nicht irre.«

»Stimmt.« Berenike nahm auch noch einen Schluck. Ihr wurde nicht wärmer, der Wind blies stärker, die Wellen platschten gegen die Floßwand. »Ich war überrascht, dass das Gebäude immer noch existiert.«

»Das ist in Prag nicht ungewöhnlich, Berenike. Prag wurde kaum bombardiert im Zweiten Weltkrieg, und nachher in der kommunistischen Ära fehlte das Geld, um was Neues zu bauen. So ist viel an alter Bausubstanz erhalten worden, ein Glück für meinen Auftraggeber, der ein Projekt zur Instandhaltung von Gründerzeithäusern betreibt. Die Touristen lieben alte Steine.«

»Da hätte dein Verein mit dem Haus, in dem meine Großmutter gelebt hat, noch einiges zu tun.« Sie beschrieb ihm den verwahrlosten Zustand des Gebäudes, die verbarrikadierten Fenster. Den Security-Mann ließ sie aus, sie wusste nicht, wieso.

»Wem gehört das Haus heute?«

»Wenn ich das wüsste, Horst.«

»Soll ich für dich nachforschen? Es könnte leicht sein, dass man den rechtmäßigen Eigentümer noch gar nicht kennt. Viele Gebäude wurden erst von den Nazis enteignet, danach von den Kommunisten.«

»Also könnte das Haus meiner Vorfahren Juden gehört haben?«

»Kann sein, der Fisch als Hauszeichen würde dazu passen. Die früheren Besitzer wurden womöglich in alle Winde verstreut. Es ist nicht leicht, so was heute festzustellen.«

Berenikes Frösteln wurde immer stärker. Sie erinnerte sich an die Erzählungen ihres Vaters über seine jüdische Herkunft. Da waren sie wieder, die Geister der Vergangenheit, immer und immer wieder, überall.

»Nach der Besetzung durch die Nazis wurden auch die Prager Juden verfolgt, viele von ihnen ermordet, wie überall im Deutschen Reich und den besetzten Gebieten. Der alte jüdische Friedhof und die Synagogen hier haben sich nur erhalten, weil Hitler damit ein Museum einer ausgestorbenen Rasse bauen lassen wollte.«

»Bizarr.« Berenike unterdrückte ein Zähneklappern.

»Jedenfalls gibt es seit der Wende 1989 immer wieder Anträge auf Rückerstattung. Einerseits wegen der

Arisierung durch die Nazis, andererseits auch von Häusern, die die Kommunisten enteignet haben. Oft dauert es lange, bis man den tatsächlich korrekten Besitzer ermittelt hat.« Horst nahm ihre Hände zwischen seine. »Dir ist kalt, stimmt's?«

»Es geht schon.« Sie zog die Hände weg, griff nach ihrem Glas. »Ich hätte nicht gedacht, dass es immer noch darum geht, nach so langer Zeit.«

»Gut, dass du mich hast, nicht wahr? Ich kenn mich schon ganz gut in der Stadt aus. Man könnte nachfragen, ob an der Adresse ein Rechtsstreit anhängig ist.«

»Das wäre möglich?«

»Klar. Vielleicht sollte das Haus sogar dir gehören. Beziehungsweise eurer Familie.«

»Meiner Mutter, meiner Schwester.« Berenike versuchte sich vorzustellen, wie es wäre, so eine Bruchbude zu besitzen. Und wer ein Interesse daran hatte, ein Haus wie dieses derart bewachen zu lassen.

»Wie lautet die Adresse? Dann frag ich einen Kontaktmann.« Er zückte bereits ein Handy.

»Da stand nur Praha, Staré Město 2013.«

»Hoppla, das ist aber eine gute Gegend. Wundert mich nicht, dass ein Grundstück in dieser Lage Begehrlichkeiten weckt.«

»Da stand sogar ein bewaffneter Typ vor dem Grundstück«, ergänzte sie nun doch.

»Das ist hier keine Seltenheit, Berenike. Viele Hausbesitzer haben Angst, dass sich Obdachlose dort breitmachen, das kommt des Öfteren in solchen Abbruchbuden vor.«

»Es muss einmal ein schönes Haus gewesen sein.«

»Das glaub ich dir, aber wenn es so ist, wie du es

beschreibst, ist es abbruchreif. Dann geht es nur um das Grundstückseigentum.«

»Schade eigentlich.«

»Was willst du machen? Das ist der Lauf der Welt. Häuser werden gebaut und verfallen. Neue werden gebaut und verfallen auch wieder. Wir leben auch nicht mehr in Höhlen. Oder möchtest du gern in einem dieser Altstadthäuser wohnen, dessen hohe Räume kaum heizbar sind?«

»Hm, ich weiß nicht. Ich mag sie halt. Stell dir vor, jemand würde all das hier abreißen wollen und neu bauen. Statt der Burg einen Präsidentenpalast aus Glas und Stahl.«

»So weit geht es nun doch nicht, Berenike.« Er drehte sein Glas in den Händen. »Wie lange bist du übrigens noch in Prag? Morgen findet ein Ball der Architekten statt, da kann ich dich jemandem vorstellen, der dir bei deinen Nachforschungen helfen könnte.« Hoffnungsvoll guckte er sie über seinem halb vollen Glas an. »Du tanzt doch gern?«

»Das stimmt.«

»Ich würde mich über deine Begleitung freuen.« Diesmal blieb seine Hand länger auf ihrer liegen. Sie beließ es einen Moment dabei, Wärme stellte sich aber nicht ein. Dann zog sie ihre Hand unter seiner hervor und griff wieder nach dem Glas. Leer.

»Komm, wir trinken noch was.« Er winkte dem Kellner, deutete auf ihre Gläser, bestellte mit Zeichensprache dasselbe noch einmal. »Der Ball findet im Žofín statt, einem der schönsten Veranstaltungsorte in Prag. Es wäre mir eine besondere Ehre, wenn du mich begleitest.«

»Ich habe aber kein Kleid mit.«

»Dieses Problem lässt sich lösen. Hanka ist eine tolle Designerin. Und meine Kundin. Ich organisiere ihre Modenschauen. Also?«

»Na gut. Ich hab lange nicht mehr Walzer und so getanzt. Ich muss nur noch mit meinen Eltern reden.«

»Mach das und ruf mich an.«

*

Es war stockdunkel, als Berenike sich nach dem zweiten Drink auf den Weg zurück zur Pension machte. Horst hatte angeboten, sie zu begleiten, aber das hatte sie abgelehnt. Ihr war nach Alleinsein.

»Am besten nimmst du den direkten Weg von der Kampa rauf zur Karlsbrücke«, erklärte Horst ihr und sah sie ein wenig fragend an, als ob er hoffte, dass sie es sich anders überlegte. Sie schwieg, er umarmte sie zum Abschied. Eine Sekunde zu lange und einen Tick zu eng.

Auf der Kampa war es still, Leute waren nur vereinzelt unterwegs. Der gelbliche Schein der Laternen spiegelte sich im Wasser eines kleinen Baches. Ein altes Mühlrad bewegte sich träge, eine Ente schnatterte müde, wie im Schlaf. In jedem Hauseingang lauerten Schatten, die weiß der Himmel was sein mochten und sich fast immer in nichts auflösten. Einmal huschte eine Katze fauchend über den Weg, dann war es wieder still. Die Tür eines Restaurants ging von innen auf, ein Mann trat heraus und zündete sich eine Zigarette an, warf einen neugierigen Blick auf Berenike. Mit schnellen Schritten klapperte sie über das holprige Pflaster. Plötzlich waren hinter ihr Schritte zu hören. Ihr Herz schien auszusetzen, um gleich darauf umso heftiger zu schlagen. Vorsichtig sah sie sich um. Niemand war in der Nähe. Dafür befand sich hier der Stiegenaufgang zur Karlsbrücke, vielleicht waren die Schritte von dort gekommen. Hoffentlich.

Berenike eilte die Treppe hinauf. Auf der steinernen Brücke waren zum Glück noch mehr Leute unterwegs, die meisten zielstrebig gegen den starken Wind gestemmt. Auf der anderen Uferseite ging sie geradeaus weiter, wie es ihr Horst beschrieben hatte. Auch der Altstädter Ring wirkte verlassen, die beleuchteten Türme der Teynkirche hoben sich vom nachtblauen Himmel ab.

Berenike schob die Hände in die Jackentaschen. Ihre Finger ertasteten das Büchlein mit den alten Prag-Ansichten und zuckten zurück, als hätte sie sich daran verbrannt. Am liebsten hätte sie es im nächsten Mistkübel versenkt, tat es aber dann doch nicht.

Dunkel drohend tauchte der Pulverturm auf. Ob ihre Oma wohl als junge Frau nachts hier diese Straße entlanggegangen war, auf dem Heimweg von einer Theatervorstellung vielleicht? Hatte sie sich überhaupt fürs Theater interessiert? Seit sie in Prag waren, hatte Berenike das Gefühl, ihre Oma überhaupt nicht zu kennen. Als wäre Sieglinde Roither eine Fremde, der sie gerade erst begegnete.

Eine dunkle Kutsche fuhr langsam vorbei, ein einzelnes Pferd vorgespannt, das den Kopf müde gesenkt hielt. Das Licht einer Laterne spiegelte sich auf dem schwarzen Lack der Kutsche. Berenike schlug den Kragen hoch. In der Fußgängerzone waren alle Geschäfte geschlossen, einige Bars hatten geöffnet, Musik drang heraus, ein paar Jugendliche standen lachend und rauchend vor einer Absinth-Kneipe.

Endlich kam der Kirchturm in Sicht, dann die Straße, in der ihre Pension lag. Die Straßen waren hier schwächer beleuchtet als im Zentrum. Berenikes Schritte hallten von den Häuserwänden wider, die Glocke schlug zweimal. Berenike suchte nach dem Schlüssel, sperrte auf, drückte das schwere, alte Tor auf und trat ein. Das Haustor fiel krachend hinter ihr ins Schloss.

Sie schloss die Wohnungstür hinter sich ab. Die Stimmen ihrer Eltern drangen aus dem Salon, laut, durcheinanderredend. Wieso waren die überhaupt noch wach, weit nach Mitternacht? Hoffentlich hatten die beiden nicht ausgerechnet jetzt einen ihrer handfesten Streits.

»Ich bin wieder da«, rief sie und legte ihren Schlüssel auf die dunkle Kommode neben der Tür. Dann betrat sie das Wohnzimmer mit der geblümten Tapete.

»Da bist du endlich, Berry«, sagte ihre Mutter mit etwas schwerem Zungenschlag.

»Nein, da ist sie auch nicht.« Fred kam aufgelöst aus einem anderen Zimmer in den Salon, seine Haare standen in alle Richtungen. »Ach, Berry, endlich.«

»Grüß euch, was ist denn hier los? Ich bin überrascht, dass ihr noch nicht schlaft.«

Überall lag Zeug herum, das sie doch bei Ankunft in die Kästen geräumt hatten, so hatte sie zumindest gedacht.

»Dein Vater vermisst seine Geldtasche.« Rose zog die Augenbrauen hoch.

»Was? Oh nein. Scheiße!« Berenike ließ sich auf die altertümliche Chaiselongue fallen, deren Federn quietschend unter ihr nachgaben. »Deinen Pass hast du?«

»Der ist da. Zum Glück war nicht viel Geld in der Brieftasche.«

»Wenigstens etwas. Was hast du da?« Seine Wange sah blau aus, als hätte er einen Schlag abbekommen. Oder kam das von dem Licht? Sie stand auf, wieder quietschten die Federn. Ging zu ihm. Sah aus, als hätte der Vater einen blauen Fleck auf der Wange.

»Ach, das ist nichts, Berenike.« Er nahm seine Brille ab, fuhr sich mit einer Hand übers Gesicht. Müde sah er aus. Müde und alt.

»Er ist mit jemandem zusammengestoßen«, erklärte Rose.

»Jemand hat mich von hinten angesprochen und dann bin ich herumgefahren. Na ja.« Er rieb sich die Augen. »So was kann passieren.«

»Und dabei ist die Geldtasche verschwunden?«

»Weiß ich nicht. Beim Abendessen war sie jedenfalls nicht mehr in meinem Jackett.«

»Wo ist das passiert?«

»Im jüdischen Viertel.«

»Ihr wart doch nicht noch einmal bei Omas Wohnhaus?«

»Doch, genau dort waren wir. Aber nicht absichtlich.« Fred setzte seine Brille wieder auf. »Die Gassen sind wie ein Labyrinth, aus dem man nicht herausfindet.«

»Kafkaesk«, murmelte die Mutter.

Berenike ließ sich wieder auf die Chaiselongue fallen, die das erneut quietschend kommentierte. »Ihr habt aber aufgepasst wegen dieses Wachmanns, hoffe ich?«

»Natürlich, Berry! Wofür hältst du uns?« Rose stemmte erbost die Hände in die Hüften.

»Zumindest wird uns der Freund, den ich gerade getroffen habe, Horst ist sein Name, er wird uns mit dem Gebäude helfen«, erzählte Berenike. »Er sagt, er kann womöglich rausfinden, wer die Eigentümer sind oder waren.«

»Der Wachmann war wieder dort. Es hat sich sehr komisch angefühlt, dort in der Gegend mit den alten Synagogen.«

Mit einem Mal konnte Berenike sich ihren Vater in einer jüdischen Gemeinschaft vorstellen, zwischen all den uralten Gebäuden. Sie konnte ihn sich vorstellen, wie er gelebt hätte, als Jude unter Juden, hätte es die Nazis nicht gegeben. »Tut mir leid, ich hätte euch warnen sollen.«

»Du kannst nichts dafür, Tochter. Taschendiebe gibt es überall.«

»Jetzt hört schon auf.« Rose raschelte in ihrer braunen Handtasche, zog eine Flasche mit grünem Inhalt hervor. »Seht her, was ich habe. Absinth, der ist typisch für Prag, hat man mir in dem kleinen Geschäft gesagt. Das trinken wir jetzt auf den Schrecken und dann ist alles wieder gut.«

»Ich habe das schon gekostet, danke.« Berenike stand auf. »Ich werde schon mal ins Bad gehen.«

»Was hat sie denn?«, hörte sie die Mutter ratlos fragen und den Vater irgendwas antworten.

# 13

Am Morgen frühstückte Berenike mit einigen anderen aus der Gruppe, während ihre Eltern noch schliefen. Es gab alles Mögliche vom Buffet, Berenike nahm sich ein wenig Obst und Käse und ging zu Sepp, der allein an einem Tisch saß und sich, einen Stadtplan vor sich, Notizen machte. Dabei rührte er gedankenverloren in einer Tasse mit schwarzem Kaffee.

»Guten Morgen«, sagte Berenike freundlich, »darf ich dich kurz stören?«

»Bitte!« Lächelnd sah er auf und deutete auf den Sessel gegenüber. Sie stellte den Teller ab und setzte sich, bestellte bei der Pensionswirtin Tee, der gleich darauf in Form einer Tasse mit lauwarmem Wasser daherkam, der Teebeutel schwamm schon darin. Frierend nahm sie die Schultern hoch, es zog in dem Raum voller alter Möbel und hoher Fenster. Dann berichtete sie von der verschwundenen Geldtasche ihres Vaters.

»Ihr solltet zur Polizei gehen«, empfahl Sepp und legte endlich den Löffel auf die Untertasse. »Auch wenn es schon gestern passiert ist, manchmal taucht das Diebesgut überraschend wieder auf, weißt du.« Er nahm einen Schluck Kaffee, verzog das Gesicht. »Puh, schmeckt der bitter!«

»Der Tee ist auch nicht besser. Ich muss noch über was Anderes mit dir reden. Ich habe hier einen Bekannten, der mich für heute Abend zu einer Veranstaltung eingeladen hat. Aber ich würde meine Eltern ungern sich selbst überlassen. Nach dem Diebstahl erst recht nicht.«

»Sie können gern mit ins Theater gehen«, beruhigte Sepp sie. »Eine Adaption von ›Das Schloss‹ von Kafka wird auf Deutsch gezeigt. Deine Eltern sind in bester Obhut, wenn sie mitkommen wollen.«

»Das hoffe ich.«

Die Pensionsinhaberin klapperte am Buffet mit Tassen und Tellern, gleichzeitig klingelte Berenikes Telefon. Eine unsinnige Sekunde lang hoffte sie, dass es Jonas war, dass sie den Täter hatten, der Selene überfallen hatte. Aber es war nur Horst.

»Guten Morgen!«, rief sie, nachdem sie die grüne Taste gedrückt hatte.

»Servus, schöne Frau. Wie geht's heute?«

»Danke«, murmelte sie in den Hörer und blickte in die Tasse mit dem trüb-braunen Tee.

»Das klingt nicht besonders. Bist du gut heimgekommen? Du hast hoffentlich den Weg gefunden?«

Sie dachte an die Schritte, die sie hinter sich gehört hatte, an die Dunkelheit und die Schatten. »Danke, alles okay. Hab mich nicht verlaufen.« Sie zwang sich zu einem Lächeln und sah Sepp an, der sie nicht aus den Augen ließ. »Die Sache mit dem Ball ist geklärt. Meine Eltern haben Betreuung.«

»Sehr gut. Ich kann dich gleich nachher abholen, damit wir zu Hanka gehen wegen einem Kleid für dich.«

»Aha.« Berenike sah wieder sein Präsent vor sich, das Bild vom Pulverturm, das mit dem Bild auf der anonymen Karte übereinstimmte. »Ich komme lieber hin«, sagte sie schnell. »Ich werde den Weg finden. Wo hat Hanka ihr Atelier?«

»In der Dlouha, das ist in der Nähe vom Altstädter Rathaus, wenn du vor der Teynkirche stehst, gehst du links.«

»Ich werde es finden. Wann soll ich dort sein?«

»So um 10, geht das?«

»Klar, dann bis gleich.«

»Um 21 Uhr wird der Ball eröffnet, da sollten wir auf dem Žofín sein.«

»Okay.«

»Ach ja, und zu der Sache mit dem Haus habe ich auch Interessantes erfahren.«

»Ja?«

»Erzähl ich dir nachher persönlich.«

Nachdem sie aufgelegt hatte, aß Berenike rasch ihr Obst und schüttete ein wenig Tee hinterher. Appetit hatte sie nicht. Gerade kamen ihre Eltern zum Frühstück herunter. Sie gab ihnen Bescheid über ihre Pläne und was Sepp vorgeschlagen hatte, die beiden stimmten müde zu und versprachen auch, zur Polizei zu gehen. Sepp würde ihnen dabei helfen.

Etwas beruhigter machte sich Berenike auf den Weg durch die Stadt. Wieder drehte sie sich öfter um, weil sie das Gefühl hatte, beobachtet zu werden. Aber es waren immer nur Passanten, Leute, die sie nicht weiter beachteten. Heute schien strahlend die Sonne, duftige Frühlingsluft verbesserte ihre Laune schlagartig. Vielleicht würde doch noch alles gut werden, gut werden können. Vielleicht irrte sie sich mit ihrem Pessimismus. Wann hatte das angefangen, dieser fehlende Glaube, dass es aufwärtsginge? Mit ihrem Burn-out und der Kündigung als Eventmanagerin? Beim ersten Mord nach ihrem Neubeginn in Altaussee? Raubte ihr die Selbstständigkeit zu viel Kraft, obwohl sie ihr Lokal liebte? Oder lag es an … sie wagte kaum, seinen Namen zu denken … der Lovestory mit Jonas? Die jetzt wohl keine mehr war.

Ein Schmerz im Knöchel stoppte ihren Gedankengang. Sie war in ein Loch im Pflaster getreten und umgeknickt. Sei ganz im Hier und Jetzt! Sie atmete tief durch. Nun mehr auf den Weg achtend, ging sie weiter und gelangte schließlich zu Hankas Studio in der Dlouha-Straße, einer feinen Gegend mit teuer aussehenden Boutiquen und Restaurants mit elegant gedeckten Tischen.

Sie betrat das Geschäft, mit Schwung eilte eine schlanke Blonde auf Berenike zu, strich sich dabei die glatten langen Haare aus dem Gesicht. »Dobrý den!«, sagte sie.

»Dobrý den!«, antwortete Berenike und fuhr fort: »Sprechen Sie Deutsch? Do you speak English?«

»Deutsch ist in Ordnung. Dann musst du wohl Berenike sein«, sagte die Blonde mit einem harten, aber interessanten Akzent. »Horst hat dich angekündigt. Ich bin Hanka Prochazka. Es freut mich sehr.« Hanka trug hochhackige rote Schuhe, wie man mit diesen das Prager Kopfsteinpflaster bewältigte, war Berenike schleierhaft. Ihr kurzer grauer Rock war eng und unter ihrem grauen Blazer blitzte ein rotes Oberteil hervor. Eine Brosche, die eine bunt schillernde Schlange darstellte, zierte den Ausschnitt.

»Du bist auf Besuch hier, Berenike?«

»Ja, und Horst hat mich sehr überraschend zu einem Ball eingeladen.«

Hanka zuckte kurz zurück, dann lächelte sie wieder, noch strahlender.

»Ach, ihr habt euch schon bekannt gemacht«, ertönte Horsts Stimme vom Eingang her. »Zwei so hübsche

Frauen auf einem Fleck!« Seine Augen blitzten, als er näher kam. Hanka lachte, die Luft schien zu knistern, die Stimmung war elektrisch aufgeladen. Berenike war sich nicht sicher, ob es eine positiv geladene Stimmung war, aber sie wirkte ansteckend.

»Na, dann trinken wir erst einmal was!«, rief Hanka und holte eine Flasche Prosecco. Horst, offenbar mit den Gepflogenheiten vertraut, entnahm Gläser aus einem kleinen Wandschrank.

»Trinkst du überhaupt Prosecco, Berenike?« Er zwinkerte Berenike zu, während er die Flasche öffnete. »Sie führt einen Teesalon im Salzkammergut, weißt du, Hanka.« Er schenkte das sprudelnde Getränk ein. Sie prosteten sich zu und tranken.

»Also, was kann ich für dich tun, Berenike? Du siehst sehr gut aus, es wird mir eine Freude sein, dich einzukleiden. Ich habe etwas, das scheint wie für dich gemacht.« Sie stand auf, nahm eine Hand Berenikes und zog sie in den hinteren Raum, wo auf einer Stange dicht gedrängt Kleider in allen Farben hingen. Es roch nach Parfüm und ein bisschen nach Staub. Berenike berührte die Stoffe, weichen violetten Samt, schweren goldenen Brokat, duftige weiße Seide. Sie begutachtete die Modelle, lange und kurze Kleider, enge oder weite. Es machte Spaß und ließ alles andere in den Hintergrund geraten. Es war fast wie in ihrem alten Job, ein lustiges Leben, lockere Bekanntschaften, alles ohne Zwang, ohne Verbindlichkeit, alles nach Lust und Laune. Aufregend, keinerlei Verantwortung, keine Verpflichtung, außer der, den nächsten Auftrag zu erhalten und erfolgreich abzuwickeln.

»Da habe ich es«, kam Hankas Stimme wie von weit her, gedämpft durch Reihen von Kleidern. Ihr Kopf tauchte zwischen einem grünen und einem schwarzen Kleidungsstück auf. Hanka hielt ein Kleid aus dunkelviolett changierendem Stoff vor Berenike hin. »Was sagst du dazu? Diese Farbe und der Schnitt, es passt perfekt zu deiner Figur und den schwarzen Haaren.«

Hanka drängte sie, es anzuprobieren und half ihr beim Hineinschlüpfen. Die Berührung des raschelnden glatten Stoffes kribbelte auf der Haut. Im Spiegel sah sie, wie Hanka die Corsage zuschnürte, von Horst beobachtet. Ihre Blicke kreuzten sich.

»Na, hab ich zu viel gesagt?« Hanka drehte Berenike herum. »Wunderbar!«

Berenike glaubte, im Spiegel einen anderen Menschen zu sehen, der sie auch hätte sein können. Der Rock war lang und figurbetont, die Corsage drückte ihre Brüste nach oben. Stolz blickte sie auf ihre Erscheinung, stolz und überrascht. Sie sah sich lächeln. Sehr aufrecht trat Berenike in die Mitte des Raums.

»Wow!«, entfuhr es Horst. Hanka warf ihm einen überraschten Seitenblick zu, ehe sie sich Berenike zuwandte, ein wenig an den Ärmeln zupfte, den Sitz am Rücken und den Hüften mit sanften Berührungen ihrer Hände überprüfte. Horst stand neugierig neben ihr und betrachtete sie von allen Seiten. Berenike hatte auf einmal das Gefühl, von noch jemandem beobachtet zu werden, drehte sich um, schaute zur Auslage, sah nur mehr jemanden weglaufen. Sie flog fast zur Tür, riss sie auf. Draußen die übliche Menschenmenge, Touristen überall, ein vorbeigehender alter Mann schnalzte bei ihrem Anblick mit der Zunge. Berenike blieb abwartend stehen, konnte aber nichts Verdächtiges bemerken, obwohl sie weiter das Gefühl hatte, nicht aus den

Augen gelassen zu werden. Unheimlich. Sie ging wieder hinein, rieb sich über die Arme, um die Gänsehaut zu verscheuchen.

»Was hast du denn?«, fragte Horst.

»Ach, nichts. Ich dachte, ich kenne jemand. Es geht schon wieder. Das ist wirklich ein sehr schönes Kleid. Ich würde es sehr gern auf dem Ball tragen.«

»Wir sehen uns dann alle dort«, sagte Horst kurz darauf.

Überrascht blickte Berenike die Designerin an. »Du kommst auch hin?«

»Klar, was sonst?« Hanka schenkte Prosecco nach.

Horst legte einen Arm um Berenike, den anderen um Hanka. »Das wird bestimmt lustig.« Ein Zwinkern zu Berenike. »Und dein Problem lösen wir vor Ort sicher auch. Was meinst du, Hanka?«

»Wieso?« Berenike sah verwirrt von einem zum anderen. »Wie meinst du das?«

»Na, die Geschichte um das Haus, in dem deine Großmutter gewohnt hat und wem es gehört. Hankas Bruder kennt alle wichtigen Leute in Prag. Eine Information, die er nicht weiß, gibt es nicht.«

»Aha, verstehe«, sagte Berenike und begriff tatsächlich erst langsam die Zusammenhänge.

»Gut, dann werde ich dir das Kleid für heute Abend einpacken«, sagte Hanka.

»Ich kann es wirklich ausleihen?«

»Aber ja, ich freue mich, wenn jemand wie du es trägt. Wenn dich jemand fragt, woher es stammt, sagst du einfach den Namen meines Labels.«

Horst zwinkerte ihr zu und wandte sich dann an Berenike. »Nimm bitte ein Taxi, ich kann dich leider nicht abholen. Sei spätestens um neun auf dem Žofín.« Er nahm ihre Hand und deutete einen Handkuss an. »Es wird mir ein Vergnügen sein, mit dir zu tanzen, schöne Frau! Und mit dir auch, Hanka!«

»Das will ich hoffen.«

Berenike kicherte, aber Hanka war ernst geblieben, hatte einen rätselhaften Blick aufgesetzt. Der Abend würde ein Vergnügen werden, hoffentlich. Wobei dazu einer fehlte. Verdammt, sie dachte schon wieder an Jonas!

Mit einem Mal war ihre beschwingte Stimmung dahin, trotz des Kleides. Sie flüchtete in die Umkleidekabine, um sich ihre Gedanken und ihre Stimmung von den anderen nicht anmerken zu lassen.

# 14

Er brauchte frische Klamotten. Dringend. Jonas wusste selbst nicht, warum er nicht mehr Sachen zum Wechseln mitgebracht hatte. Oder woran er überhaupt gedacht hatte. Vielleicht hatte er geglaubt, die Sache schnell aufklären zu können. Was halt nicht der Fall war. Eigentlich müsste er noch Klamotten in Berenikes Wohnung liegen haben, nicht viel, aber irgendwas. Musste er wohl holen. Irgendwann. Demnächst. Nicht jetzt. Sie hatte ihn geschlagen und sich nicht noch mal bei ihm gemeldet. Das konnte nur eines heißen … Tja, er musste den Tatsachen endlich ins Auge sehen. Es war vorbei. Er hatte sie verloren. Aus. Das mit seinen Sachen war egal, er erinnerte sich nicht, was es für Klamotten waren, also konnten sie nicht so wichtig sein. Zahnbürsten waren ersetzbar, wie Hemden oder Duschgels.

»Was ist denn?«

Oh, Mara war zurück. So schnell. Wie spät war es überhaupt? Egal. Sie lehnte sich von innen gegen die Tür ihres improvisierten Büros im Seesturm, um sie zuzudrücken, einen Stapel Papiere in den Händen haltend. Papier, Papier, Papier. Es war wie im Märchen vom Brei. Das Papier war überall, vermehrte sich ständig.

»Äh, nichts.«

»Ich habe hier die Reservierungsunterlagen aus der Pension, in der Berenikes Schwester Selene genächtigt hat, von allen Gästen, die kurz davor ein Zimmer gemietet haben.«

»Und das braucht so viele Seiten Papier?«

»Korrespondenz über Sonderwünsche, Preise, was weiß ich.«

»Okay, wir werden es durchgehen. Alles.«

Sein Handy läutete. Einen Moment lang hatte er die alberne Hoffnung, es sei Berenike. »Lichtenegger?«

»Kramer hier.«

Ah, der Wissenschafter. Sehr gut! Freudig begrüßte ihn Jonas.

»Ich habe Ergebnisse für Sie. Können Sie herkommen?«

»Was haben Sie denn rausgefunden?«

»Spannende Dinge vermutlich, aber das würde ich Ihnen lieber persönlich erklären.«

»Dann bis gleich.«

Er legte auf. Mara bot an, zu fahren, das war ihm nur recht. Sie stiegen ins Auto. Gedankenverloren sah er aus dem Fenster. Es war, als würde draußen jemand die verregnete Landschaft wie eine Kulisse vorbeischieben, während er hier unbeweglich im Wagen saß.

*

Endlich erreichten sie Graz, meldeten sich bei Kramers Sekretärin und saßen gleich darauf dem Wissenschafter mit dem Ziegenbart in einem nüchternen Büro gegenüber.

»Guten Tag. Gut, dass Sie gleich gekommen sind«, begrüßte er sie. »Nehmen Sie Platz. Also, ich habe etwas Interessantes festgestellt. Es geht um die Wortreihenfolge, die eher ungewöhnlich ist. Sehen Sie hier: *Das Herzliebfeinste für immer zu entbehren, keiner kann das überleben*. So drücken sich die Leute eher selten aus. Ich meine den zweiten Teil des Satzes. Die meisten würden sagen: *Das Herzliebfeinste für immer zu entbehren*. Der erste Satzteil bleibt, danach würde man aber so fortsetzen: *Das kann keiner überleben*.«

Jonas nickte Mara zu, sie sah ernst drein. »Es klingt nach nicht-deutschsprachig, oder?«, überlegte sie. »In einer fremden Sprache habe ich auch schon die Wortreihenfolge vertauscht.«

»Und dann die Sache mit diesem sonderbaren Begriff«, meldete sich Kramer zu Wort. »Das Herzliebfeinste.«

»Ja?« Jonas sah Kramer hoffnungsvoll an. Irgendetwas arbeitete in ihm, aber er bekam es noch nicht zu fassen.

»Es gibt ihn nicht. Das ist ein erfundener Begriff. Etwas sehr Spezielles also.«

»Eine Zeugin hat erwähnt, dass der Begriff von einem Familienmitglied früher verwendet wurde.«

»Aha«, machte Kramer und wiegte den Kopf. »Und in welchem Zusammenhang?«

»Die betreffende Dame ist tot. Der Briefschreiber muss also irgendeinen Kontakt zu der Person gehabt haben.«

»Oder zu einem Schreiben von ihr«, gab Kramer zu bedenken.

»Natürlich. Gut, danke, Herr Kramer.« Jonas stand auf. »Wir werden weitersehen.« Er nickte Mara zu, mitzukommen.

*

Nachdem sie die Tür hinter sich geschlossen hatten, blieb Jonas im Gang stehen. »Das, was Kramer zuerst gesagt hat, ist mir schon irgendwo untergekommen. Dir nicht?«

Plötzlich schlug sich Mara an die Stirn. »Scheiße, Jonas. Wir waren so blind. Der Bericht!«

»Moment, meinst du wirklich?«

»Du hast noch gesagt, er sollte sich seine Schreibfehler abtrainieren.«

»Reinhards Bericht. Verdammt. Ja.«

»Wir müssen mit ihm reden. Vielleicht ist es falscher Alarm, weil er nur Buchstaben vertauscht. Aber dennoch.«

Endlich eine Spur. Sie gingen zurück zum Eingang. Wieder einmal nach Ischl, die Kaiserstadt ließ sie nicht los. Mara nahm zügig die Kurven.

»Mara, wo ist dieser Brief, den Reinhard als Beschwerde gegen seine Kündigung entworfen hat? Er hat ihn uns gezeigt.«

»Dieses Ding, das er als Leserbrief verschicken wollte?«

»Genau.«

»Schau mal im Handschuhfach.«

Jonas beugte sich vor, kramte zwischen Sonnenbrillen, Taschentüchern, einer Tube Sonnencreme herum, fanden einen Bikini, einen Pass und endlich ein paar verknitterte Papiere.

»Da ist es.« Er las. »Ach. Er hat tatsächlich einmal die Wortreihenfolge verdreht wie in dem Drohbrief. Ich zitiere: *Ich das klage an*. Aber wegen einmal, was beweist das schon?«

»Ich weiß nicht. Wir werden es hoffentlich bald erfahren.« Mara fuhr nach Ischl hinein, überholte Postbusse, Lieferwagen und Pkw, viele davon mit deutschen Kennzeichen, auch Italiener darunter, Russen sowieso. Die Saison fing langsam an. Schanigärten vor den Lokalen erschwerten ihr Vorankommen. Ein Motorrad raste ihnen entgegen, als sie endlich die Auffahrt zum Krankenhaus nahmen, wo Reinhards Dienststelle lag. Mara wich im letzten Moment aus. Bremsen quietschten, sie flogen, eine Millisekunde schwerelos. Scheiße.

# 15

Das Taxi hielt tatsächlich zehn vor neun vor dem hell erleuchteten Palais Žofín auf einer der Moldauinseln. Am Nachmittag hatte sich Berenike ein wenig hingelegt, dann etwas gegessen und mit ihren Eltern gesprochen, die ebenfalls für eine Pause in die Pension gekommen waren.

Sie bezahlte den mürrisch vor sich hin grummelnden Taxifahrer und stieg aus. Vorsichtig sah sie sich um, das Kleid knisterte bei jeder Bewegung, ein kühler Wind umwehte ihre Schultern. Hinter dem Palais floss die Moldau, Möwen schrien, Gelächter war zu hören. Menschen in Abendkleidung eilten vorbei, gut gelaunte Menschen in festlicher Kleidung. Vor dem Eingang stand Horst im Smoking und erwartete sie.

»Gut siehst du aus!« Wieder ein Handkuss. Ihren Großeltern hätte dieses Benehmen sicher gefallen, und erst dem unbekannten Urgroßvater. Berenike war nie der Typ dafür gewesen, so sehr der Großvater auch für eine bürgerliche Erziehung hatte sorgen wollen. Besonders, da Berenikes Mutter so unbürgerlich unverheiratet mit einem Mann zusammenlebte und zwei Töchter gebar, ›ledige Kinder‹, wie man zu der Zeit noch sagte.

Horst zog sie an sich. »Heute ist der 1. Mai, da muss man sich einem tschechischen Aberglauben zufolge unter einem blühenden Baum küssen. Das soll Glück bringen.«

»Glück kann nicht schaden.« Erst jetzt registrierte Berenike die roten Kastanienblüten, Hollunderstauden dufteten. Sie wandte ihr Gesicht ein wenig ab, sodass Horsts Lippen nur auf ihren Wangen landeten. Sachte und weich, zu weich. Etwas hinter ihnen im Dunkel raschelte. Berenike fuhr herum.

»Was suchst du denn ständig?«, lachte Horst. »Du hast keinen Grund, zu erschrecken. Komm, Hanka wartet sicher schon.«

Sie gingen hinein, immer wieder aufgehalten von wichtig aussehenden Männern, die Horst grüßten. Frauen flirteten ihn unverhohlen an. Jedes Mal wurde Berenike förmlich vorgestellt, jedes Mal folgte Small Talk, jedes Mal die Frage, was sie in Prag mache, ganz so, als verfolge sie ebenfalls ein Business. Jedes Mal interessierte Blicke der Männer und misstrauische der Frauen. Sie prüfte den Sitz der Corsage. Alles war bestens.

Hanka begrüßte sie formvollendet, als sie zu dem für sie reservierten Tisch in der Nähe der Musikkapelle traten. Die Musiker stimmten bereits die Instrumente. Ein Zwei-Meter-Mann mit Muskeln wie ein Bodybuilder gesellte sich zu ihnen, sagte etwas auf Tschechisch zu Hanka.

»Darf ich vorstellen? Mein Bruder Jan – meine Freunde Horst und Berenike.«

Wieder folgten ein paar Worte auf Tschechisch, dabei drückte er Berenike so fest, dass sie beinahe vor Schmerz aufgeschrien hätte. Kellner rannten eifrig herum, rückten Sessel, stellten Gläser zurecht, brachten Weinflaschen. Horst zog sie in die Nische, in der ihr Tisch stand. Sie setzten sich.

»Berenike hätte da eine wichtige Frage«, sagte er mit

leiser Stimme zu Jan. Der blickte zu seiner Schwester Hanka.

»Mein Bruder versteht kaum Deutsch«, informierte sie Berenike, »ich werde übersetzen.«

Horst nickte. »Hanka hat gemeint, Sie könnten vielleicht helfen«, wandte er sich direkt an Jan und wartete, bis Hanka mit ihrer Übersetzung fertig war. Dann sagte Jan etwas zu Hanka, sie zu ihm, so ging es ein paarmal hin und her, ohne dass Berenike verstand, worüber sich die beiden unterhielten. Die tschechischen Worte wurden hart hervorgestoßen. Berenike ließ ihren Blick durch den Raum wandern. Der Saal füllte sich, aber niemand kam ihr bekannt vor. Das Gefühl, beobachtet zu werden, blieb trotzdem. Es bescherte ihr einen Schauer, sie wurde dieses Gefühl einfach nicht los!

»Er will wissen, worum es geht«, sagte Hanka schließlich auf Deutsch.

»Das Haus, in dem vermutlich meine Großmutter aufgewachsen ist.« Berenike sprach leise. Wieder war das Gespräch durch Hankas Übersetzung seltsam gedehnt, wie zeitverzögert. »Ich möchte wissen, wem das Gebäude heute gehört und was damit geschehen soll.« Vor ihrem inneren Auge tauchte das verfallene Gemäuer mit seinen verschlossenen Fenstern auf, die Mauer daneben, der Sicherheitsmann mit der Pistole. Sie spürte wieder den Schrecken, während sie auf Hankas tschechische Worte lauschte. Jans auf Berenike gerichteter Blick aus blauen Augen machte sie nicht ruhiger.

»Ich habe Berenike von der Möglichkeit von Restitutionssansprüchen erzählt«, ergänzte Horst.

»Staré Město 2013 lautet die Adresse«, fügte Berenike an.

Jan runzelte fast unmerklich die buschigen Brauen, warf seiner Schwester einen schnellen Blick zu und schüttelte dann rasch den Kopf. Er sagte etwas, Hankas Übersetzung folgte: »Er weiß leider nichts, sagt er.«

»Schade.« Berenike spürte die Enttäuschung. Jans blaue Augen blieben etwas unruhig auf sie gerichtet.

»Da kann man nichts machen«, sagte Horst höflich.

Ein Mann, dessen schwarzer Anzug über dem Bauch spannte, erklomm die Bühne des Orchesters und hielt eine kurze Ansprache. Applaus brandete im Anschluss auf.

»Dance with me?«, fragte Jan hinter Berenike mit starkem Akzent auf Englisch und hauchte ihr dabei heißen Atem in den Nacken.

»Yes, that would be nice«, antwortete Berenike und drehte sich zu ihm.

Jan geleitete sie zur Tanzfläche, sie kam sich winzig neben ihm vor. Seide rauschte. Immer wieder wurde Jan begrüßt. Und dann ging es los, ein Wiener Walzer. Jan führte gut, auch wenn es zunächst sonderbar für Berenike war, mit einem so viel größeren Mann zu tanzen. Sie musste an den Jägerball in Bad Aussee denken, den sie mit Jonas besucht hatte, dann an ihre Tanzschulzeit, Wien-Josefstadt, lange her. Doch diese Schritte, diesen Rhythmus, den Dreivierteltakt, den verlernte man nie. Weil er der Takt des Herzens war.

»Maybe you mean Stiassny-Building?«, fragte Jan plötzlich leise.

»I don't know its name, but the address is the one I mentioned.«

»Then I would recommend no contact«, raunte Jan nahe an ihrem Ohr, sein Atem heiß, dabei schwang er sie weiter im Kreis herum. »Mafia, you know.«

Sie sah auf, doch in seinem Gesicht zeigte sich keine Regung, während er stur geradeaus über ihre Schulter blickte. »Careful!« Drehung. »Dangerous.« Eins, zwei, drei. »Nice to dance with you, madam. Don't comment our talk to others, okay.« Keine Frage, sondern ein Befehl.

»Okay.«

Das Musikstück war zu Ende, die tanzenden Paare blieben stehen, die meisten applaudierten. Jan deutete eine Verbeugung an, bot ihr den Arm und führte sie zurück zum Tisch zu den anderen. Es war, als hätte dieses kurze Gespräch nie stattgefunden. Horst und Hanka saßen eng nebeneinander in vertrauter Unterhaltung. Bei ihrem Näherkommen sprang Horst auf. »Dein nächster Tanz gehört mir, ja?«, sagte er mit einem Lächeln. »Jan ist mir zuvorgekommen.«

»Gern.« Sie strebten zurück zur Tanzfläche, blieben mehrmals stehen, die Kapelle legte gerade wieder los, spielte diesmal einen Tango. Horst legte den Arm um sie.

»Du tanzt sehr gut!«, sagte er leise.

»Du auch!«, erwiderte sie. Endlich ein Tänzer, der annähernd gleich groß war. Sein Körper war nahe, fast zu nahe. Seine Berührungen waren intensiv, seine Bewegungen kraftvoll. Er wusste, dass er attraktiv war. Ein etwas älteres Paar grüßte im Vorbeitanzen, die Augen der Frau glänzten. Was für eine ausgelassene Stimmung, endlich wieder. Berenike ließ sich in den Sog der Musik gleiten, sich davon hinwegtragen. Der Stoff auf ihrer Haut, die leidenschaftliche Musik. Vielleicht kam sie endlich über alles hinweg, vielleicht gab es einen Neubeginn, vielleicht, wenn sie diesen Fall aufklärte, den Überfall auf Selene, die Sache mit den anonymen Briefen, die Geschichte um das Haus ihrer Familie hier. Wenn sie nur endlich die Lösung fände!

Ein langsamer Tanz folgte, Horst zog sie noch enger an sich. »Kommst du heute Nacht mit zu mir?«, raunte er in ihr Ohr, dass sie schauerte. »Es gibt auch Frühstück.«

»Reden wir nicht hier darüber«, sagte Berenike und hatte noch stärker das Gefühl, beobachtet zu werden. Sie brachte etwas mehr Abstand zwischen Horst und sich. Kurz sah sie einen schwarzen Haarschopf, der sie an Jonas erinnerte, aber das konnte nicht sein. Jonas ging seinem Job nach. Daheim in Österreich.

Schweigend tanzte Horst weiter mit ihr. Hoffentlich hatte sie ihn nicht beleidigt. So übel war er nicht, sonst würde sie sich nicht mit ihm treffen. Konnten Männer und Frauen denn wirklich niemals nur Freunde sein? Sie musste an den Film ›Harry und Sally‹ denken. Musste denn immer der Sex im Weg stehen?

Das Schweigen lastete beharrlich zwischen Horst und ihr und so war sie froh, als die Musiker nach drei weiteren Tänzen Pause machten. Sie gingen zu ihrem Tisch, Hanka saß allein da. Von ihrem Bruder war nichts zu sehen. »Der macht sicher wieder Geschäfte«, sagte Hanka. »Möchtet ihr etwas trinken? Wir haben schon mal Wein geordert.«

»Ich noch nicht, ich bin gleich wieder da«, entschuldigte sich Horst.

»Was hat er denn?«, fragte Hanka und hielt die Weinflasche hoch. »Magst du?«

»Gern.« Berenike schob eines der unbenützten Gläser zu Hanka. Die schenkte schwungvoll ein, zu schwungvoll, denn ein hübscher Schwall des sauer riechenden Weißweins ergoss sich auf das Tischtuch und ein wenig davon auf Berenikes Kleid.

»Oh, entschuldige.« Hanka schlug sich fahrig eine Hand vor den Mund, fuchtelte noch mehr mit der Flasche in der anderen, weitere Flüssigkeit ergoss sich über Berenikes Dekolleté, Spritzer trafen sie im Gesicht, auf den Haaren. Der Geruch war ekelhaft. »Wie konnte das passieren? Immerhin ist es mein eigenes Kleid, das ich besudelt habe!« Ohne Berenike anzusehen, stand sie auf, knallte die Flasche auf den Tisch, zerrte die darum gewickelte Stoffserviette herunter, beugte sich über Berenike, tupfte mit dem Stoff auf ihr herum, bis Berenike ihre Hand wegschob. »Lass das, bitte. So schlimm wird es hoffentlich nicht sein, ich kümmere mich selbst darum.« Sie sprang auf und eilte los, um die Waschräume zu suchen.

Sie schlängelte sich durch die Menge, immer das saure Aroma des Weins in der Nase, schob Menschen zur Seite, roch Schweiß und Zigarrenrauch, war jetzt selbst fahrig in den Bewegungen. Eine Dame mit silbrig grauen Haaren und genauso silbrig glänzendem Kleid rümpfte die kleine Stupsnase inmitten eines faltigen Gesichts. Zwei dicht beieinanderstehende Herren im Smoking sahen sie etwas zu neugierig an. Die Kapelle spielte einen Foxtrott, die Stimmung war wie früher, als sie in ihrer Tanzschulzeit die ersten Bälle besucht hatte. Paare steuerten die Tanzfläche an, andere kamen von dort zurück, Gelächter brandete immer wieder auf, vermischte sich mit der lauten Musik und dem sauren Geruch zu einer unmöglichen Mischung. Kopfweh kündigte sich an, ihr wurde übel. Ein Mann steuerte auf sie zu, stoppte kurz bevor er in sie hineingerannt wäre und begrüßte irgendjemanden neben Berenike.

Sie eilte weiter. Das tschechische Geschnatter, von dem sie kein Wort verstand, machte sie nervös. Und ihr war schon wieder kalt auf den Schultern, sie hätte eine Stola gebraucht oder einen Bolero. Ein Typ mit großen Füßen trat ihr im Vorbeigehen auf die Zehen und stieß einen Schwall für sie unverständlicher Worte hervor. Am liebsten hätte sie ihn angebrüllt, aber sie lächelte und ließ den Kerl einfach nur stehen. Von ihrem Nacken stieg Schmerz bis in den Kopf hinauf.

Verdammt, sie wollte einfach nur diesen Fall lösen, alle in Sicherheit wissen und dann wieder Spaß am Leben haben! Und nach Hause wollte sie auch, zurück nach Altaussee.

Mit klappernden Absätzen – sie hatte sich in der Nähe von Hankas Studio noch Schuhe zum Kleid gekauft – kämpfte sie sich den Weg frei. Scheinwerfer tauchten die tanzenden Paare in buntes Licht, spiegelten sich im hellen Parkettboden. Die Musik wechselte zu einem Boogie. Sich immer umsehend, schob sie sich am Rand der Tanzfläche entlang, glaubte kurz, einen bekannten blonden Haarschopf zu sehen, war sich nicht sicher. Das unangenehme Gefühl, beobachtet zu werden, begleitete sie immer noch. Vielleicht war sie so viele Menschen auf einem Fleck nur nicht mehr gewohnt, seit sie in den Bergen lebte.

Sie dachte an Jans Andeutungen über die Mafia. Wenn die Frage, wem das frühere Zuhause ihrer Familie gehörte, wirklich mit dem organisierten Verbrechen zu tun hatte, dann Gnade allen Beteiligten. Schaudernd ging sie weiter. Die Corsage gab ihr zu wenig Raum zum Atmen. Der Gestank des Weins wurde immer unerträglicher.

Draußen vor dem Saal wurde die Luft besser, kühler, sie konnte durchatmen. Klappernd echoten ihre Schritte auf rotem Marmor. Endlich fand sie die Waschräume, am Ende eines langen Ganges neben einer schmalen, unscheinbaren Dienstbotentreppe, die abwärts führte. Sie riss die Tür auf, zum Glück war sie hier allein. Die Stille tat gut. Sie besah sich die Bescherung im Spiegel, den feucht gewordenen Stoff des Dekolletés, doch man konnte kaum noch etwas erkennen. Auch die Haare waren ein wenig nass. Nur der Gestank nach saurem Wein war noch da, vermischte sich mit dem Geruch von zu vielen verschiedenen Parfums im Raum.

Berenike lockerte das Oberteil und drehte den Wasserhahn auf. Sie feuchtete ein Papierhandtuch an und wischte damit vorsichtig über den Stoff, dann über ihre Haare und tupfte das Gesicht ab. Hoffentlich würde der Gestank nachlassen. Dann trocknete sie mit einem weiteren Papiertuch alles ab, so gut es eben ging. Noch ein wenig Lippenstift auftragen, fertig. Zumindest äußerlich.

Sie meinte, die Stimme von Horst zu hören, und öffnete die Tür, doch da war niemand. Sonderbar. Ihr war, als hätte jemand ihren Namen gerufen. Die Tür fiel leise hinter ihr zu, als sie zurück Richtung Tanzsaal ging. Mehr aus dem Augenwinkel nahm sie eine Bewegung auf der schmalen Treppe wahr, einen dunklen Schatten, dann wieder eine Stimme, aber sie verstand nicht, was sie sagte. Die Stimme hörte sich so samtig wie die von Horst an, war aber viel zu leise, als dass sie ein Wort hätte verstehen können. Berenike verharrte mitten im Schritt, ging ein Stück zurück. Das Geräusch kam tatsächlich von dem Stiegenabgang. Sie meinte, einen schwarzen Schuh zu sehen oder dessen Spitze, und beugte sich über das Geländer, um mehr zu erkennen, was ihr aber nicht gelang. Sie musste hinuntergehen. Leise nahm sie eine Stufe nach der anderen. Hielt inne, lauschte. Das Wimmern war verstummt. Warum sie gerade hier und jetzt an eine Falle dachte, wusste sie auch nicht. Das Wörtchen Mafia leuchtete wie ein rotes Warnschild in ihrem Kopf auf. Und dann erinnerte sie sich an die Mädchen in den Filmen, die unlogischerweise am liebsten auf Dachböden flüchteten. Hier ging es wenigstens abwärts, unten existierte vermutlich eine Tür ins Freie. Dann erkannte sie tatsächlich einen Schuh vor sich. Ihr Blick wanderte weiter, ein dunkel behostes Bein entlang, zu einem hochgerutschten Jackett, einem ausgestreckten Arm. Hier lag ein Männerkörper im Smoking, seltsam verdreht, wie abgestürzt. Zu hören war nichts mehr, gar nichts. Es war totenstill.

Sie kniete sich hin, mit genügend Abstand, dass derjenige sie nicht erreichen konnte. Sicher war sicher.

»Hallo?«, würgte sie hervor. »Alles okay?«

Blöde Frage. Sie bekam keine Antwort. Das hatte sie schon vorher gewusst. Wie sie es immer geahnt hatte. Eh klar.

# 16

Scheiße, tat das weh! Was war passiert? Jonas öffnete die Augen, sah Mara neben sich im Sitz, aber alles wirkte verkehrt. Oder verdreht. Sie hatten einen Unfall gehabt, holy shit. Der Wagen lag im Straßengraben.

»Jonas? Alles okay?«

»Ja, nur die Schulter – die alte Verletzung. Bei dir?«

»Ich glaube, auch okay. Aber wie kommen wir da raus?«

Er ruckelte am Griff auf seiner Seite, endlich ließ sich die Tür öffnen. Er löste seinen Gurt und krabbelte aus dem Wagen. Nachdem er überprüft hatte, dass sich alle Gliedmaßen bewegen ließen, ging er um das Auto herum und erlöste auch Mara.

»Danke.« Offenbar war auch die Kollegin unverletzt geblieben, ein Wunder. Und ansonsten waren sie hier beim Krankenhaus ja an der richtigen Adresse, falls noch was wäre. Von dem Motorradfahrer, der den Unfall verursacht hatte, war nichts zu sehen. Sie kämpften sich zurück zur Straße und betraten das Krankenhaus, in dem Reinhards Dienststelle lag.

»Den Wagen muss die Dienststelle abschleppen lassen«, sagte Jonas.

»Ich verständige sie gleich nachher.«

Auf den Gängen klapperten Maras Schritte hinter ihm, er fühlte sich, als habe er ein Déjà-vu. Noch gar nicht so lange war es her, dass ihm Reinhard den Arm nach einer Schussverletzung verbunden hatte, obwohl es eigentlich nicht sein Job war. Doch sie arbeiteten zusammen und zu ihm war er gegangen, um Erste Hilfe zu bekommen, ohne groß weiter nachzufragen. Weil er Reinhard kannte, weil sie vertraut miteinander waren. Weil er ihn gehen lassen würde, auch mit der Verletzung. Und dann hatte Berenike ihn gefunden. Diesmal würde es anders sein, diesmal würden sie Reinhard befragen müssen. Alles schien möglich.

Da war Reinhards Tür, er stoppte abrupt. Mara rannte in ihn hinein. Aua, da tat doch irgendwas weh. Hoffentlich nichts geprellt. Doch darum konnte er sich später kümmern.

Er rüttelte an der Tür, doch die war abgeschlossen. Machte Reinhard Pause? Er zog Mara mit zum Sekretariat ein paar Türen weiter, dort war zum Glück jemand. Zwei junge Frauen saßen an einander gegenüberstehenden Schreibtischen. Eine tippte aufmerksam, die andere sah ihn fragend an. Er nannte Reinhard Stiassnys Namen.

»Reinhard? Aber der ist nicht mehr bei uns beschäftigt. Wer sind Sie überhaupt?«

»Jonas Lichtenegger, Kripo Graz. Wo finde ich Reinhard?«

»Hier nicht mehr. Sein letzter Arbeitstag war schon.«

»Ach.« Er sah Mara an. »Scheiße.«

Ohne Gruß rannten sie den Weg zurück zum Ausgang.

»Und jetzt?«

Er zuckte mit den Achseln.

Die Dame aus dem Sekretariat kam ihnen nachgestöckelt. »Herr Lichtenegger! Meine Kollegin sagt gerade, Reinhard Stiassny ist nach Prag gefahren. Dringende Familienangelegenheit oder so. Sie meinte, vielleicht wär das wichtig.«

»Danke.«

Sie eilten hinaus. »Wir müssen hin. Wir müssen nach Prag. Berenike und Reinhard sind beide dort.«

»Ich hab kein gutes Gefühl, auch wenn die bisherigen Indizien noch nichts beweisen. Wir müssen hinfahren.«

»Nur womit? Mein Wagen ist hinüber.«

»Scheiße. Graz ist verdammt weit. Und bis wir mit einem Taxi bei der nächsten Dienststelle sind, könnte wertvolle Zeit vergehen.«

Sein Handy klingelte, wieder einmal.

»Mum? Nicht jetzt, jetzt ist es ganz schlecht.«

»Bei dir ist es immer schlecht. Dein Vater will dein altes Motorrad verkaufen, es verstellt ihm den Platz.«

»Mum, sag ihm bitte, das soll er nicht tun. Ich melde mich ganz sicher, dann werde ich eine Lösung dafür finden. Ich melde mich, sobald ich kann.«

»Servus.« Sie hatte aufgelegt, bevor er selbst grüßen konnte. Nun gut. Motorrad, das war die Idee. Sein Blick glitt zur anderen Straßenseite. Wenn er Glück hatte, würde ihm die Werkstatt dort ein Motorrad leihen können. Und falls nicht, dann musste er wegen Gefahr in Verzug eines beschlagnahmen. Auch gut. Obwohl er so etwas noch nie gemacht hatte. Er spürte, wie seine Lebensgeister zurückkamen. Die Dinge fielen an ihren Platz. Er war der Lösung des Falles nahe, das spürte er. Und Berenike. Ja, auf einmal war da etwas wie Hoffnung, klitzeklein und zögerlich. Vielleicht würde er sie zurückgewinnen können. Er guckte Mara an und deutete auf die Werkstatt. »Ich habe eine Idee«, sagte er. »Regelst du die Sache mit dem Wagen? Die Kollegen sollen sich um das Abschleppen kümmern.«

# 17

Berenike wusste nicht, dass sie geschrien hatte, bis immer mehr Leute angerannt kamen und durcheinanderredeten und auf sie zeigten und auf die Leiche und dabei irgendwas fragend hervorstießen, das Berenike nicht verstand. Natürlich verstand sie nichts, alle sprachen Tschechisch. Sie verstand nur, dass Horst tot war. Sie nahm seine Hand, die erst kürzlich auf ihrer gelegen war, versuchte, den Puls zu fühlen. Sie wusste schon vorher, es war aussichtslos. Da war kein Puls. Horst war tot.

Vorhin hatte er noch mit ihr getanzt, sie hatte seinen warmen, lebendigen Körper gespürt, seine Stimme gehört. Und jetzt: nie wieder. Nie wieder diese samtige Stimme hören, nie wieder würde er seine Hand auf ihre legen, nie wieder Annäherungsversuche machen. Horsts Gesicht sah entspannt aus, aber darin waren sich alle Toten gleich, schließlich erschlaffte die Muskulatur mit dem Eintritt des Todes. Dann erkannte sie an seinem Hals rote Spuren. Spuren wie an ihrer Schwester, Selene. Das war, sie stockte, das war eine Würgeattacke gewesen. Horst war erwürgt worden! Die Kälte, die sie so lange begleitet hatte, ließ Berenike erstarren. Hätte der Täter bei Selene sein Ziel erreicht, wäre ihre Schwester auch so dagelegen wie jetzt Horst. Sie dachte an Selenes Schrei und daran, dass sie Horsts Stimme vorher noch gehört hatte. Da musste er noch gelebt haben! Sie hätte vielleicht helfen können, den Täter sehen oder sogar in die Flucht schlagen, vielleicht. Shit, sie machte sich Vorwürfe!

Als Berenike sich endlich wieder mit ungelenken Bewegungen aufrichtete, bemerkte sie neben dem toten Horst etwas Weißes. Papier, wie unabsichtlich zusammengeknüllt und verloren, dennoch erinnerte es sie an etwas, an andere Papiere. Wie in Trance griff sie danach, hob es auf, faltete das Papierknäuel auseinander. ›Ich hole mir das Herzliebfeinste – ich kriege alle‹ stand da geschrieben.

Das Papier raschelte zwischen ihren Fingern, als sie es wieder zusammenknüllte und fallen ließ. Sie konnte sich kaum bewegen, jeder Finger, jeder Muskel wie gelähmt. Eine Botschaft auf Deutsch, sie musste vom Mörder stammen. Und sie gehörte in die Reihe der anderen Briefe. Es gab eine Verbindung. Die Verbrechen hatten mit ihr zu tun. Mit ihrer Schwester. Mit ihr nahestehenden Menschen. Sie hatte das Gefühl, jemand spiele mit ihr wie mit einer Marionette, als dirigierte sie der Mörder hier hin, da hin, ohne dass sie das Ergebnis, die Lösung des Falles zu greifen bekam. Ja, ohne dass sie selbst entscheiden konnte, in welche Richtung sie ging. Sie fühlte sich der Lösung kein Stück näher.

Was hatte Horst hier heraußen wirklich gewollt? Hanka fiel ihr ein, wie fahrig sie vorhin gewesen war, als sie den Wein danebengeschüttet hatte. Trug die Designerin Schuld an Horsts Tod, war sie eifersüchtig gewesen? Aber dann hätte sie ja auf Berenike losgehen müssen, nicht auf Horst. Wenn es denn um die Nähe zu ihm ging. Absurd. Berenike sah sich um, ob Hanka in der Nähe war, raffte dann ihre Röcke und ging in den Saal, um sie zu suchen. Ihr Tisch war verlassen, weder von

Hanka noch von ihrem Bruder Jan eine Spur. Die leere Weinflasche steckte noch verkehrt herum im Kühler, die Gläser standen fast geleert auf dem Tischtuch, ein nasser Fleck war noch immer zu sehen, es roch sauer und nach Schweiß.

Berenike eilte zurück zur Stiege, wo Horst lag. Beziehungsweise der Mann, der er einmal gewesen war. Männer von der Security in schwarzen Anzügen mit Knopf im Ohr waren mittlerweile aufgetaucht. Sie bauten Raumteiler auf, um den Leichenfundort vor den Blicken der Schaulustigen abzuschirmen. Rund um den Toten wurde blau-weißes Absperrband gespannt. Polizeibeamte in schwarzer Uniform mit der Aufschrift *městská policie* trafen ein, das übliche Prozedere begann, Berenike kannte es, und wie sie es kannte, es war überall gleich, egal wo jemand eines unnatürlichen Todes starb. Sie machte ein paar Schritte auf den Toten zu, einer der Polizisten hielt sie rüde auf und sagte etwas auf Tschechisch.

»Ich verstehe nicht«, entschuldigte sie sich, »I'm sorry, I don't speak Czech. But please, I have found him.«

»Okay, then wait here, don't go closer.« Er schickte sie zu ein paar Männern, die am Rand des Geschehens arbeiteten, einige waren in Zivil. Ein Schwall auf Tschechisch folgte. »Karel speaks German.« Er deutete auf einen stämmigen Kerl in Lederjacke und Jeans, der den toten Horst aus einiger Entfernung ansah, sich aber nicht in die Arbeit seiner Kollegen einmischte. Mittlerweile war die Spurensicherung eingetroffen und machte sich, gehüllt in die typischen weißen Schutzanzüge, ans Werk.

»Karel Kafka«, stellte sich der Kerl vor. Berenike glaubte zuerst, er mache einen Scherz. Doch er zog einen offiziell aussehenden Ausweis hervor, in dem tatsächlich der Name Karel Kafka stand, daneben *Kriminalistický ústav Praha*.

»Wie der Dichter?«, fragte sie.

»Wie der Dichter, ja.« Kein Schmunzeln entkam dem Polizisten, während er die Arme vor der massigen Brust verschränkte. Zum zweiten Mal an diesem Abend kam sie sich winzig klein vor.

»Berenike Roither.«

Karel Kafka suchte in den Taschen seiner Lederjacke herum und beförderte schließlich Block und Kugelschreiber hervor, notierte Berenikes Namen.

»Sie haben den Toten gefunden?«, fragte er schließlich und musterte sie von oben bis unten, blieb an ihrem Ausschnitt hängen. Automatisch prüfte sie, ob ihr Kleid saß. Alles okay, selbst der saure Geruch nach verschüttetem Wein war zum Glück verflogen. Oder wurde er nur vom kalten Atem des Todes überlagert?

Sie nickte und versuchte einen Blick an dem Polizisten vorbei auf Horst zu werfen.

»Und Sie kennen den Mann?«

»Natürlich. Horst und ich waren …« Sie suchte nach dem richtigen Ausdruck für die Art ihrer Beziehung, »wir waren befreundet, waren so was wie Kollegen. Ich bin privat auf Besuch in der Stadt, und da er hier lebt – gelebt hat, haben wir uns getroffen.« Sie suchte nach den passenden Worten für seine Annäherungsversuche, womöglich waren sie das Motiv für den Mord, wenn Hanka wirklich eifersüchtig war. In ihrem Studio hatten ihre Blicke fast so gewirkt. Wer weiß, wie es weitergegangen wäre zwischen ihm und ihr, was passiert wäre, wenn er nicht gestorben wäre.

Weitergegangen, echote es in ihren Gedanken.

Nichts würde weitergehen. Sein letzter Satz zu ihr blieb die Frage, ob sie die Nacht mit ihm verbringen wollte. Was er wohl zum Frühstück eingekauft hatte? Absurder Gedanke. Ob Hanka das mitgehört hatte? Ob sie wusste, wo Horst wohnte? Ob sie ihn auch schon besucht hatte? Konnte der Zettel neben dem Toten von ihr stammen? Aber passte der Inhalt überhaupt zu ihr, zu einem Motiv, das sie haben könnte?

»Ich muss Ihnen noch was Wichtiges sagen, Herr Kafka. Da lag eine Art Brief neben Horst.«

»Ja?«

Sie zeigte auf das Papier auf dem Boden. »Dort liegt er. Ich habe ihn leider berührt, weil ich zu Hause auch schon zwei solch seltsame Botschaften bekommen habe.«

»So?« Kafka hob das Blatt auf und las.

»Ja. Diese Botschaften hören sich alle ähnlich an.«

»Ach, sind Sie sicher?«

»Nein, sonst würde ich alles wissen und den Mörder selbst überführen«, schnappte sie, worauf der tschechische Polizist sie fragend ansah.

Plötzlich kam aus der Richtung des Toten ein aufgeregter Redeschwall in wütendem Tonfall, jemand anderer antwortete ebenso heftig. Dass sie aber auch kein Tschechisch verstand, zu blöd! Und niemand in der Nähe, um zu übersetzen. Ein Mann kam von unten die engen Stufen heraufgestapft, sehr selbstbewusst, und hielt eine Kamera auf den Toten, bemerkte Karel Kafka und Berenike, filmte auch sie beide.

Der Kriminalpolizist wedelte mit der Hand vor der Kameralinse herum, bis der Mann sie runternahm. Dabei sah er Berenike mit einem etwas zu schleimigen Lächeln an. »Sie sind Deutsche?«, fing er an, wartete aber keine Antwort ab. »Habe ich richtig gehört, dass Sie etwas von einem Bekennerbrief gesagt haben?«

»Etwas in der Art. Es gab bereits zwei andere.«

»Kein Kommentar«, fiel Kafka ihr ins Wort. »Und Sie sagen nichts!«, entschied er an Berenikes Stelle.

»Okay, okay!«

Ein wütender Sermon auf Tschechisch folgte, dessen Tonfall Berenike an den alteingesessenen Inspektor Kain im Ausseerland erinnerte. Gut, dass der Dorfpolizist nach seinen Verfehlungen beim letzten Fall keinen Tatort mehr unsicher machte.

Einer der uniformierten Polizisten schleuderte weitere tschechische Worte hervor und deutete nach unten. Der Filmer packte mit verkniffenem Gesicht seine Kamera weg, auf der irgendwas mit TV geschrieben stand. Der Polizist eskortierte den Mann schließlich treppab bis zu einer Tür, weitere Worte wurden gewechselt, eine Tür klappte, ein Schlüssel drehte sich im Schloss, der Polizist kam zurück, atmete erleichtert aus.

Karel Kafka wandte sich Berenike zu. »Also, was war mit den Botschaften, die Sie bereits erhalten haben?«

Berenike rekapitulierte ihren Inhalt. »Ich habe mich erschrocken, wissen Sie. Kurz zuvor ist meine Schwester überfallen worden. Und dieser Ausdruck, das Herzliebfeinste, der kam in diesem Schreiben und in den anderen vor. Das ist alles daheim im Salzkammergut passiert.«

»Verstehe.« Kafka kritzelte mit gerunzelter Stirn. »Ich werde dahin gehend ermitteln. Erzählen Sie mir, wie Sie den Toten gefunden haben.« Dabei wanderte sein Blick zu ihren Händen, als ob er einschätzen wollte, ob sie einen Mann von Horsts Statur erwürgen konnte.

Bei der plötzlichen Vorstellung von ihren Fingern an Horsts Hals bekam sie keine Luft. Sie hustete, als könnte sie das Bild so verscheuchen. »Ich war mit Horst und ein paar Freunden hier. Dann hat mir jemand Wein auf das Kleid geschüttet und ich bin deswegen zur Toilette gegangen.«

Kafka nickte.

»Ich habe den Stoff auszuwaschen versucht, aber vermutlich stinkt er immer noch.« Sie schnüffelte und sah ein winziges Lächeln auf Kafkas Lippen.

»Dann habe ich eine Stimme gehört, die meines Freundes Horst.« Mit dem Kinn deutete sie zur Leiche. Komisch, dass man nur mehr als Leiche von jemandem dachte, der gerade noch gelebt hatte.

»Und weiter?«

»Ich bin hinaus. Habe zuerst nichts gesehen, dann fand ich ihn. Ja, das war alles. So war das.«

»Und wo sind Ihre Freunde jetzt?«

»Ich weiß es nicht«, sagte sie. »Das ist ja das Merkwürdige.«

»Das ist interessant. Wie lauten die Namen Ihrer Freunde?«

»Sie sind eher Horsts Freunde. Hanka hat mir das Kleid hier geliehen.« Berenike rang nach Luft. »Hanka Prochazkas Studio befindet sich in der Dlouha-Straße.«

Kafka schrieb eifrig mit. »Und wer waren die anderen?«

»Sonst gab es nur noch Hankas Bruder, Jan Prochazka.« Sie berichtete von seiner Warnung, sich vor der Mafia in Acht zu nehmen, schilderte ihre Familiengeschichte und die Nachforschungen. »Horst war schon verschwunden, bevor das mit dem Wein passiert ist. Falls das wichtig ist.« Sie stockte und sah wieder Hankas Geste, als sie Wein einschenken wollte. Etwas daran war komisch gewesen. Sie hatte Hanka für fahrig gehalten, aber was, wenn sie den Wein absichtlich verschüttet hatte? Was, wenn sie Berenike hatte loswerden wollen? War sie wirklich eifersüchtig gewesen? Sie schilderte Kafka ihre Überlegungen, er notierte fleißig, während von jenseits der Faltwand wieder Musik erklang, dann Applaus.

»Wohin ist Ihr Freund zu dem Zeitpunkt gegangen?«

»Er hat nur gesagt, er sei gleich wieder da.«

Ein anderer Polizist trat zu Kafka, sagte etwas, in dem der Name Horst Knapp vorkam. Kafka hob überrascht die Brauen. »Ah, je to TEN Horst Knapp?«

Berenike verstand nur den Namen, verdammt, sie brauchte jemanden, der übersetzen konnte! Sie brauchte Hanka. Oder sonst wen.

»Ich habe mir nichts dabei gedacht, vielleicht wollte er wen treffen, er kennt so viele Leute hier.«

»Nun, Frau Roither, mit wem könnte sich Ihr Freund Horst Knapp getroffen haben?«, fragte Kafka.

»Wenn ich das wüsste! Glauben Sie, dass er seinen Mörder absichtlich getroffen hat?«

Kafka zuckte mit den Achseln. »Immerhin ist da unten eine Tür, durch die man relativ unbemerkt herein- oder hinausgehen kann. Die Tür stand offen, sonst wäre der Journalist nicht hereingekommen. Mehr Ruhe hat ein Mörder jedenfalls hier auf der Treppe, wo kaum jemand hinschaut.«

»Shit«, murmelte Berenike. »Horst kannte hier so viele Leute.«

»Das wissen wir.«

»Wir waren hier auf dem Ball«, erklärte Berenike, »weil einer seiner Auftraggeber die Vertretung der Immobilienentwickler ist. Er hat den ganzen Abend über ständig Leute begrüßt.«

»Immobilien, eine heiße Angelegenheit in Prag. Viele wittern gutes Geld.« Kafkas Unterton wirkte, als könnte er noch etwas sagen, wollte es aber nicht.

Vielleicht reagierte sie übersensibel, weil sie so geschockt war von diesem gewaltsamen Tod. Vom Tod eines Freundes, von den Verbrechen gegen Menschen, die ihr nahestanden. Genau!

Sie hielt inne, wandte sich ab.

Das war es.

Horst war ihr nahegekommen, ihre eigene Schwester war ihr sowieso wichtig.

Sie spürte, dass sie der Lösung ganz nahe war.

Der Täter wollte sie treffen. Dort, wo es am schmerzhaftesten war.

Das Herzliebfeinste.

Aber warum? Warum überfiel und tötete jemand Menschen, die ihr wichtig waren? Was wollte ihr der Täter damit sagen? Und was hieß die Botschaft, dass er sie alle kriegen würde?

Kalt und heiß rann es ihr den Nacken hinunter. Jonas! Wusste der Täter, was ihr selbst gerade klar wurde? Dass er sie mit der Ermordung von Jonas am allerhärtesten treffen würde?

»Ich glaube, dass das alles irgendwie mit mir zu tun hat«, sagte sie und sah Kafka an und gleichzeitig durch ihn hindurch, während sie die Gedanken zu sortieren suchte. »Jemand will mir das Liebste nehmen. Das ist es.«

»Mit Ihnen zusammenhängt? Das Liebste? Ich dachte, Sie standen diesem Mann nicht so nahe?« Kafkas buschige Augenbrauen hatten sich misstrauisch zusammen gezogen.

»Das stimmt, aber das kann der Täter nicht wissen. Immerhin haben wir eng zusammen getanzt. Ich hatte den ganzen Abend das Gefühl, beobachtet zu werden. Der Mörder muss etwas gesehen haben, das er als Annäherung interpretiert hat. Vielleicht, wie ich mit Horst Tango getanzt habe.« Sie schluckte. »Oder dass er mir ins Ohr geflüstert hat, ob ich die Nacht mit ihm verbringe.« Die Worte kamen schwer heraus, sie fühlten sich noch falscher an als in der Unterhaltung mit Horst. Es tat ihr leid, dass ihre Ablehnung die letzten Worte waren, die sie mit ihm gewechselt hatte. Dann schilderte sie den Überfall auf Selene, den diese zum Glück überlebt hatte.

»Das ist interessant.« Kafkas Blick fing den eines anderen Kollegen auf, der sich über den Toten gebeugt hatte und ihn untersuchte. Ein Gerichtsarzt, der nun mit seiner Untersuchung begann. Der sagte etwas, Kafka antwortete.

»Nun gut«, wandte Kafka sich wieder an Berenike, »nach einem Alibi brauche ich Sie wohl nicht zu fragen, meinen Sie?« Jetzt kam ihm doch ein Schmunzeln aus. »Okay, Sie können gehen. Der Täter war männlich, habe ich gerade erfahren. Details bleiben unter Verschluss. Die Adern wurden so stark abgedrückt, dass die Sauerstoffzufuhr unterbrochen war und das Opfer binnen Sekunden tot gewesen sein muss.«

Berenike wurde flau, als sie sich das vorstellte.

»Sie bleiben noch in der Stadt?«

»Ein paar Tage noch.«

»Dann passen Sie um Himmels willen auf sich selbst auf und auf alle Ihnen Nahestehenden, ja?«

Sie nickte. Was denn sonst! Sie würde ihre Eltern nicht mehr aus den Augen lassen dürfen, nicht allein herumgehen lassen vor allem. »Hoffentlich finden wir mehr über das Gebäude heraus, in dem meine Großmutter gelebt hat. Auch wenn Hankas Bruder Jan geraten hat, die Finger davon zu lassen.« Sie schauderte erneut.

Kafka wechselte einen Blick mit seinem Kollegen. »Und wo ist dieser Jan jetzt?«

»Ich habe ihn nicht mehr gesehen, seit ich Horst tot aufgefunden habe. Seine Schwester Hanka auch nicht.«

*

Mafia, dachte es ständig in ihr, während sich Berenike von einem Taxi durch die nächtliche Stadt zurück in die Pension bringen ließ. Lichter schimmerten vor den Fensterscheiben, die Straßen waren nass, es musste geregnet haben. Nur wenige Autos waren unterwegs, kaum Fußgänger.

Mafia. Dazu das Bild vom toten Horst. Tausend Gedanken, tausend Bilder. Nichts davon bekam sie richtig zu fassen. Der Fahrer stoppte vor ihrer Haustür, sie zählte im Halbdunkel Scheine ab. Vorsichtig, um dem Kleid nicht zu schaden, stieg sie aus, das Taxi fuhr rasch weg. Die Luft war kühl, es roch nach Regen, das Licht der Laternen spiegelte sich auf dem nassen Pflaster. Die Straße war leer und still, der Kirchturm nicht erleuchtet. Kaum noch Licht in den Fenstern. Irgendwo rasselte etwas Metallisches, ein Hund kläffte in der Nacht. Berenike schloss das Haustor auf und ging im schwachen Ganglicht zur Wohnung.

Immer noch liefen ihre Gedanken Amok, das zugemauerte Haus, der Bewacher mit der Schusswaffe, Horst, die Warnung vor der Mafia, Jans und Hankas Abwesenheit. Wo waren die beiden hin? War Horst womöglich tatsächlich in die organisierte Kriminalität verwickelt, hatte sie ihn so schlecht gekannt? Sie wusste nicht einmal, wo sein Büro lag oder wo er wohnte. Seltsam erschien ihr jetzt sein Interesse an der Geschichte ihrer Familie.

Nachdenklich steckte sie den Wohnungsschlüssel ins Schloss, sperrte auf und betrat die dunklen Räume. Niemand mehr wach, wie erwartet. Sie war froh, nicht reden zu müssen, über nichts. Am nächsten Morgen war es noch früh genug.

Eine kleine Standuhr in ihrem Zimmer zeigte drei Uhr. Sie entledigte sich des Kleides, machte Katzenwäsche und ließ sich ins Bett gleiten. An Schlaf war nicht zu denken. Sie döste nur immer wieder kurz weg, fuhr bei jedem kleinsten Geräusch hoch. Das Licht einer Straßenlaterne fiel durch den Vorhang. Gedanken und Träume vermischten sich. Und ständig die Frage, ob sie Horsts Tod hätte verhindern können, ob sie den Täter noch hätte sehen müssen, als sie Horsts Stimme gehört hatte.

Mühsam quälte sie sich am Morgen aus dem Bett, jeder Knochen und jeder Muskel schien zu schmerzen, und ging müde die paar Schritte nach nebenan zum Frühstück. Auf der Straße war es grau und feucht, Regenlachen standen in den Untiefen des Gehwegs.

Sie stemmte das Haustor auf und betrat das Hauptgebäude der Pension, nahm sich ein Croissant vom Buffet, kaute lustlos darauf herum und ließ sich Tee bringen. Sie sehnte sich noch mehr nach zu Hause und nach ihren eigenen Teesorten. Guter Tee hätte das Drama auch nicht verändern können, aber sie selbst würde sich zumindest eine kleine Spur besser fühlen.

Endlich kamen ihre Eltern, sie berichtete ihnen von dem Mord.

»Mein Begleiter wurde ermordet«, sagte sie leise, weil Stefan am Nebentisch saß.

»Oh nein«, rief Rose entsetzt aus und griff in ihre Tasche, als wolle sie ihr Schnaps anbieten. »Schon wieder ein Überfall!«

»Es hängt alles zusammen«, sagte Berenike. »Ich bin mir jetzt sicher. Neben dem erwürgten Horst lag ebenfalls ein Zettel, der den vorigen Botschaften gleicht. Darauf stand: Ich hole mir das Herzliebfeinste – ich kriege alle.«

Ihr Vater griff sich an die Kehle.

»Der Täter will uns treffen«, fuhr Berenike fort. »Es hat mit dem zu tun, das wir am meisten lieben.« Sie nahm einen Schluck Tee. Zumindest war er diesmal heiß, auch wenn er wieder nach nichts schmeckte.

Ihr Vater starrte sie entsetzt an. »Du hast einen Toten gefunden? Mein Gott, wie konnte das passieren? Und wie geht es dir jetzt?«

»Wie soll es schon gehen.« Sie zuckte die Achseln. »Ich bin jetzt sicher, dass das Motiv für all diese Taten, für die Briefe, den Mordversuch an Selene und den Mord an Horst in meiner, in unserer Umgebung zu suchen ist.«

»In meiner Herkunftsfamilie«, murmelte Rose.

»Ja, in Omas Familie. Deshalb werde ich heute im Katasteramt nachfragen gehen, es muss dort doch Informationen zu diesem Haus geben«, hoffte Berenike. Die

Mafia würde wohl nicht bei einer Behörde auf sie lauern. Hoffentlich. Ach ja, und wenn sie schon unterwegs war, konnte sie gleich das Ballkleid zu Hankas Studio zurücktragen.

Gesagt, getan. Nachdem sie ihre Eltern neuerlich gebeten hatte, vorsichtig zu sein und die Adresse des Grundbuchamts im Internet herausgefunden hatte, trat Berenike aus dem Haustor. Dunkle Wolken hingen über der Straße, als würde es jede Sekunde zu regnen anfangen. Gut, dass sie eine wärmere Jacke mit Kapuze angezogen hatte. Mit dem Kleid über dem Arm eilte sie los. Passanten kamen ihr eilig entgegen, eine junge Frau schüttete im Laufen Kaffee aus einem Pappbecher, eine andere telefonierte wild gestikulierend und wäre fast in Berenike hineingerannt, wenn sie nicht »Stopp« gerufen hätte.

Kurz vor dem Altstädter Rathaus setzte ein heftiger Regenguss ein. Die Touristen spannten eifrig Schirme auf und eilten unter Arkadengänge, um sich unterzustellen. Guides erzählten dort von den Besonderheiten der astronomischen Uhr und vom Rathaus und dem begehbaren Turm und vieles mehr. Berenike versuchte, das Kleid zu schützen, das zwar in einer Plastikhülle steckte, am Saum aber nicht davon bedeckt war. Sie rannte unter Häuservorsprüngen entlang, Wasser drang durch ihre Schuhsohlen. Die letzte Ecke, endlich war sie in der Dlouha-Straße angelangt; da war schon Hankas Studio. Sie streckte eine Hand nach der Tür aus, sie war geschlossen. Sie versuchte, durch die Scheibe nach drinnen zu lugen. Alles war dunkel. Dann bemerkte sie einen Zettel an der Tür. Vermutlich hieß das, dass geschlossen war. Nun gut. Was jetzt? Berenike trat zurück auf die

Straße und sah sich um. Links neben Hankas Studio lag eine Bäckerei, rechts ein Geschäft, dessen Rollläden herunten waren. Gegenüber ein Schuhgeschäft. Sie entschied, dort zu fragen, ob sie das Ballkleid hinterlegen durfte. Wenn jemand mit ihr Deutsch sprach. Oder Englisch. Sie zögerte kurz, betrat dann den Laden und brachte ihre Frage auf Englisch vor. Nach einer ersten Überraschung verstanden die beiden jungen Verkäuferinnen sie aber, sie kannten Hanka gut, sagten sie, es sei kein Problem, das Kleid hier aufzuhängen, bis Hanka zurückkäme. Rasch kritzelte Berenike eine Notiz für die Designerin, in der sie sich noch extra für das geliehene Gewand bedankte, und fügte Grüße an ihren Bruder an.

Mit Dankesworten verließ sie den Schuhladen. Draußen prasselte unvermindert Regen aufs Pflaster. Das war ja fast so heftig wie im Ausseerland. Berenike huschte in ein Haustor, um den Stadtplan auseinanderzufalten. Offenbar musste sie wieder in Richtung jüdisches Viertel für das Grundbuchamt. Sie zog die Kapuze über den Kopf, gab sich innerlich einen Ruck und ging, die Schultern hochgezogen, los. An der Rückseite des Altstädter Rathauses und der Nikolauskirche vorbei, um ein paar Ecken, zu einem Glasgebäude, das vermutlich aus der kommunistischen Ära stammte. Das musste es sein.

Sie hielt einen Moment inne, atmete tief durch und stieß die Tür auf. Hinter einem Schalter saß ein gelangweilt dreinblickender Beamter, sein Gesicht und seine Haare sahen so vergilbt aus wie die Wände ringsumher, als wäre er in Kafkas Schloss gefangen und hätte all die Zeiten überdauert. Erst als sie hüstelte, sah er sehr langsam zu ihr auf. Sie trug ihr Begehr in einer Mischung aus Deutsch und Englisch vor, erwähnte die Adresse des Hauses, Staré Město 2013. Dann sah sie fragend zu dem Mann hin. In seinem Gesicht bewegte sich keine Miene. Sie wusste nicht, ob er sie überhaupt verstanden hatte.

»Ich möchte gern die Besitzer in den letzten 100 Jahren wissen!«, bat sie, »das muss doch bei Ihnen aufliegen! Prag, Staré Město Nummer 2013.«

Plötzlich sprang der Beamte auf, ließ einen Sermon auf Tschechisch los, griff nach einem Papier und warf es nach ihr, knallte dann das Fenster des Schalters zu und ging weg.

»So helfen Sie mir bitte! Dafür sind Sie doch da!«

»Probleme?«, sagte eine Männerstimme hinter ihr und vor Erleichterung gaben ihr fast die Knie nach. Sie kannte die Stimme. Und den blonden Kerl. Es war Reinhard. Er würde ihr helfen, ganz bestimmt. Auch wenn sie noch nicht wusste, wie.

# 18

»Reinhard, was machst du hier? Du hättest mich fast erschreckt.«

»Eine Familienangelegenheit.«

»Wirklich? Ich bin auch aus dem Grund in Prag.«

»Was für ein Zufall.« Er sah an ihr vorbei auf den Mann hinter dem Schalter. »Worum geht es, Berenike? Gibt es Probleme mit dem Amt?«

»Das kann man wohl sagen. Ich habe versucht, eine Auskunft zu erhalten, ich hab es auf Deutsch und Englisch probiert, aber man will mich nicht verstehen.«

»Tja«, sagte Reinhard und wedelte mit der Hand, »die Tschechen sprechen am liebsten ihre eigene Sprache. Deutsch mögen sie schon gar nicht. Was brauchst du denn?«

»Es ist wegen meiner Großmutter, die von hier stammt.« Sie stockte kurz. »Ich glaube, dass der Überfall auf meine Schwester mit dieser Familiengeschichte zu tun hat. Und jetzt haben wir das Gebäude gefunden, in dem meine Großmutter gelebt hat.«

»Das ist ja spannend«, sagte Reinhard und hustete heftig, wandte sich dabei zur Seite. Über sein Gesicht huschte etwas wie ein dunkler Schatten, wie wenn im Hochsommer für Sekunden eine Wolke vor der Sonne vorbeizieht. »Und wo liegt das Gebäude?«

»Die Adresse ist Staré Mĕsto 2013. Ich wollte hier etwas über die Besitzer herausfinden. Über die jetzigen und die früheren.«

»Und das ging nicht?«

Sie zuckte mit den Achseln. »Keine Ahnung, was er redet. Ich kann kein Tschechisch.«

»Dann wollen wir mal sehen.« Energisch klopfte Reinhard an das Fenster, tatsächlich wurde geöffnet, Reinhard sprach den Beamten von vorhin auf Tschechisch an. Es klang zwar gebrochen, aber zumindest wurde er nicht sofort abgewiesen. Auch machte der Beamte kein so abweisendes Gesicht. Berenike trat wartend zur Seite. Menschen kamen und gingen, Reinhard redete immer noch. Schließlich trat er mit Papieren in der Hand zu ihr. »Voilà, die Daten zu Staré Město 2013.«

»Unglaublich, Reinhard, danke!« Berenike nahm die Seiten und blätterte sie durch.

»Schau, diese Spalte hier sind die Eigentümer.« Reinhard deutete auf Eintragungen, die in der Zeit zurückgingen. Es fing mit dem aktuellen Eigentümer an: Das Feld war leer.

»Der richtige Eigentümer muss wohl noch gefunden werden?«, mutmaßte Berenike und dachte an Jans Warnung, von dem Thema die Finger zu lassen. Danach kam ein Eintrag, der bis 1948 reichte, zwischen 39 und 45 ein Name, der mit *St* begann. Berenike kniff die Augen zusammen, die handschriftliche Eintragung war kaum leserlich, offenbar später eingescannt. Wenn es 1939 einen Besitzerwechsel gegeben hatte, dann hieß das wohl tatsächlich, dass das Gebäude arisiert worden war.

»Lass uns raus ans Tageslicht gehen«, schlug Reinhard vor, ohne sie anzusehen. Berenike folgte ihm nach draußen. Die Sonne schien auf einmal, Wind war aufgekommen und trieb die letzten Wolken vor sich her. Es wirkte warm, die Luft dampfte.

Reinhard wandte sich zielsicher nach links. In der Auslage eines Geschäfts saßen Marionetten in allen Formen, Harlekins neben Geistern und Hexen. In den Gärten von Restaurants wurden Tische frisch gedeckt, Kellner deuteten ihnen werbend. Reinhard strebte an ihnen vorbei, ohne sie zu beachten, Berenike hatte Mühe, Schritt zu halten. Sie kamen in engere Gassen, es wurde ruhiger.

»Bist du mit dem Motorrad hergefahren?«, fragte sie und war immer noch überrascht von ihrem Zusammentreffen mit dem Gerichtsmediziner.

»Bin ich, es ist eine schöne Fahrt. Und ich hab jetzt Zeit, weißt du.« Er drehte sich nicht um, sondern sprach nach vorn, nur mit Anstrengung verstand sie seine Worte.

»Ach, hast du Urlaub?«

»Urlaub?« Jetzt wandte er sich doch kurz um, die Stimme klang bitter. Er hielt den Kopf gesenkt, schob Steinchen mit der Schuhspitze herum. Dann blickte er zu ihr. »Meinen letzten Urlaub. Ich bin gekündigt und freigestellt. Ja, meine Befürchtungen sind eingetreten, sie können meinen Posten nicht mehr finanzieren. Du sprichst also mit einem künftigen Arbeitslosen, Berenike.«

»Das tut mir leid.«

»Ich habe nicht die geringste Ahnung, wie es weitergehen soll. Ich bin 45, wer nimmt denn noch wen in dem Alter?«

Sie zuckte mit den Achseln. »Irgendwas wird sich schon finden, glaubst du nicht? Du bist doch qualifiziert, die Polizei hält große Stücke auf dich.«

»Jonas vielleicht und Mara, aber sonst. Nein, es ist aus.« Er schüttelte den Kopf. »Und dein Salon«, fuhr er dann betont fröhlich fort, »alles bestens? Kannst du so einfach los von daheim?«

»Meine Kellnerin Tiffany ist ein Schatz, die schupft den Laden mit links. Schon nach Selenes Überfall hat sie mir sehr geholfen.« Der Gedanke an die Schwester verdeckte die Freude über den kleinen Erfolg, den sie mit Reinhards Hilfe am Grundbuchamt errungen hatte. Sie musste Selene dringend anrufen und fragen, wie es ihr ging.

»Du hast es gut, Berenike«, sagte Reinhard dumpf.

Berenike suchte nach einer Antwort darauf, fand aber nichts Passendes, was ihn hätte aufheitern können. Sie gelangten zu einer Gasse, in der alles alt und grau wirkte. Sie verlief ganz krumm, selbst die altmodische Laterne wirkte nicht so gerade, wie sie sein sollte. Die Gegend erinnerte an das Gebäude, über das sie nachgeforscht hatten. Sie passierten einen kleinen Kinderspielplatz, wo eine alte Rutsche vor sich hin rostete, eine leere Sandkiste stand daneben. Das Gittertor davor war mit Brettern, Ketten und mehreren Schlössern gesichert, als wäre das Gelände eine Festung. An einem von Pflanzen zugewucherten leeren Grundstück vorbei, in dessen Hintergrund die Reste einer alten Kirche zu stehen schienen, gelangten sie zur Moldau. Überall blühte süßlich duftender Holunder und vernebelte Berenike den Kopf.

Sie überquerten die Straße und gingen hinunter ans Flussufer. Auf der Promenade war es trotz des Autoverkehrs oben ein wenig ruhiger. Reinhard blieb vor einer Bank am Ufer stehen. Die Sonne schien darauf, das Holz sah fast trocken aus. »Wollen wir uns setzen?« Er sah sie fragend an. Sie nickte. Schwäne schaukelten heran, schauten neugierig zu ihnen hoch, schaukelten nach einem schnellen Blick lässig weiter, immer am Ufer entlang, zu einem still vor Anker liegenden rostigen Passagierschiff ein Stückchen weiter.

»So, lass uns die Listen noch einmal durchgehen«, sagte Reinhard, als sie beide saßen, und streckte die Hand nach den Papieren aus. »Ganz unten hast du den ersten Eigentümer, vermutlich aus der Zeit, als das Haus gebaut wurde. Hier, der Name lautet Schwarz.« Sein Zeigefinger fuhr die Liste entlang nach oben. »Und hier steht Stiassny.« Die letzten Worte kamen laut und überdeutlich. Sein Gesichtsausdruck hatte sich verändert. Die dunkle Wolke war über seinen Zügen hängen geblieben. »Der Besitzer vor 45 hieß Stiassny.«

»Stiassny? Echt? So wie du heißt? Das ist ja lustig. Gib noch mal her.« Sie nahm die Seite, hielt sie nahe vor die Augen. »Könnte sein. Es ist kaum zu entziffern.« Jan Prochazka fiel ihr ein, was hatte er bei dem Gespräch gesagt? Stiassny-Haus? Dann mochte das stimmen. Nur was hatte das nun mit Reinhard zu tun? Und mit ihr?

»Denk nach!«, befahl er und klang so höhnisch, dass Berenike erschrocken aufsah.

»Du heißt Stiassny, Reinhard. Und in den Papieren steht der Name Stiassny. Wenn diese Krakelei wirklich das bedeutet. Moment.« Sie sah ihn groß an. »Das glaub ich nicht.«

»Wir sind verwandt, Berenike. Wieso weißt du nicht, dass deine Großmutter früher Stiassny geheißen hat?«

Sie zuckte die Achseln. »Das hat wohl nie wer erwähnt. Sie hieß für mich immer Sieglinde Roither.«

»Ich wollte mich gerade nach derselben Adresse im Grundbuch erkundigen, Berenike. Ich habe endlich das Erbe meines verstorbenen Vaters sortiert, seine Papiere, er hatte unendlich viel Kram auf dem Dachboden stehen. Dabei habe ich Briefe von einer Sieglinde Roither gefunden, die sie aus Wien nach Prag geschrieben hat.«

»Das war meine Großmutter, genau.«

»Jetzt tu nicht so, als würde dich das überraschen. Sie hieß Stiassny und hat sich in Wien gut verheiratet mit einem Herrn Roither. Tu nicht, als könntest du kein Wässerchen trüben, Berenike.«

»D-das pack ich alles nicht«, stotterte Berenike. Irgendetwas stimmte hier nicht, ganz und gar nicht. »Dann gehört das Haus eigentlich uns beiden? Dir und mir? Und meiner Mutter? Selene?«

»Dir gehört gar nichts, Berenike.« Er sah sie finster an. »Ihr habt das verwirkt. Deine Großmutter ist freiwillig weggegangen. Ich habe einen Antrag auf Rückerstattung gestellt. Meine Vorfahren wurden von hier vertrieben. Mir wird dieses Haus gehören. Und ich habe die beste Hilfe hier in der Stadt.«

»Du meinst jemanden von der Mafia?«

»Egal wen. Die Tschechen brauchen dafür endlos lange.«

»Stammt der Security-Mann vor dem Haus von dir?«

»Security? Nein. Irgendein Kerl hat sich das Gebäude nach der Wende gekrallt, aber nicht mit mir. Ich bin der rechtmäßige Besitzer.«

»Ich verstehe das immer noch nicht. Wie sind wir jetzt verwandt, erklär mir das bitte.«

»Ich werde dir die Geschichte meiner Familie erzählen, Berenike.«

»Du meinst unserer Familie.«

»Nein, meiner. Es ist keine schöne Geschichte. Pass auf.«

# 19

Der Holunderduft wurde immer stärker. Kopfweh stieg vom Nacken in Berenike auf, als Reinhard weiter am Flussufer entlangeilte. Berenike wusste nicht mehr, wie spät es sein mochte, hatte jedes Zeitgefühl verloren. Das Licht war düster, nur blitzte manchmal ein Sonnenstrahl zwischen dichten Wolken hervor. Am gegenüberliegenden Ufer auf einem Grünstreifen züngelten Flammen auf, Berenike erschrak, ehe sie erkannte, dass da drüben Menschen um ein Lagerfeuer standen. Die Flammen waren wie ein Warnlicht, sie wollte sich umdrehen, weggehen, aber Reinhard griff nach ihrer Schulter. Sie schüttelte die Berührung ab, trat einen Schritt von ihm weg. Sie wollte wegrennen und gleichzeitig seine Geschichte zu Ende hören.

»Ich werde dir erzählen, was mit meiner Familie passiert ist.« Reinhard war stehen geblieben und starrte in die graubraunen Wellen, aber es sah nicht so aus, als würde er etwas davon wahrnehmen, von den Enten, von dem Lagerfeuer gegenüber, von einem Schiff, das langsam vorbeiglitt. Lautsprechererklärungen zu den Sehenswürdigkeiten wehten zu ihnen herüber.

»Was hat das alles mit mir zu tun, verdammt?«

»Deine Großmutter, Sieglinde, hat meinen Vater, hat uns alle ins Verderben gestoßen.«

»Das verstehe ich nicht.«

»Sie hat Briefe an ihren Bruder geschrieben, Berenike.«

»Bruder?« Berenike riss die Augen auf. »Sie hatte einen Bruder?«

»Deine Großmutter Sieglinde war die Schwester meines Großvaters Josef.«

»Ich wusste nicht, dass meine Großmutter einen Bruder hat!«

»Hatte. Er ist lange tot.« Reinhards Gesicht war finster wie der Himmel vor einem Schneesturm. Berenike tastete unwillkürlich nach dem Handy in der Jackentasche. Wind kam auf, sie fror.

»Sieglinde ist aus irgendwelchen Gründen nach Wien gegangen«, erzählte Reinhard weiter und trat dicht neben sie. Sein Blick gefiel ihr nicht, sie machte wieder ein paar Schritte von ihm weg.

»Wegen einer tragischen Liebesgeschichte, sagt meine Mutter.« Berenike bewegte die verkrampften Schultern, während sie Reinhard anstarrte. Sie wich noch weiter zurück.

»Egal wie, ihre Verwandten blieben in Prag. Das war mein Großvater Josef, der schon verheiratet war mit meiner Großmutter Emma. Sie hatten einen Sohn, das war Adolf, mein Vater.«

»Adolf, soso. Was für ein Name.«

»Das tut jetzt nichts zur Sache, das war damals ein Modename.«

»Mhm, klar.« Sie umklammerte das Handy. War sie der Lösung nahe? Stiassny-Haus, ging es ihr wieder durch den Kopf, sie meinte Jans warnende Worte zu hören. Hieß das – Reinhard Stiassny war der Täter? Sie sollte ihn auf dieses Wort hin aushorchen, das in den Drohbriefen vorgekommen war, dieses Herzliebfeinste. Aber wie?

»Sieglinde hat sich verbessert und einen Herrn Roither in Wien geheiratet, während es meiner Familie dreckig ging.«

»Sie hat selbst das Liebste verloren«, sagte sie und zögerte, »das Herzallerliebste, Reinhard«, schob sie nach.

Sein Blick verfinsterte sich. Täuschte sie sich oder war er bei dem Wort zusammengezuckt, obwohl es nicht genau derselbe Ausdruck war?

»Deine liebe Großmutter Sieglinde …«

»Sie war nicht meine liebe Großmutter!«, schnauzte sie erbost zurück.

»Nicht?«

»Nein.«

Etwas überrascht sah er sie an. »Deine Großmutter«, fuhr er fort, klirrendes Eis in der Stimme, »wollte mit ihren armen Verwandten nichts mehr zu tun haben. Wir waren ihr wohl nicht fein genug. Und nicht lieb genug.«

»Wie meinst du das?« Sie sah die Oma wieder vor sich, wie sie am einzigen freien Tag der Woche ihre Puppensammlung gepflegt hatte, ihnen die Gesichter feucht abwischte, ein neues Kleidungsstück anzog. Die Puppen trugen Trachten aus den unterschiedlichsten Gegenden, Dirndl und fremdartige Folklorekleidchen. Es gab eine Ballerina und eine Puppe in weit ausladender Ballrobe, die ein bisschen wie Kaiserin Sisi aussah. In der Greißlerei hatte die Oma immer die Kassa mit Argusaugen überwacht, damit niemand auch nur eine kleine Münze herausnahm, selbst Berenikes Mutter, die im Laden mitgearbeitet hatte, hatte um jeden Schilling fragen müssen. Nur für die Puppen gab die Oma Geld aus.

»Wie ich es gesagt habe. Sieglinde hat ihren Bruder Josef im Stich gelassen. 1945, als der Krieg in Prag aus war, sollten mein Großvater und die ganze Familie vertrieben werden. Weil sie Deutsche waren.«

»Das ist tragisch, aber was soll das heute noch bedeuten?« Würde sie, ohne hinzusehen, die Notruftasten am Handy treffen?

»Unseren Urgroßvater haben die Tschechen in den letzten Kriegstagen erschossen, heißt es. Details kenne ich nicht. Die Urgroßmutter starb schon früher, angeblich eines natürlichen Todes. Nun, als mein Großvater und seine kleine Familie wegmussten aus Prag, da haben sie sich an deine Großmutter gewandt um Hilfe. Zuvor wurden sie aus ihrem Haus vertrieben und in ein Gefängnis gesteckt, ehe sie gezwungen wurden, das Land zu verlassen. Sieglinde war die einzige Verwandte, die sie noch hatten, die einzige, die außerhalb der Tschechoslowakei lebte.«

»Und?«

»Sie hat einen schroffen, ablehnenden Brief geschickt, Berenike.«

Das wiederum konnte sie sich lebhaft vorstellen. Die Großmutter war immer kühl gewesen. Hart und kühl. Nur die Puppen hatte sie mitunter gestreichelt, wenn sie sich unbeachtet wähnte. Es hatte gewirkt, als würde sie sie abstauben, aber manches Mal hatte Berenike gesehen, dass sie sie gestreichelt hatte.

»Sie haben nicht gewusst, wohin sie sollten, Berenike.«

»Das tut mir leid. Aber denk daran, was die Deutschen vorher den Tschechen angetan haben. Wie viele verfolgt wurden, die Juden haben sie ermordet!«

»Und deshalb ist das nachher entschuldbar?«

»Nein, natürlich nicht.«

»Sie mussten auf einen Todesmarsch. Durften nur das Wichtigste mitnehmen, ein paar Kleidungsstücke, ein Fotoalbum und sonst nur ihre Papiere. Mein Großvater Josef ist gestorben, er ist einfach am Wegrand liegen geblieben, ob vor Hunger oder weil er krank war, wer kann das heute schon sagen. Sie mussten die ganze Strecke zu Fuß gehen bis zur österreichischen Grenze. Kannst du dir das vorstellen? Seine Frau, meine Großmutter, hat überlebt, und mein Vater als kleines Kind auch. Die Großmutter hat ihn getragen.«

»Dein Vater«, sagte Berenike düster.

»Er war zwei Jahre alt. Sie hatten nichts, Berenike. Sie hätten eine Chance gehabt, wenn deine Großmutter ihnen geholfen hätte.«

»Aber wie hätte sie das denn tun sollen?«

»Sie aufnehmen. Ihnen Geld für die Fahrt geben. Irgendwas. Aber sie hat nur abgelehnt. Sie hat geschrieben, sie habe nichts, sie könne nicht helfen. Wie kann das sein?«

»Sie hatten wirklich nicht viel, Reinhard. Das weiß ich aus Erzählungen.«

»Nichts weißt du. Meine Leute sind irgendwie nach Bad Ischl gelangt, haben dort in einer Flüchtlingsunterkunft Unterschlupf gefunden. Irgendwie haben sie überlebt und sich später hochgearbeitet.«

»Wenigstens was.«

»Meine Großmutter Emma hat nie viel Zeit gehabt, hat immer arbeiten müssen. Mein Vater musste sich schon als Kind selbst versorgen, er war viel allein. Sie hat ihn in den Kohlenkeller gesperrt, wenn sie ihn allein lassen musste wegen der Arbeit. Er hat es mir immer und immer wieder geschildert, wie finster es war und wie schmutzig.« Er rieb sich die Hände, als wolle er Staub und Schlimmeres davon abwischen. »Mein Vater hat das alles nie verwunden. Er war ein gebrochener Mann. Und deswegen war meine Kindheit die Hölle. Zum Dank hat er mich halb tot geschlagen. Daran seid ihr schuld.«

»Aber ich war nicht einmal geboren, Reinhard.«

»Ihr habt euch ein Leben lang die Rosinen aus allem gepickt«, zischte Reinhard. »Deine Großmutter und deine Eltern, ihr alle. Meine Kindheit dagegen … Dafür muss es einen Ausgleich geben.«

»Das ist ewig her, Reinhard. Wer soll dir jetzt noch ausgleichen und wofür? Du bist ein erwachsener Mann.«

»Ihr werdet bezahlen. Für alles, was ich erlitten habe. Ich und mein Vater.«

»Keiner von uns hat Geld.«

»Nicht so, Berenike. Es gilt Leben gegen Leben. Du wirst für das Unrecht, das ich erlitten habe, mit deinem Leben bezahlen. Du und deine Sippschaft. Deine Mutter habe ich schon.« Er spuckte vor ihr auf das Pflaster des Uferpfades. Der Aufprall der Spucke zischte überlaut in Berenikes Ohren. Es dauerte einen Moment, bis das Gehörte in ihrem Kopf ankam, bis sie es verstand. »Du hast was? Meine Mutter?« Sie riss das Handy hervor, tippte mit fliegenden Fingern.

Reinhard schlug es ihr mit einer einzigen Bewegung aus der Hand, es fiel klirrend auf den Boden, er trat danach. »Ja, ich habe deine Mutter als Geisel. Sie wird sterben. Wie ihr alle.«

»Du warst das alles! Du wolltest Selene umbringen und meinen Vater! Und jetzt hast du meine Mutter! Was hast du mit ihr gemacht, du Mistkerl!?« Sie rammte ihren Kopf gegen ihn, wie ein Stier, immer und immer wieder.

»Lass das!«, befahl er. »Ich dachte, wir könnten eine Familie sein, als ich herausgefunden habe, dass wir verwandt sind. Es war Zufall, der mich in dein Lokal geführt hat. Zufall, dass ich wusste, wie deine Großmutter verheiratet hieß. Ich hab sonst niemand mehr. Aber es klappte nicht. Du hast nicht einmal die Motorradtour mit mir unternommen, die ich vorgeschlagen habe. Nichts als Ausreden. Du hast alles und ich, ich hatte nichts.«

*

Eine Hand legte sich in ihren Nacken, eiskalt und unerbittlich. Wie eine Puppe schob Reinhard sie vor sich her. Sie trat nach ihm, doch er schob sie immer näher und näher an das Flussufer heran. Der Verkehr auf der Straße rauschte ihr überlaut in den Ohren, die Schwäne sahen zu ihnen auf, suchten mit den Flügeln schlagend das Weite. Kein Mensch war weit und breit zu sehen, auch kein Schiff mehr. Nur Reinhard und sie und die Schwäne. Er schob sie vor sich her, sie schlug um sich, trat mit den Füßen nach hinten, erwischte sein Schienbein, daraufhin wurde sein Griff noch fester. Mit einem Mal zog es ihr den Boden unter den Füßen weg, sie fiel und fiel. Da war es, das Nichts. Bis auf den Tod, der ihr im Nacken klebte. Diese eiserne Faust, die sie hielt. Nicht schützend, sondern mörderisch. War es das jetzt? Ersoffen in der Moldau? Die Wut loderte wieder auf. So sollte es nicht vorbei sein!

Sie kämpfte, schlug um sich, trotz allem kam die Wasseroberfläche rasend schnell näher. Diese Hilflosigkeit!

Diese Klarheit, die Fakten zu erkennen, aber zu spät zu kommen. Sich nicht genügend wehren zu können, weil es zu spät war. Sie kämpfte und schlug, um das fremde Gewicht loszuwerden, dieses Schwergewicht, diesen Griff abzuschütteln. Eine Bewegung aus dem Augenwinkel, dann tauchte sie in das Wasser ein, tauchte unter, röchelte, bekam Wasser in die Atemwege. Das Gewicht zog an ihr, zog und zog, zog sie in die Tiefe, die Tiefe, die Tiefe. Reinhard konnte doch gar nicht schwimmen!

*

Brennender Schmerz auf der Wange. Sie riss die Augen auf. Über ihr ein Gesicht, sie wollte fliehen, rang nach Luft, das Gesicht kannte sie. Es war nicht Reinhard. Sie sah in einen blauen Himmel, musste husten, spuckte Wasser, keuchte.

»Da bist du ja, Nike. Ich hab mir schon Sorgen gemacht!«

»Jonas?«

Das konnte nicht wahr sein.

Wieder ein Schmerz auf der Wange, leichter jetzt.

»Jonas! Bist du das wirklich?«

War sie tot, gestorben, alles eine Einbildung? Der Himmel, die Sonne, Jonas? Sein Körper, der sie stützte?

»Ich passe auf dich auf, Nike. Dir hätte wer weiß was passieren können, verdammt!«

Das war die wirkliche Wirklichkeit. Nässe, Kälte, Kritik. Natürlich, sie hatte sich wieder einmal in einen Fall eingemischt.

»Und wo ist …?« Ihre Zähne klapperten, so sehr fror sie. »Wo ist Reinhard?«, setzte sie erneut an.

»Untergegangen«, sagte Jonas düster und deutete mit dem Kinn in Richtung Moldau. »Die Taucher suchen nach ihm. Er wird vermutlich tot sein, außer er hat sich irgendwo an ein Ufer geflüchtet und versteckt sich noch. Verdammt, er soll nicht so davonkommen!« Tatsächlich standen mehrere Gestalten in schwarzen Neoprenanzügen am Ufer herum, andere glitten gerade ins Wasser. »Er hätte dich beinahe mit in den Tod gerissen, Nike.«

Ein Sanitäter kam zu ihr und reichte ihr eine Decke, in die sie sich dankbar einwickelte. Er gab auch Jonas eine Decke. Jonas war so nass wie sie. Die schwarzen Haare klebten auf seiner Stirn. »Jetzt sag schon, wie kommst du hierher?«

»Ermittlungen. Und als ich zwei und zwei zusammengezählt habe, habe ich mir Sorgen um dich gemacht, Nike«, flüsterte Jonas, fast übertönt vom sachten Plätschern der Wellen. Dabei sah er an ihr vorbei zum Flussufer hinüber. »Ich habe herausgefunden, dass Reinhard vermutlich an allem schuld ist. Wir wollten ihn befragen, aber er war nicht da. Ich bin über Nacht hierher gerast, zu diesem Amt, davon haben mir deine Eltern berichtet. Selene hat mir erklärt, wo ihr hier wohnt. Ich bin euch nachgehetzt, dir und Reinhard. Nike, ich hab seine letzten Worte gerade noch mitgehört, da hat er dich schon mit ins Wasser gerissen. Ich bin euch nachgesprungen. Ich hab mir die ganze Zeit Sorgen gemacht. Ich hab von dem Mord an diesem Österreicher erfahren.«

»Horst?«

»Genau. Du steckst deine neugierige Nase wirklich in jeden erreichbaren Mordfall.«

»Was kann ich dafür? Glaubst du, ich fand das so toll, dass auf einem Ball mein Begleiter getötet wird?«

»Dein Begleiter?« Jonas runzelte die Stirn.

Sie nickte. »Ein Kollege von früher.«

»Ach so. Er wurde erwürgt, ohne die geringsten Spuren zu hinterlassen, keine Fingerabdrücke, keine DNA, wie bei deiner Schwester. Es hätte Zufall sein können, aber ich glaubte es nicht.«

»Ich bin so froh, Jonas, dass du aufgetaucht bist! Das war im letzten Moment. Es hätte alles ganz anders kommen können.«

»Das hätte es, jawohl«, sagte er und blickte sie wieder voll an. »Das ist alles ziemlich dumm gelaufen zwischen uns, stimmt's?«

Sie nickte stumm und schauderte. »Er hat meine Schwester töten wollen und mich. Wo ist überhaupt meine Mutter? Reinhard hat gesagt, er habe sie als Geisel genommen.«

»Das stimmt nicht. Vielleicht hatte er es vor. Aber ich habe die tschechischen Kollegen zu eurer Pension geschickt. Reinhard hat deine Mutter zu keinem Zeitpunkt in seiner Gewalt gehabt. Sie erfreut sich bester Gesundheit.«

»Puh.« Berenike wurde plötzlich warm, heiß sogar. Sie lockerte die Decke ein wenig. »Wahnsinn, was so ein altes Familiendrama aus einem Menschen machen kann. Reinhard hat den Hass seines Vaters und dessen Wunsch nach Rache übernommen. Fast hätte er mich getötet.«

»Fast.« Jonas drückte sie an sich. »Das war ein harter Kampf gegen die Strömung. Zum Glück habe ich meine Rettungsschwimmerprüfung gerade erneuert. Es ist unglaublich, wie sehr sich Reinhard verstellen konnte.

Wir haben ihn zu seinem eigenen Opfer als Gerichtsmediziner befragt! Er hat sein Opfer sogar untersucht, als ob nichts wäre.«

»Er wusste eben, wie man keine Spuren hinterlässt. Deshalb war er sich auch so sicher, dass er nicht erwischt wird. Und deshalb wollte ich sein Geständnis. Und das habe ich, nur dass er mit dir in die Moldau springt! So ein Mist!« Jonas schlug mit einer Hand auf den Boden, dann hielt er sich das Handgelenk. Berenike unterdrückte es zu fragen, ob er sich wehgetan hatte. Das wollte er nicht, sie wusste es. Er war der Typ, der mit allem allein klarkommen wollte. Immer. Sie spürte, wie seine Arme sie wieder umfingen. »Ach, Nike!«

Keiner konnte ›Nike‹ sagen wie Jonas. Er drückte sie so fest, dass sie die Muskeln an seinen Armen spürte.

»Warte, ich muss dir was sagen«, rief sie.

»Ich dir auch, Nike.«

»Ich zuerst.«

»Ich zuerst.«

»Jonas, es tut mir leid, dass ich so über dich hergefallen bin damals, vor diesem Verhör, beim letzten Fall.«

»Und ich war so blöd und habe es nicht gleich gesagt.«

»Du hast keine Chance gehabt, was von einem Verdacht gegen mich zu sagen.«

Sie guckten einander an, mussten nun beide lachen.

»Friede?«

»Friede.«

»Weißt du, Jonas, ich hab mich so blöd gefühlt. Blöd und benutzt. Erst diese Leidenschaft und dann verdächtigst du mich. Und dann, wie schöne Augen du dieser Frau gemacht hast.«

»Ich bin der Ermittlung wegen darauf eingestiegen.«

»Du bist dabei fast draufgegangen.«

»Nike, ich steh doch nur auf dich mitsamt deinem Freiheitsdrang.«

»Ich doch auch auf dich, du geheimniskrämerischer Superbulle. Und stolz bin ich auch auf dich.«

»Ja?« Ein hoffnungsvolles Aufflackern in seinen Augen. »Nike, und wenn ich bei dir wieder guten Tee bekomme …«

»So viel du willst und jederzeit!«

Sinnierend schauten sie beide zum Ufer, wo die Taucher immer noch Geschäftigkeit verbreiteten. Gefunden hatte man aber bisher nichts.

# 20

Sie waren zurück in Altaussee. Berenike saß im Liegestuhl auf ihrem Balkon, Jonas neben ihr. Kater Watson lag wohlig schnurrend auf seinen Beinen, wo Jonas ihn ausgiebig streichelte. Die beiden anderen Katzen kamen und gingen, aber nie weit, ganz so, als müssten sie zusehen, dass die Menschen sie nicht wieder verließen. Es war ein warmer, geradezu milder Abend. Etwas trinken, faulenzen, die Sterne bewundern. Es war fast wie mit 18, gleich nach der Matura, auf Griechenlandreise, und Berenike als einzige Nicht-Griechin mittendrin. Da war sie zum ersten Mal nicht die Einzige mit dunklen Haaren und dunkler Haut gewesen. Sie griff nach ihrem Glas, die Eiswürfel klirrten, als sie von dem grünen Eistee trank. Die gezackten Silhouetten der Berge waren im allerallerletzten Licht des Tages gerade noch zu erkennen. Leises Quaken, sonst Stille. Luft, die nach Gras und nach Kindheit duftete, als es keine Zeit zu geben schien, als die Ferien endlos dauerten und man nie an ein Alter jenseits der 20 dachte. Jonas griff nach ihrer Hand. Am Ufer gegenüber leuchteten die Lichter entlang des Weges wie eine helle Perlenkette. Ein Licht flackerte auf dem Wasser auf. Irgendwo plätscherte es, als würde sich der Ausseer Wassermann nachts aus dem See erheben. Wie hatte sie das alles vermisst!

Langsam lebte Berenike wieder auf. Hier war sie ganz sie selbst, ganz bei sich. Klar, das hing auch damit zusammen, dass Jonas da war, bei ihr war. Er hatte sich tatsächlich ein paar Tage freigeschaufelt. Sie hatten ein fragiles Gleichgewicht gefunden, eine Nähe, die immer noch zerbrechen konnte, die sie in Händen hielt wie Porzellan. Das Püppchen von Anniko hatte sie in den Müll geworfen. Von wegen, einer Puppe die Probleme anvertrauen. Das musste man schon den betreffenden Menschen sagen, die es anging. Oder mit sich selbst ausmachen. Es war auch das saftige Grün, das zu ihrer Heilung beitrug, der immer feucht wirkende Wald um den See und diese Stille am Abend. Nach der Rückkehr aus Prag wusste sie das alles mehr denn je zu schätzen. Und die Katzen, die ständig um sie beide herumscharwenzelten, als würden sie sagen wollen: »Gut, dass ihr zurück seid, alle beide!«

»Glaubst du, Reinhard wird noch gefunden?«, fragte Berenike leise in die Stille hinein.

»Was weiß ich. Aber da er nicht schwimmen kann, mache ich mir ehrlich gesagt keine großen Hoffnungen. Vermutlich ist er tot.« Jonas streichelte den Kater in seinem Schoß.

»Vermutlich wollte Reinhard das auch. Ach, es ist so traurig.« Berenike seufzte.

»Traurig? Ich finde es eher grausam, was er getan hat.«

»Grausam ist es, keine Frage. Traurig, was ihn so weit gebracht hat.« Miss Marple sprang auf Berenikes Schoß, sie fuhr abwesend über das warme weiche Fell. »Dass Reinhard seinen Job verloren hat, muss sein altes familiäres Trauma verstärkt haben. Er hat keinen Ausweg mehr gesehen. Wenn ich denke, dass wir all die Jahre Verwandte hatten, die ich nicht gekannt habe. Schon sonderbar.«

»Ja, die liebe Familie. Die Wiege von inneren und äußeren Kriegen ist die Familie, das hat schon Kafka gesagt. Also Franz Kafka, nicht mein tschechischer Kollege.« Jonas räusperte sich.

Wie vertraut er ihr war! Sie lächelte in die stille Dunkelheit hinein. Die Linde duftete über ihnen. Sie seufzte noch einmal.

»Verspannt?«, fragte Jonas. »Soll ich dir den Nacken massieren?« Er legte beide Hände sanft auf ihre Schultern.

»Mhm«, seufzte Berenike nunmehr wohlig auf. Seine Finger strichen leicht über ihre Haut, wie Zauberei. Weit entfernt war alles Dunkle, endlich. Es gehörte zu ihrer Geschichte, ja, aber mehr nicht.

»Mir ist einiges klar geworden, während wir uns nicht gesehen haben«, sagte Jonas und strich über jene Stelle, die ihr aufregende Schauer bescherte. »Ich hab vor lauter Arbeit nichts mehr wahrgenommen, auch nicht, was mit uns los war. Ich werde eine Auszeit nehmen, Berenike. Sechs Monate Sabbatical. Alles wird gut werden, ich versprech's dir. Ich will zu meiner Mutter nach England fliegen. Seit Reinhards Taten habe ich erkannt, dass da vieles unausgesprochen ist. Meine Mutter wird heuer 80, viel Zeit bleibt da nicht mehr, um unsere Familiengeschichte aufzuarbeiten. Ich möchte alles erfahren.« Watson miaute leise. »Kommst du mit, Nike? Du darfst auch so viel Tee kaufen, wie du willst. Und ich verspreche, dass ich nie wieder über dich herfalle.« Von der Seite sah sie sein Grinsen. »Also zumindest nicht gleich.«

»Ich muss doch sehr bitten, Mylord.« Sie lachte so laut auf, dass Miss Marple flüchtete, ihre scharfen kleinen Krallen ritzten in Berenikes Oberschenkel. »Ohne das wär das Leben schon sehr fad.«

»Hast auch wieder recht, Nike, wenn man es so betrachtet.« Er legte seinen Kopf schief und rückte näher an sie heran.

»Ich habe immer recht.«

ENDE

# NACHWORT

Dieses Buch ist ein Roman. Wie immer sind alle Zufälle dem Leben geschuldet, das bekanntlich die besten Geschichten schreibt.

»Schweigegold« ist mit seinen Themen mein persönlichstes Buch. Es berührt die Frage: Wo bin ich zu Hause? Prag ist etwas wie meine zweite Heimatstadt, seit ich noch vor der Wende zum ersten Mal auf Besuch war. Das Ausseerland liebe ich sowieso, ebenso meine Geburtsstadt Wien, wie könnte ich die Straßen und Parks meiner Kindheit vernachlässigen? Ich halte es da ein wenig mit Ödön von Horváth: »Ich habe keine Heimat und leide natürlich nicht darunter, sondern freue mich meiner Heimatlosigkeit, denn sie befreit mich von einer unnötigen Sentimentalität.«

Dass Reinhard in meinem Roman das Trauma seines Vaters beziehungsweise seiner Vorfahren faktisch erbt, gehört zu einer erstaunlichen Entdeckung: Traumata können die Gene verändern, wie etwa bei den Überlebenden von 9/11. Auch Nachkommen, die den Schrecken nicht selbst erlebt haben, können unter Nachwirkungen leiden. Geforscht hat dazu unter anderem Florian Holsboer vom Max-Planck-Institut für Psychiatrie.

# DANKE …

Danke für alles an meine Hamburger Autorenfreundin Yvonne Asmussen. Ohne dich wäre alles nicht so gelungen. Auf dass wir Teetrinkerinnen noch lange zusammenhalten.

Dank ebenso an Nicole Neubauer, Teil der kriminalistischen Bayern-Österreich-Connection. Als begnadete Figurentherapeutin hast du für das Tüpfelchen auf dem i gesorgt!

Klaudia Zotzmann-Koch hat trotz eigenem Bücherschreiben mit mir konspiriert. Ich danke dir, dass du für so manche Lösung für ein akutes Ermittlungsproblem gefunden hast!

Ich freue mich auch diesmal wieder über die Informationen von Dr. Nikolaus Klupp aus der Wiener Gerichtsmedizin zu der Tötungsart und deren Ermittlung. Wie immer besten Dank für die Zusammenarbeit!

Danke für kulinarische Anregungen an Melpomene Kriz, Alexandra Bleich, Michaela Kieckheim, Ulrike Sosnitzka, Daniela Scheele, Angelika Gößler, Elke Plass, Andrea Weidinger und Dagmar Gordon und an Ludwig Sass für die richtigen Fotos zur richtigen Zeit.

Last but not least ein großes Dankeschön an meinen Lektor René Stein und das gesamte Team vom Gmeiner-Verlag, das nun bereits zum fünften Mal mit mir gemeinsam an der Verwirklichung eines Autorentraums gearbeitet hat.

*Weitere Krimis finden Sie auf den folgenden Seiten und im Internet:*

**WWW.GMEINER-SPANNUNG.DE**

**ANNI BÜRKL**
Göttinnensturz

978-3-8392-1419-0 (Paperback)
978-3-8392-4151-6 (pdf)
978-3-8392-4150-9 (epub)

»Willkommen im Club der Krimiheldinnen!«
*Kurier*

Frühling im Ausseerland: In Berenikes Teesalon herrscht Hochbetrieb. Dann gibt es eine ermordete Dirndl-Schönheit im Wolfgangsee. Was geht im idyllischen Ausseerland vor, dass ausgerechnet die traditionellen Trachten als Mordwerkzeuge gebraucht werden? Mittendrin Berenikes Liebhaber, der Kriminalpolizist Jonas Lichtenegger, bei dem ein Burnout droht. Als weitere Todesopfer auftauchen und Jonas sich immer mehr von Berenike entfremdet, ermittelt sie auf eigene Faust …

GMEINER SPANNUNG

**WWW.GMEINER-VERLAG.DE**
*Wir machen's spannend*

**ANNI BÜRKL**
Narrentanz

978-3-8392-1225-7 (Paperback)
978-3-8392-3783-0 (pdf)
978-3-8392-3782-3 (epub)

## »Ein brandheißer Tee-Krimi für die kalte Jahreszeit – mit stilvollen Tee-Rezepten.«

Das Ausseerland im Salzkammergut. Zu Weihnachten nimmt sich Berenike Roither endlich zwei Tage Auszeit von ihrem Teesalon. Auf der Weihnachtsfeier ihrer Familie trifft sie die Journalistin Ariane Meixner, deren Katze verschwunden ist. Sie fürchtet, dass das Tier einem Jäger zum Opfer gefallen ist. Zurück im beruflichen Stress vergisst Berenike das Gespräch beinahe wieder, bis ein Jäger tot aufgefunden wird. Berenike will der Sache auf den Grund gehen und dann wird ein weiterer Mann ermordet …

**ANNI BÜRKL**
Ausgetanzt

978-3-8392-1101-4 (Paperback)
978-3-8392-3565-2 (pdf)
978-3-8392-3564-5 (epub)

»Krimiautorin Anni Bürkl schafft wieder Hochspannung zwischen Wien und dem Salzkammergut.«

Berenike Roithers neuer Teesalon im beschaulichen Kurort Altaussee im Salzkammergut verlangt ihre volle Aufmerksamkeit. Doch bald wird sie aus der gewohnten Arbeit herausgerissen: Ihre Tanzlehrerin Caro, die am mystischen Hallstätter Gräberfeld ein keltisches Tanzritual abhalten wollte, wird tot aufgefunden – in der Mitte entzwei gesägt und in einem Friseursalon zur Schau gestellt. Auch Berenike fragt sich, wer so viel Hass gegen die engagierte Frauenhausmitarbeiterin hegte. Und plötzlich steckt sie selbst mitten in den Ermittlungen …

GMEINER SPANNUNG

**WWW.GMEINER-VERLAG.DE**
*Wir machen's spannend*

**ANNI BÜRKL**
Schwarztee

978-3-8392-1023-9 (Paperback)
978-3-8392-3413-6 (pdf)
978-3-8392-3412-9 (epub)

## »Nicht nur ein spannender und hochaktueller Gesellschaftskrimi, sondern auch ein unterhaltsam-anregender Teekrimi!«

Das beschauliche Altaussee im Salzkammergut. In Berenike Roithers neu eröffnetem Teesalon trifft man sich zur Lesung des skandalumwitterten Autors Sieghard Lahn. Doch ein Besucher steht zur Pause nicht mehr auf und schnell ist klar: Der Journalist Robert Rabenstein wurde ermordet.

Kein guter Auftakt für Berenikes beruflichen Neuanfang. Aber als Frau der Tat beschließt sie, selbst Licht ins Dunkel zu bringen – auch wenn sie sich dazu im fernen Wien der eigenen Vergangenheit stellen muss …

**J. MAXIAN / E. WEIDINGER (HRSG.)**
Sissis Seitensprünge & Ischler Rosen

978-3-8392-1678-1 (Paperback)
978-3-8392-4633-7 (pdf)
978-3-8392-4632-0 (epub)

»Dort, wo das weiße Gold geschürft wird, geschehen die Verbrechen.«

Heiteres und Kriminelles lauert in Bad Ischl und Umgebung. Sei es zur Blütezeit, als Franz Joseph und Elisabeth den Kurort aufsuchten, oder in all den Jahren danach. Das besondere Flair ist bis heute spürbar, lässt vielseitige Eindrücke zu. Für die literarischen Blüten sind diese Autoren verantwortlich: Bernhard Barta, Gabriele Diechler, Herbert Dutzler, Hans Eichhorn, Angela Eßer, René Freund, Michael Gerwien, Tatjana Kruse, Beate Maxian, Karl Ploberger, Volker Raus, Ernst Schmid, Jutta Siorpaes, Erich Weidinger und Hubert Zöllner.

WWW.GMEINER-VERLAG.DE
*Wir machen's spannend*

# Das Neueste aus der Gmeiner-Bibliothek

## Unsere Lesermagazine

Bestellen Sie das kostenlose KrimiJournal in Ihrer Buchhandlung oder unter www.gmeiner-verlag.de

## Informieren Sie sich …

**www** … auf unserer Homepage:
www.gmeiner-verlag.de

**@** … über unseren Newsletter:
Melden Sie sich für unseren Newsletter an unter www.gmeiner-verlag.de/newsletter

**f** … werden Sie Fan auf Facebook:
www.facebook.com/gmeiner.verlag

## Mitmachen und gewinnen!

Schicken Sie uns Ihre Meinung zu unseren Büchern per Mail an gewinnspiel@gmeiner-verlag.de und nehmen Sie automatisch an unserem Jahresgewinnspiel mit »mörderisch guten« Preisen teil!


WWW.GMEINER-VERLAG
*Wir machen's spanne*